大唐赤夜歌

卷二・斬天河

鹿青 著

目次

第柒章、鏡中女

壹

空山新雨後，車輪轆轆滾過泥地，凡遇到坷坎就輕輕跳一下，李宛在手裡抱著劍，坐在馬車棚頂上，望著被沖刷得失色的天空，幾乎就要睡著了。若不是前方駕車的師姐突然扯住韁繩，喊了聲「籲」，她就真要去見周公他老人家了。

恍惚間，卻見前方的道路驀地寬敞起來，透過竹林往下望去，正好能看見山麓處一座偌大的村鎮，行人比肩，笙歌處處，繁華中帶著幾分江南特有的溫柔旖旎，想必便是琴城了。

玄月門的隊伍剛入城便招來許多好奇的目光。雖說一路風塵僕僕，可少女們的素衣如月華滿襟，予人一種傲然出塵，不沾人間煙火的感覺，在熙來攘往的人潮間，顯得格外惹眼。

而同時，她們也不禁被眼前的這片花天錦地給迷住了。

好不容易從偏僻的山嶺來到熱鬧的城市，李宛在精神一振，拉著夏雨雪的手支支喳喳地說笑，一下湊到長亭裡聽說書，一下又吵著要嚐嚐酒肆的桃花釀，簡直沒有半刻消停。

不遠處有幾個小孩在屋頂上放紙鷂。那紙鷂的形狀宛如雙鳳朝陽，既精巧又富麗，展翅的剎那，連夏雨雪身後的少女也忍不住跟著抬頭望去，露出蓮萼般尖尖的下頷。

她有著單薄的身軀，長長的睫毛，細膩的肌膚在陽光下映得幾乎透明，雖然好看，卻給人一種氣血不足的感覺。

路的對面種著一排合歡樹。那花朵欲謝未謝，沉甸甸地墜在枝頭。正巧一陣清風拂來，霎時間，天地間下起了一陣紅雨。絮狀的花瓣落了不少在她烏黑的髮絲上，宛如點點煙霞。

這少女自然便是鈴了。

這回，她隨玄月門的隊伍從嶺南出發，前往茅山的天道門參加天月論劍。一行人沿著官道一路北行，不日便越過黃山，來到了宣州境內。

宣州土地肥沃，河川縱橫，向來是盛產稻米與魚鹽的富庶之地。可此刻，鈴面對著市井繁華，一顆心卻彷彿被按在滾油裡熬著。

她望著空中扶搖直上的紙鷂，忍不住又想起那句業已落空的許諾：「天下如此之廣，江山如畫，風月無邊，待咱們攜手去將它玩個遍……」

那人曾說過，要帶她去看江南的花，塞外的雪……還說「咱們年輕，有的是時間」。或許他當初不過是說著玩的，可她卻牢牢記住了。

一轉眼，鳴蛇幫火燒盤絲嶺已是數月前的事了。凌斐青的身影卻仍在她的夢裡縈繞不去。與他站在一起的還有一臉笑咪咪的夢悟禪師，以及長孫岳毅提到的那名神祕女子，藍敏。三人在夢中的棋盤上將她殺得七零八落，卻始終不發一語。每當鈴想追上去問個清楚，卻總在心悸與冷汗中驚醒。

想當初，她在會仙台和長孫岳毅對弈時，總能憑著夏空磊的提示走出一步又一步的絕妙好棋。可如今，她唯一能指望的就只有自己了。

她此行的目的正是解開十七年前的謎團，還九泉之下的師父一個清白。可同時，她也必須保證自己的身分不被揭破，否則，一個不慎便會萬劫不復……

就在她胡思亂想之際，馬車已在客棧門口停了下來。

柳露禪命人整理出幾間上房，安頓好馬匹行李，接著便在張姑的帶領下，攜同幾名弟子前去陳府叩門。

青牆深院，雕楣朱簷，門前兩尊抱鼓，牆頭清一色的碧麟瓦，一看便知是書香府第、富貴人家。

張姑本就是陳府的管事娘子，前段時間出城採買，卻因為妖氣纏身的關係在半路上病倒，這才被玄月門的人接回武夷山休養。如今她身子早已大好，自然要回到主家。有張姑的引薦，陳府的下人也不敢怠慢，忙打起十二分的精神將眾人迎進門。

這家的主人名叫陳柳岩，髮妻已逝，膝下本有二子一女，長子不幸早夭，女兒三年前嫁去了長安，如今家裡唯一僅存的兒子陳洋，乃是他的心頭肉。

陳柳岩聽說來者是六大門的除妖師，特別在偏廳設宴，為眾女接風洗塵。席間不僅有油炸梔子花、水晶龍鳳糕等素餚美饌，還有來自西域的三勒漿，味道一點也不遜色於長安的酒肆。

吃飯的過程，鈴仔細觀察陳家人，卻並無發現異常。直到即將散席時，怪事才出現。只見一名侍女忽然急匆匆地趕來，懷裡還抱著一個男娃。那小男嬰臉色紫漲，雙目緊閉，哭聲宛如小貓嗚咽，格外惹人心疼。

坐在陳洋隔壁的少婦見狀，身子一動，手上的翡翠串磕在了青瓷茶盞的杯沿上，發出清脆的響聲。她臉色微變，連忙屈膝欠身道：「紘兒怕是魘症又犯了，叨擾了各位貴客。請容妾身先行告退，領他回內院歇息……」

說著，轉身從侍女手中接過孩子，一邊搖一邊哄道：「紘兒乖，紘兒別怕，阿娘在呢。阿娘餵你吃糕，好不好？」

當她經過鈴的座位旁時，鈴仔細一看，發現那孩子氣息急促，紅撲撲的小臉上隱隱透出一股黑氣，顯然不對勁，和當初張姑被妖氣纏身時的症狀十分類似。

玄月弟子們擅長為人驅除邪祟的相心術，自然也注意到了這點。廳上的氣氛霎時有些凝固。

柳露禪見陳柳岩面色怪異，沉吟不語，道：「貴府上下近來想必不大太平吧？咱們既然都來了，陳公不妨有話直言。」

「萬事果真皆逃不過師太的法眼。」陳柳岩放下碗筷，嘆了口氣：「不瞞您說，府裡近來鬧鬼鬧得厲害，請了附近香積寺的師父來作法，試了許多法子都不見效，正愁不知該如何是好……」

「鬧鬼？」

江湖上向來只聞妖怪作祟，鬼魂害人的說法倒是罕見。鈴不由得抬起眼，朝對面的陳氏父子看去。

陳洋似乎有些薄醉了。只見他劍眉倒豎，藏在紫色雲紋錦袍下的手掌緊握成拳，連嗓音也高了起來：「這禍害糾纏不休，實在可恨，若再落入我手，必要教她魂飛魄散，永世不得超生！」

陳柳岩横了兒子一眼：「喝多了就趕緊下去躺著，少在這兒說胡話，汙了諸位女俠的耳！」

陳洋也不客氣，這便扶了婢女的手，大剌剌地起身回房了，留下陳柳岩吹鬍子瞪眼睛。他先低頭喝了一大口的涼茶，這才緩了神色，將這段時間家中所發生的怪事娓娓道來。

原來，過去幾個月間，陳家著實發生了不少難以解釋的現象。最初，是從陳小郎君的院子開始的。陳洋和正妻韋氏育有二子，除了方才那未滿周歲的小娃，還有一個四歲的長子陳霆，生得活潑可愛，聰明伶俐。

可就在三個月前，陳霆忽然性情大變，時常半夜三更不睡覺，跑到後花園的水池邊發呆，一待就是一整晚。乳娘問他在做什麼，他竟然說是個長髮女人約他在池邊相會。

本以為是小孩子家胡鬧瞎編，可沒想到，過了一段時間，府裡鬧鬼的流言卻越傳越兇，還有許多下人都看見了深夜在花園裡徘徊的白衣詭影。據說那女鬼赤足披髮，吊眼青眉，懷裡還抱著一面白木琵琶，坐在池邊的槐樹下咿咿呀呀地彈曲。

凡撞見這一幕的婢女和小廝回去後都惡夢纏身，幾天下不了床。有五、六人病癒後乾脆直接辭工回鄉了。入夏後本就諸事繁雜，又碰上少夫人韋氏的生辰，府裡忙不過來，張姑這才不得不親自出城採買。誰知，這一去竟暈在了半路。

種種跡象確實讓人想到厲鬼索命。然而，方才經過廊下時，鈴分明感覺到空氣裡瀰漫著一絲妖氣。另外，孩童的體質比常人敏感，長期暴露在這種陰寒之氣下，難免會身子虛弱。可此處又不是深山野嶺，為何會突然出現妖怪，還偏纏著陳家人不放呢？

鈴望著眼前的朱甍碧瓦，忽覺背後涼颼颼的。沉吟間，只聽陳柳岩頹然道：「此事甚是蹊蹺，又不好對外張揚，還請師太看在今日之緣的份上，救我一家老小……陳某感激不盡，事後必有重金相贈。」

果然，天底下沒有白吃的午餐，這頓也不例外。

陳柳岩心焦如焚，柳露禪卻仍是一副波瀾不驚的模樣。她放下茶盞，挑了挑眉毛：「金銀財帛就免了，我玄月門和其他江湖門派不一樣，向來只以天下蒼生為己任，不屑這些俗物。何況，降魔衛道本就是我等份內之事，老身倒是要看看，究竟是何方妖孽敢在此興風作浪。」

陳柳岩聞言大喜，連連稱謝。

柳露禪號令一出，玄月弟子紛紛行動起來。

這天晚上，眾人暗中布防，將陳府的後院圍成了鐵桶，只待那「女鬼」出現，自投羅網。鈴和李宛在、夏雨雪二人一同守在韋氏居住的小院外頭，到了三更，忽然聽見屋頂上方飄來一陣若有似無的琵琶聲，宛如幽咽泉流水下灘，說不出的淒迷幽怨，聽得人心裡瘆得慌。

夏雨雪目光緊盯著東廂房，只見一抹白影驀地從頭頂閃過，顫聲道：「果然……是她來了！」

李宛在怕鬼是眾人皆知的事，可遇到這種情形，她也只能硬著頭皮上了。

下一刻，她咬牙縱身而起，劍走偏鋒，往鬼影的方向刺去，斥了聲：「哪裡走！」

同時，院子的北邊也有一束寒光飛起，宛如天外遊龍，轉眼間便將周遭緊緊罩住。定睛一看，正是闞雲綺的鎖鏈飛刀。

白色詭影被夾困在中間，似已無路可逃，就連琵琶聲也跟著戛然而止。可就在李宛在的劍和關雲綺的飛刀即將落實的瞬間，四下的空氣卻驟然凝住了。只見那女鬼不躲不閃，長身定在原地，喉嚨裡迸出幾聲怪異的冷笑，隨即化作一股青煙消失在迷濛的夜中。

李宛在這招「月上流火」刺了個空，頓時又驚又怒，睜大了烏圓的眼珠環顧左右：「可惡，跑哪去了？」

站在她正下方的鈴沒作聲，思緒卻同樣轉得飛快。

方才，她從這角度瞧得十分真切。那屋脊上的白影哪是什麼鬼怪，分明是個嫋嫋婷婷，雪樣肌膚的年輕女子！另外，對方在消失之前，似乎還回頭衝自己笑了一下！

普通化成人形的妖怪受到肉身的羈縻，是無法憑空消失的，像這樣的情形唯有一種可能——幻術！

想到這，鈴心下立刻警惕起來。

她一邊順著妖怪留下的氣味追去，一邊低聲喃喃唸咒，抵禦幻術的迷障。

混亂間，李宛在和夏雨雪都不知消失到了哪裡。她獨自翻出小院，穿過燃著八角琉璃紗燈的抄手遊廊，眼看前方出現一座格局疏朗的庭園，假山藤蘿在月光下散發靜謐的冷光，正是陳府後院的花塢。

就在此時，正廳方向忽然傳來孫苡君的聲音：「等等，雲綺！別追了！當心有詐！」

看來關雲綺也正在附近。鈴不想撞見對方，下意識放緩了腳步。

此刻月華如潮，在空中凝了一層淡色的霧氣。身下是青磚鋪就的曲徑，踩在上頭無聲無息，碧影疏斜間卻有暗香乘風而至，清幽醉人。

鈴穿過深深淺淺的綠蔭，來到庭苑中央，忽見不遠處幾株開得恰到好處的桐花，在滿園濃翠間顯得清涼無比，宛若落雪盈盈。

她貪看那顏色，一時竟將妖怪的事拋諸腦後，徑直朝那方向走了過去。

紅千紫百何曾夢，壓尾桐花也作塵。隨著白花片片落在袖口，回憶也跟著湧上心頭。是了。先前所待的錦絲鎮，郊外也隨處可見盛開的桐花。當時不覺得有多美，如今再次見到，卻彷彿細密的針扎在心口，多了股百轉千迴的滋味……

只是有一點：眼下早已過了春天，哪裡還是桐花開放的季節？

正困惑間，身後突然響起一把低沉的男聲：「怎麼了，鈴丫頭？數月不見，誰又惹妳不高興了？」

溫潤的嗓音含著幾分驕懶的笑意，刺得鈴一個激靈。

她倏地回身，只見滿樹繁花下站著一名錦衣佩劍的青年，長身如柳，滿面含春，一雙熟悉的桃花眼未語先笑，柔波似的蕩漾。

鈴望著這張朝思暮想的臉，如何也移不開目光。話還未出口，胸中所有的悲傷與委屈已化作淚水氤氳了視線。

貌似凌斐青的男子走上前，笑著揉了揉她的頭頂：「愛哭包。這段日子，肯定想死我了吧？」

「誰說的？我這就是眼裡進了沙……」

「臉都花了還想抵賴？妳這倔脾氣，將來娶妳過門的人可真辛苦。」

「那也是我自己的事，與你何干？」

「妳這話說得不對。來日方長，妳如何就知道與我無關？」

還是一樣日常閒散的口吻，還是一樣的嬉笑怒罵，彷彿無憂無慮。鈴不禁有剎那的恍惚，忘了這段日子所經歷的無常，也忘了自己此刻身在何處。

兩人目光相對，凌斐青忽然無聲無息地牽起她的手，轉身便往花蔭深處走去。

鈴一愣，脫口問道：「這是要去哪？」

「自然哪兒都好。」凌斐青狡黠一笑，將她的手握得更緊了，「別忘了，妳可是答應要陪我遊遍大江南北的，這會兒可不許反悔。」

「等等……」鈴被拉著往前走了幾步，又忍不住再次回頭，朝身後披著濃霧的道路望去。看著那逐漸模糊的風景，她心中隱隱覺得有哪不對勁，卻又說不上來，彷彿遺忘了某件極重要的事。

凌斐青卻還是老樣子，話匣一開便停不下來。暖玉般的聲音貼著鈴的耳流過，好似什麼也沒察覺。

就在鈴躊躇不安之際，背後忽然襲來一股勁風，將她懷裡的符紙給吹上了天。玄涅符上頭濃墨重彩地繪著驅邪用的咒語，一接觸到周圍的空氣，立刻「嗤」地燃了起來。

冷不丁竄起的火光，不僅擦亮了黑沉沉的夜，更驅散了鈴心上的迷霧。

她總算徹底清醒過來了。

下瞬，她一咬牙，掙開凌斐青的手，向後縱出。

符紙的灰燼宛轉飄落在兩人之間，宛如凋萎的花蕊，蒼白得令人絕望。

鈴的身子在風中止不住地顫抖。她得竭力克制心神，才不至沉淪在那雙溫柔凝睇的眸子裡。

眼前的這一切太真實了……每一道目神，每一葉花瓣都如此鮮活，彷彿從她記憶深處裡走出來似的。若非雲琅機警吹起符咒擾亂幻境，她恐怕就折在這了，陷入無限輪迴的夢境，永遠也醒不過來……

想到此處，鈴忍不住打了個寒噤。

她恨敵人的狡詐，更恨自己的不爭氣——沒想到千防萬防，還是著了對手的道！

「鈴丫頭，難道妳真的不想跟我一塊走？」

望著眼前那道熟悉迷人的笑容，鈴的內心一陣剜痛。

她何嘗不想？可如今的她有更重要的事必須完成，怎可被過去絆住腳步而忘了自己的真實目的？

「我在意的人早已離開了，」她心一橫道，「你不過是妖術製造出的幻影罷了，根本不配說這樣的話！」

此言一出，頭頂的符火燒得更旺了，赤金色的火光瞬間照亮了半座庭苑，連帶凌斐青的幻影也跟著灼灼燃燒起來，轉眼間化作青煙散逸。

看見周圍的景色逐漸虛化、瓦解，鈴終於鬆了口氣。

然而，她萬萬沒想到，待到符紙燒盡，幻境剝離，映入眼簾的卻不是陳府的高院朱牆，而是一片秋草荒蕪的山嶺。

尖戾的冷風劃破初夜，空氣裡湧動著無處可藏的殺機。另外，還瀰漫著一股血腥和腐肉的氣息！

貳

濃烈刺鼻的腥味撲面而來，鈴不覺屏住了呼吸。

她順著聲音的來向走去，一路上荒煙野蔓，連個鬼影也沒有，唯有愁雲間漏下幾片慘白的月光，照亮草叢間的點點殷紅。

路的盡頭是座楓樹林。只見樹林的入口處橫七豎八地躺著幾具血淋淋的屍體，面目焦爛，筋骨外露，渾身上下幾乎找不到一塊好肉，簡直就像是被野獸狠狠蹂躪過一般。

當鈴從旁經過時，草叢間猛然伸出一隻大手，死死抓住她的腳踝。

那是個年約四旬的男人，方面虯髯，胸腔到小腹之間全是半凝的鮮血，連腸子都流了出來，身軀如蛆蟲般在鈴的腳邊弓縮，喉嚨裡斷斷續續吐著話：「救救綺兒……救救我女兒！」

話音未落，身子忽然劇烈抽搐起來。放大的瞳孔翻向天空，宛如兩道透明窟窿。鈴不由瞿然一驚。

她曉得妖術能夠迷惑人的神智，令人看見自己心中最執著的事物。可這些人她明明一個都不認識——這又是怎麼回事？

仔細一瞧，死者皆是身材健壯，灰衣笠帽，肋側佩刀，一副江湖人的打扮。鈴拔下屍體腰間的玉牌端詳，只見上頭赫然刻著四個字：「雲霓山莊」。

好熟悉的名字……彷彿小的時候曾聽師父提起過。

沉吟間，前方的黑暗裡又傳來男子的慘叫，恐怖而絕望的聲音驚飛了樹梢的鳥雀，振翅高飛。

鈴心下一凜，連忙運起輕功，閃入林中。穿過兩排高聳的楓樹，眼前豁然開朗，出現一座空地，空地的正中央則是一乘歪倒的肩輿。

抬轎的六名轎夫倒在地下，有的肝腦塗地，有的身首分離，屍體被一層薄薄的落葉所覆蓋，在月光下紅得怵目驚心。

另外，空地上影影綽綽，還佇立著十幾道人形。它們的動作迅速而詭異，五根指爪如鍘刀般鋒利，眨眼間便將剩餘的侍衛斬落馬下。

鈴心臟一揪，不覺倒抽了一口涼氣。

她怎麼也沒算到，自己才剛脫離虛幻的美夢，一眨眼竟又跌入心驚膽顫的噩夢中！

身後傳來石塊碎裂的細響。她轉頭望去，卻見腳邊的地面不知何時竟被刨開了一道縫隙，一截胳膊露在洞外，白骨連肉，在月光下瑩然生輝！

從沉沉的腐味判斷，至少也死數十年了，再加上此地山巒匯聚，陰氣積久不散，才會誕生這種妖怪。

眼看越來越多的白骨精如雨後春筍般破土而出，鈴連忙抽出雪魄護住身周。然而，那群怪物卻對她視而不見，反而紛紛朝肩輿的方向撲去。

冷風揚起鴉青色的轎簾，露出底下一雙繡著半開桃花的粉鞋。如此華美、別緻的一雙鞋，連鞋面上綴的米珠都是用細如髮絲的銀線密織而成，和周圍煉獄般的景象格格不入。

鈴瞳孔倏縮，暗叫：「不好！」

可心念剛動，還來不及阻止，更意想不到的事發生了——只見一條銀練挾著勁風從空中閃過，直接削掉了兩具骷髏的腦袋。

慘叫未絕，雪樣的刀光再次劃破天際，以雷霆萬鈞之勢斬向群妖。

此人出手沒有任何猶豫，甚至還帶著幾分麻痺與瘋狂，一味的狂劈亂砍，幾進幾出間，屍身脆裂，骨屑紛飛，簡直比先前的殺戮更加慘不忍睹。

不出片刻，整座林子都被染紅了，風雲變色，萬籟俱寂，滿山的空氣只剩下令人窒息的凜冽殺機，如濃霧般纏繞。

鈴愣在原地，全身的寒毛都炸立起來。

有白骨精不甘心就此魂飛魄散，想使出遁地術逃走，卻反被橫空飛來的符籙釘在了原地。

只聽簾幕後方傳來一聲低低的冷笑。下一刻，一道明豔的身影自轎內疾閃而出，翩然飄落在林中央。

周遭紅葉紛紛而下，更加襯得她顏若霜雪，唇若點朱，一雙烏黑的眸子深邃而冰冷，充滿著絕望之後的怨毒，教人不寒而慄。

纖細的五指緊扣著鎖鏈飛刀的手柄，將刀刃舞成一團鋪天蓋地的銀光。每刀劈下去，都會有骨頭渣子噴濺出來。到最後，目所能及之處，連半個喘氣的敵人都沒有了，只剩下堆積如山的屍首。但關雲綺仍不停地抽刀揮斬，彷彿著了魔一般……

寒鐵刮骨的聲音不斷衝擊著鈴的耳膜。

「妳冷靜點！」她忍不住箭步上前，對關雲綺喝道：「這裡是幻境，就算妳將它們碎屍萬段，也是無濟於事！」

可對面的少女彷彿沒聽見她說話。

她身上的青色禮衣早已被鮮血浸透，頭上的鳳釵半傾半落，單薄的身軀在寒風中瑟瑟顫抖，卻顯得更加耀眼灼目，宛如修羅地獄裡兀自盛放的紅蓮。

正準備再次揮落屠刀，下一刻，卻被人死死抓住了手臂。

鈴的聲音在耳畔響起：「夠了，妳快給我醒醒！再這麼下去，咱們都會被困死在這的！」

原來，此時的鈴終於醒悟：自己這是被捲入關雲綺的夢境了！且從對方的反應看來，這場夢背後恐怕還藏著很深的隱情。

所謂的幻術能夠勾起一個人內心最強烈的欲望：執念越深，夢境便越真實。闞雲綺正是因為執著過度，才會被眼前的景象迷住心竅，徹底喪失神智！

只見她對鈴的警告置若罔聞，嘴裡嘟囔著「閃開」，逕自掄刀直砍。且她手勁奇大，若非鈴反應快，即時斜開兩步，恐怕腦袋就和身體分家了。

雖是在幻境之內，可死亡的威脅仍然清晰無比。鈴感覺自己臉上的油皮都被蹭破了，頓時怒不可遏——這女人瘋了……簡直完全不可理喻！

她正想伸手去點闞雲綺的穴道，卻忽見對方身子一晃，跌坐在地，背影顫抖得宛如風中枯葉，給人一種弱不勝衣的憐感。

「你們躲在哪兒？快給我出來啊……」她低喃，「有種就別藏頭露尾，該死的怪物！……我要殺光你們！」

字字句句都透著錐心蝕骨的仇恨，然而，或許是因為情緒太過激動，她一時竟起不了身，只能攥住刀柄，倚在地上呼呼喘氣。

鈴望著少女血紅的雙眼，腦中再次浮現方才那名虯髯男子的身影，心念一轉，已猜到了七八分。

也難怪對方會對妖怪恨之入骨。原本風光出嫁的好日子，卻成了至親之人的忌日——世間還有比這更可怕的噩夢嗎？

一場屠殺過後，空氣飽蘸著死亡的氣息，連鳥獸也跟著銷聲匿跡。滿山的楓紅宛如一重重的血色波浪，在風中密密起伏。

鈴走到關雲綺身邊，將那張刻有「雲霓山莊」標幟的牌子塞到對方手心，說道：「妳已經盡力了。過去的事誰都無法改變，何不放自己一馬呢？」

關雲綺撫摸著微涼的玉面，眼底閃過一絲不可置信。緊接著，她雙肩頹然垮下，抱著沉重的鎖鏈飛刀，狠狠哭泣起來。

「阿爺……阿娘……都是綺兒的錯，我不該答應嫁人的……我要永遠留在雲霓山莊，和你們在一起……」

看來，那些死者果然都是關雲綺的親人。難道……方才種種並非想像，而是真實發生過的事？鈴心中越發困惑，盯著哭泣的少女道：「發生了什麼事？那些白骨精為何會攻擊妳們？」

經過一番宣洩，關雲綺的情緒終於穩定下來了，眼神也逐漸恢復清明。

喘息片刻，她蛾眉緊鎖，恨聲道：「天下的男人都不是東西。什麼溯游從之，誠心求娶，不過就是為了將咱們引誘到妖怪的地盤……」

可話才出口，她便警覺起來，瞪著鈴道：「不對！妳到底是何人？為何會出現在這裡？」

「明明是妳把我捲進來的。」鈴無奈，「這話應該是我問妳才對吧。」

但闕雲綺顯然不滿意這回答。她俏臉一沉，猛地跳起，揮刀朝鈴砍去。

鈴措手不及，「鏘」的一聲，雪魄被擊飛了出去。

她本以為自己這下死定了，沒想到，就在刀鋒及胸的剎那，天空中忽然出現一道強烈的白光，將二人緊緊裹挾。

隨著一陣暈眩襲來，眼前的楓林消失了，取而代之的是無數光怪陸離的幻影。

鈴看見一名長髮低垂的女子趴在井邊哭泣，無數桃花化作蝴蝶漫天飛舞，以及一座廢棄的廟宇，牆壁傾倒，褪色的金匾上積了厚厚一層灰，屋簷下蛛網飄搖……

到最後，夢境呈現出的景象越來越扭曲，畸零的光影不斷交織，又迸裂開來，化為碎片。鈴還來不及看個清楚，便腳下一空，直直墜入黑暗。

再睜眼時，她發現自己躺在沾滿了露珠的草地上，後腦勺彷彿被人狠狠敲了一記，全身無處不疼。

朦朧間，四周傳來雜沓的腳步聲，緊接著便是一陣驚慌失措的叫喊：「快來人！走水啦！西廂房走水啦！」

整個陳府上下都被這叫聲給驚動了。混亂間，只見滾滾濃煙沖天而起，將位於宅邸最西端的暖閣籠罩在妖異的火光中。僕人們提著水桶進進出出，宛如熱鍋上流竄的螞蟻。孫苡君、沈詩詩等玄月弟子們見此情形，也顧不得捉妖了，趕忙放下武器投入救火的行列，眾人忙了小半個時辰，這才成功把火勢撲了下去。

待陳柳岩攙著兒子和兒媳匆匆趕到時，整片院子被已燒毀了大半，樑木倒榻，窗櫺烏黑，空氣裡瀰漫著刺鼻的焦味。

只來得及披一件小襖的韋氏看見丈夫陳洋穿戴整齊從正門入，神色大變，也顧不得有外人在場，撲上去便問：「你不是和我說今夜要去內院陪霆兒嗎？」

陳洋臉上一陣青一陣白，辯道：「我就是睡不著，出門走走，順便醒醒酒……」

「那孩子呢？」

「有乳娘看著呢，妳和我急什麼？」

「霆兒平時最愛來這片院子逛，剛才一路上都沒看見影兒，莫非……」韋氏看著眼前燒得面目全非的屋室，臉色霎時變得慘白。下一刻，她拔腳就要往裡屋奔，幸好被一旁的侍女即時拉住。

「少夫人，危險！去不得啊！」

「放開我！霆兒還在裡頭呢！」

韋氏拼命掙扎，秀美的面孔變得扭曲脫形，完全失了平日的端莊。就連陳洋上前攔阻，也被她狠狠推開。

眼看她不顧一切要往裡頭闖，下人們也束手無策。幸好在危急時刻，張姑從後院的方向趕了過來，手裡還抱著一名四、五歲的男童，一落地便撒腿朝韋氏跑來：「阿娘，我在這呢！」

「霆兒！」韋氏見到兒子毫髮無損，急忙飛奔上前，將他摟入懷中，「你怎麼自個兒在外頭亂跑？可讓阿娘擔心死了……」

「我夜裡睡不著，到院子裡鬥蛐蛐，遇見了之前陪我玩的那位白色裙子的大娘……」

「什麼大娘？」

張姑見韋氏一臉困惑，連忙解釋：「娘子，我們是在後花園的池塘旁找到小郎君的，那兒什麼人也沒有啊……」

隔壁的陳洋冷哼一聲：「你們這群沒用的奴材，連個小兒都看護不了就算了，還編出這種亂七八糟的說詞來！」

韋氏將兒子抱給乳母，抬頭望向丈夫，眼中噙了一絲狠戾：「你也別說別人！若霆兒真有什麼三長兩短，我絕不與你善罷干休！」

陳洋被她眼神一刺，臉色鐵青，罵了聲：「瘋婦！孩子又不是妳的，裝出這副賢良淑德的樣子給誰看？」

韋氏被這話氣得全身發抖。最後，還是陳柳岩出面終止了這齣鬧劇。

「夠了！」他怒道，「你倆都給我住口！當著外人的面這般胡言亂語、吵鬧不休，成何體統！祖宗的顏面都被你們丟盡了！」

訓斥完兒子和兒媳，他轉過身，朝孫苡君等人團團一揖：「諸位女俠見笑了。剛剛已經查出來，今夜乃是下人巡夜時不慎弄翻了燭台才會導致走水……幸好發現及時，又有諸位仗義相助，才沒有釀成大禍。」

孫苡君見他言詞懇切，也不好多說什麼，只道：「幸好方才那妖怪現身，已被咱們擊退了，貴府上下也無人受傷，可以暫時放心了。」

陳柳岩忙道：「既然如此，想必那妖孽受了教訓，往後也不敢再來作亂了。各位女俠奔忙了一整夜定然累了，這便回去好好歇息吧。」

「可咱們連那傢伙是何方邪祟都還不曉得呢。」李宛在皺眉，「就這麼輕易放過，豈非前功盡棄？」

「這個嘛……」陳柳岩忽然面有難色，「都是陳某年老昏聵，治家無方，連累各位女俠費心了。不過妖怪既已跑了，牠有修行在身，自會記取教訓，不敢再上門糾纏。寒舍得天庇佑，往後也就不必再勞煩各位了。」

說到這，把手一揮，旁邊兩名管事旋即抬上來一個紅紋木匣子，看上去沉甸甸的，想必裡頭放的不是金銀便是珠寶玉器。

「陳某對師太的一點孝心，還望諸位替我轉達。」

孫苡君和沈詩詩交換了一道眼神，知道對方這是在下逐客令了。

「好吧，既然如此……」孫苡君從懷裡掏出一沓符籙，交給陳柳岩，「這是鎮宅符，只要將其貼在門牆上，並於玄關處放置一盆黑狗血，每日早晚焚香熏艾，即可保家宅安寧，出入平安。不過，敝派向來門規嚴謹，家師更是時常告誡咱們要潔己奉公。受人之託，忠人之事罷了，絕不敢收這麼厚的禮。陳公美意，晚輩心領了。」

孫苡君等人不好收下陳家人的禮，又怕妖怪去而復返，再生變故，因此叮囑再三方才離去。

鈴打從離開後院之後便低頭不發一語。見到關雲綺，本想開口詢問幾句，可話到唇邊卻又咽了回去。

心神不寧之際，後方忽然傳來一道溫柔的嗓音：「怎麼了，阿離？臉色這麼不好？」

參

鈴一回神，看見夏雨雪和李宛在從廊下走出來，忍不住問：「妳們方才追那妖怪進了花塢，都看見了什麼？」

「我們什麼也沒看見啊。」夏雨雪一臉困惑，「等咱們趕到時，妖怪早就消失了。且那時候，西邊的廂房突然燒了起來，大夥兒都忙著救火，根本顧不上別的……」

「可惡！今晚我可是差點就立下大功了！」李宛在長劍橫抱，臉上寫滿了不甘，「不過話說回來，這陳老頭子當初拼命求我們留下來捉妖，妖還沒捉到，卻又突然改變主意要趕我們走，呼之即來，揮之即去，未免太不把咱們放在眼裡了吧！」

「這麼一想，確實奇怪……」夏雨雪蹙眉沉吟，「也不知師父會如何想。」

三人又敘了一陣話，等鈴再次抬頭時，東方天空已沁出微紅，街頭上漂浮著潮呼呼的露水氣味。

折騰了一天一夜的玄月弟子們回到客棧，人人皆是滿身疲憊，恨不得倒頭就睡，唯有柳露禪和平時一樣神采奕奕，全然看不出疲憊。

她聽聞這一夜發生的所有事後，既沒有生氣，也沒有表示懷疑，只是下令讓眾人利用多出來的這兩日好好歇息，整理行裝，準備再次踏上前往天道門的路。

「咱們雖是受司天台之命行走江湖，卻也不能熬自個兒的心血，替他人作嫁裳，否則竹籃打水一場空不說，還白白弄髒了自己。」

眾人不懂柳露禪這段話背後的禪機，可一聽說不必再連夜趕路，皆是滿心歡喜，簡單洗漱後便紛紛歇下了。

翌日晨起，李宛在拉了夏雨雪和鈴去城裡閒晃，三人先去逛市集，看今春剛出的變文*，後又到一間名為季春齋的食肆裡吃酥酪，難得的悠閒自在。

可即便如此，鈴仍忘不了自己昨晚在幻境裡看見的一切。於是聊著聊著，又不由自主將話題帶回了關雲綺身上。

「妳們可知她是何時來到玄月門的？」

李宛在一臉毫不知情的模樣，隔壁的夏雨雪則蹙眉沉思了片刻。

「彷彿是七年前的冬天。當時，師父座下就只有我和大師姐、二師姐和沈師姐，連小李都還沒入門呢。師父她老人家從不輕易收徒，除了五年一次的遴選考試外，咱們幾乎都是靠著父母在江湖上的聲望才得以入門學藝——唯有雲綺不一樣。她是師父親自下山帶回

＊ 變文：唐朝興起的說唱文學，受佛教文化影響，內容多為佛經故事、民間傳說。

來的，還特別為她整理出一座獨立的院子，連每日的晨昏練劍都特准她不必參加。」

「這麼說，她的功夫並非玄月門一脈？」鈴問。

「聽說師父都會私底下傳授她武功，想必咱們學的她也都會了吧。」李宛在撥弄著碗裡的櫻桃，漫不經心道，「可她平時總嫌棄尋常兵刃，只把她那對飛刀視作寶貝一樣，也不知是何故。」

鈴想了一會，又問：「那妳可聽說過雲霓山莊？」

「妳指的莫非是洞庭三十六塢的雲霓山莊？」夏雨雪眼神微微一亮，「我曾聽阿爺提起過。據他所言，雲霓山莊乃是當年八百里洞庭湖最不容小覷的一股勢力，可惜後來日漸衰微，如今已經不復存在了。」

「怎麼會這樣？」

「聽說幾年前，他們計畫和洞庭湖的另一大幫鳳尾塢進行兒女聯姻，卻在前往對方陣地的途中遭遇暗算，莊主和其左膀右臂都在衝突中死去了，莊中無人可繼承基業，從此在江湖上便一蹶不振了。」夏雨雪說著，好奇地瞟鈴一眼，「妳怎麼突然想起問這個？」

「沒什麼，只是偶然聽到這名字罷了。」鈴低頭喝茶，假意咳了兩聲。

雖說夏雨雪和李宛在是關雲綺的同門師姐妹，可她仍覺得自己不該隨便透露對方的身世。畢竟，每個人都有不欲人知的往事和不願碰觸的傷疤。

然而，看關雲綺在幻境中瘋魔般的行徑，就知道她內心有多怨憤。經過昨晚的挫敗，她真的會聽從柳露禪的指示，對陳家的事撒手不管嗎？

想到這，鈴有些坐不住了。

她和夏雨雪及李宛在說出自己的想法，二人也紛紛同意：此案絕沒有表面看上去那麼簡單。陳柳岩不讓她們留下，極有可能是為了繼續隱瞞真相。

「可師父已經決定不再插手了。」夏雨雪苦惱道，「再說，咱們再過兩日就要離開琴城了。事到如今，還能怎麼辦？」

李宛在眼珠滴溜一轉，說道：「別急。還記得第一次到陳府時，他們是以什麼名義求咱們幫忙的嗎？」

「鬧鬼？」

「是啊！」李宛在神祕一笑，「明明是妖，陳府的人卻異口同聲說是鬼，妳不覺得奇怪？」

「妳是想說……陳家人本就認識那妖怪？這有可能嗎？」

夏雨雪一臉不可置信，隔壁的鈴卻有些興奮了。

「既然懷疑，試一試也無妨。」她慫恿夏雨雪，「妳可還記得那妖怪生得什麼模樣？」

眾所周知，夏雨雪身為夏家莊的千金，雖然武功略遜，可琴棋書畫、陰陽數術等駁雜之學卻是無所不通。另外，她的記憶力也是一流。先前在武夷山時，鈴就時常見她在院中作畫，筆下的花草樹木、鳥獸人物，無不栩栩如生。

須臾，鈴向季春齋的掌櫃要來紙硯筆墨，一一展開擱在案上。

夏雨雪低眉凝神思了半晌，便提筆繪了起來。

寥寥數筆間，勾勒出一張斯文清秀的面容，眉如青雲出岫，薄唇輪廓分明，容長臉兒，細挑身材，雖算不上美人，卻也別有韻味。

鈴和李宛在見了，紛紛稱道不會錯！這圖畫和昨夜他們在陳府見到的，那名抱著琵琶的白衣女子簡直一模一樣！

只可惜，人是畫出來了，接下來的計劃卻沒有預想中來得順利。

一整個下午，三人從城南跑到了城北，又從城東跑到了城西，詢問了無數男女老少，卻始終沒有打聽到畫中女子的身分。不知不覺間，天色已變得模糊。

店家紛紛在門口掛起燈籠，那昏黃的光暈將暮色染上一層氤氳。夏雨雪望著眼前人來人往，花影幢幢的大街，顯得有些氣沮：「難不成是咱們想錯了？」

「哎，都忙活了一整天，咱們乾脆別想這個了……」隔壁的李宛在摸著咕嚕嚕叫個不停的肚子，一副可憐兮兮的模樣，「再不吃點東西，我都要餓死了！」

主街上除了有燈火輝煌的酒樓，還有各色南北小食，三人挑了一間賣江魚兜子的店鋪大快朵頤，吃飽喝足後，又沿著護城河散步到了幾里外的將軍坡。

此處已是郊外，秋風習來便有陣陣寒意拂上身。三人走在綴滿芒草和野花的小路上，本來是極愜意的，可就在她們登上山坡後，鈴抬頭，表情卻忽然凝住了。

夏雨雪順著她的目光望去，看見對面的山腳處佇立著一座孤零零的荒廟，廟漆剝落，支窗散破，在衰草的包圍下散發出頹敗的氣息。

「那地方……怎麼了？」

鈴搖搖頭，表情卻不由地顫了一下。她甚至懷疑自己眼花了。因為眼前這座破廟，竟和昨夜她在幻境中看見的景象一模一樣！

「時辰不早了，咱們還是回去吧。」

寒風中的破廟越看越令人發毛。夏雨雪和李宛在聽鈴這麼說，紛紛贊成。三人轉身下山，很快便回到了熱鬧的主街。

然而，還沒到客棧門口，鈴便以掉了東西為藉口，拋下兩名同伴，再次折返。

通往山邊的土路蜿蜒曲折，等她抵達荒廟時，已是日薄西山。

跨過門檻，穿越野草蔓生的庭院，終於看見前方有座牆垣半塌的正殿，中央供奉的神像早已不翼而飛，空蕩蕩的神座顯得詭異而突兀。

鈴從懷裡取出夏雨雪所繪的琵琶女畫像，就著夕陽入山前的最後一絲微光仔細端詳。

既然昨晚見到的幻影是琴城附近的景色，與她和關雲綺都無關，那麼唯一的解釋就是，這是來自幻境主人本身的回憶。

「靜娘……是靜娘嗎？」

突如其來的聲音嚇了鈴一跳。她循聲望去，看見角落裡有一團灰褐色的影子在微微晃動。定睛一看才發現，那居然是名白髮蒼蒼的男子。

他臉龐黎黑，形容枯槁，襤褸的衣衫幾乎和身後斑駁的牆壁融為一體，也難怪鈴進殿這麼久，直到現在才注意到他的存在。

她目光一動，舉起手裡的畫問：「這位老丈，您認得她？」

老人盯著畫中的女子，滿臉的皺褶不斷顫動。

「那是自然……那雙彈琵琶的手，過了多少年，我也絕不會認錯的……她從前就住在這間麻姑廟裡啊。」

「你說什麼？她住在這？」

「是啊。」老人靠著牆壁，發出兩聲痰咳，「說起來也怪可憐的。那孩子剛出生便沒了爺娘，花朵般的年紀，卻連自己的窩都沒有，只能和我這老叫化一樣，住在這無人問津的破地兒……」

「那後來呢？她怎麼了？」鈴急忙問。

「靜娘是個很乖巧的姑娘，雖然生得苦命，卻比一般的孩子懂事多了。」老人抬起混濁的目光，用沙啞的聲音緩緩道，「她認了一名盲人樂師為義父，父女倆靠著彈琴賣藝掙口飯吃，日子倒也過得下去。直到某年夏天，說是要去北方投親，一夜之間突然搬走了……從那之後，我便再也沒見過她了。」

「原來只是搬走了啊……」鈴本以為這故事還有後續，不禁大失所望，「您可知她們去了哪？」

「似乎是岳州……不，不是，是杭州，又或者並州？」老人皺眉，「總之，是很遠的地方囉。」

「那她可有仇家？」

「仇家？」老人抬頭，一臉狐疑地望著鈴，「這怎麼可能！小娘子，瞧妳年紀不大，心思倒不少。妳到底是靜娘的什麼人？打聽這些有何目的？」

「我……」

見鈴欲言又止的模樣，老人冷冷一哼：「若妳真想知道靜娘這些年過得如何，不妨去隔壁的草廬瞧瞧。只是這種鬼鬼祟祟的事，老叫化就不奉陪了。」話說完，再次縮回角落的陰影裡，雙眼一閉，逕自打起鼾來。

鈴碰了個軟釘子，頗為無奈，只得默默轉身，走出殿外。

沿著迴廊繞至側殿，果然在樹林邊看見一座簡陋的草廬，後方還有一口被長草遮蔽的枯井，以及一面青磚砌成的矮牆。

草廬荒廢多時，連扇門都沒有。鈴剛踏進去，便聞到一股腐爛的氣息。

屋裡更是只有兩個蒲團以及一張竹蓆，真正的家徒四壁。

不過鈴也沒氣餒。她心想，如果老叫化說的是實話，那個名叫靜娘的少女和陳府出沒的妖怪之間真的存在非比尋常的關係，那麼這個她曾經住過的地方，肯定也留有一些線索才對。

她思忖片刻，決定賭賭看。

從後殿取來三根蠟燭，點燃放在面前，接著咬破手指取血，在屋子的中央畫出一道八卦炁陣，每個角落分別放置一枚銅錢，作為鎮壓陰氣的「柱」。最後，砍下一段房樑，削成木樁，在上頭刻上咒文，插在陣眼。

此陣名為「喚靈陣」，專為吸引妖怪而設計。只要將帶有情感寄託的物品當作陣眼，便能引誘對方現身。且一旦入陣，怨氣深重者就會被困在其中無法脫身，形同鬼打牆一般。

鈴布好陣勢後，徑直盤膝往竹蓆上一坐，靜靜等待。

此時，外頭的天已經完全暗下來了，銀色的星斗在寒空中搖晃，宛如數不清的發光的魚群。

很快，一個時辰過去了，兩個時辰過去了，周遭仍然沒有半點動靜，朦朧的月色透過屋頂的罅隙灑落，將草廬鋪上一層白紗。也不知過了多久，直到屋裡的三根蠟燭都將燒到盡頭了，這詭異的寧靜才終於被打破。

只聽得「呼」的一聲，四下驟然颳起強風，將屋內的火苗吹得瑟瑟亂顫。

驀地間，光影顛倒，星月無輝，隨著最後一根蠟燭熄滅，一團蒼白的鬼影冷不防出現在鈴眼前。

她含著一縷幽幽的目光，盯著殘破的草廬出神，身形如霧氣般飄蕩，直到鈴輕喚了聲：「靜娘」，這才緩緩轉過頭來。

細長的眸子比起畫中的少女更加顧盼生情，潔白的手臂像是新剝的荔枝肉一般微微透明。花鈿覆額，薄唇施朱，更令她容長的臉蛋增添了幾分成熟與妖媚，宛如枝頭垂下烈烈如焚的花朵，在風中搖曳，待人採擷。

她沒有說話，只是抬起下巴，冷冷睥睨。

肆

「妳是妖，不是人，真正的靜娘早在多年前便離開琴城了，妳為何要假扮成她的模樣，夜夜騷擾陳家人，致使他們惡夢纏身？」

對面的「靜娘」聽見這話，臉色越發青寒。她嘴角上挑，朝腳邊狠狠啐了一口。

鈴不由微微詫異——在她看來，這個驕傲剛烈的女子怎麼也不像是會對陳府的一幫老弱婦孺下手的那種人啊。

思緒電轉間，她突然又想起昨夜她和關雲綺身陷幻境的情景。當時，兩人被困在過去的惡夢裡，寸步難行，還差點打起來。若非最後關頭，幻術自行瓦解，還不知會如何收場呢。

下一刻，她抬頭望向對面的白衣女子，眼神裡多了幾分篤定：「妳不是真的想害陳府上下所有人吧？妳昨晚那麼突然就放過了我們，難道是因為西廂房走水的緣故？」

「靜娘」的表情微微一擩，美麗的雙眸深處迸出尖銳如針的冷光，彷彿要刺穿鈴的身體。

但她仍然不發一語，只是將纖纖素手搭在了白木琵琶的弦上，輕攏慢撚，任由婉轉的音符滑落指間。

而隨著纏綿的樂聲流瀉，不可思議的事發生了。只見一室靜止的空氣竟如風起的湖面一般，激蕩起陣陣漣漪。曲調逐漸攀升，漣漪也越擴越大，最後漾出一片明亮刺白的光暈，猶如一面懸在半空的鏡子。

透過這面鏡子，鈴瞧見了一名身穿月白羅裙的少女，梳著素雅的髮髻，橫抱著白木琵琶，坐在酒樓的闊間內，纖細的十指翻飛如蝶，凝成潺潺的泉下清音，搭配上隔壁的老人沙啞的嗓音和雲板，顯得情意柔婉，滄桑無限。

然而，席間的客人嫌他們父女倆彈奏的曲子不夠喜氣，竟然撒潑耍渾，不肯付錢。爭執間，幾名浮浪子出手推倒了老人，少女氣得淚眼婆娑，卻無計可施。甚至到後來，男人們借著酒意將她拉入懷中，恣意狎弄，她也只能奮力掙扎，從喉裡發出幾聲含混不清的呻吟。

原來，這清秀可人的琵琶少女竟是個說不出話的啞巴！

鈴不覺渾身一震。

可還來不及思考更多，眼前的幻影便重新排列形成了新的畫面，而接下來的發展更是令鈴瞠目結舌。

其中一名惡少對靜娘心生邪念，不僅藉著聽曲的名義，三番兩次上門糾纏，甚至還強行占有了她的身子，且此人不是別人，正是陳柳岩的兒子陳洋！不久後，靜娘便懷上了身孕，而陳家人得知此事後，竟還厚著臉皮上門提親！

原來，陳洋雖然早早便定下了韋氏這位名門閨秀為妻，可兩人結婚多年，卻始終沒有一兒半女。陳柳岩急壞了，四處求醫問卜，直到後來，一名重金聘來的道士告訴他，靜娘的八字正好與陳洋相合，她肚子裡的孩子將來定會大富大貴，光耀門楣。

本來，靜娘的義父聽了這番話也只是半信半疑。可他一聽見男方提出的聘禮數目後，一下子便動搖了，最後心一狠，竟真將女兒賣給了陳家。

而後來的事便更好猜了。

靜娘天生殘疾，又性格怯弱，入了陳府為妾後，雖然前後生下了陳霆、陳紘兩兄弟，卻一直被關在後院裡，宛如一個無聲無息的影子。且陳家對她的存在絕口不提，對外只稱韋氏為孩子的母親。靜娘身為兩子之母，卻無名無分，還被當作粗使丫鬟般呼來喝去，就連想和兒子見一面也不能，只能在深更半夜溜到暖閣外頭，隔著戶牖偷看對方。

這絕望的日子一直持續到去年冬天的某個傍晚。陳洋喝得爛醉如泥歸來，進了家門便直奔靜娘住的小院。靜娘不僅再次受辱，還被狠狠毒打一頓。事後，陳洋大搖大擺地離開了，而靜娘卻在萬念俱灰下，一把火燒了自己珍愛的白木琵琶。

那一夜，她獨自坐在榻前，望著母親留下的菱花鏡，凝視著鏡中那張傷痕遍布，憔悴不堪的容顏，又哭又笑。直到破曉時分，才慢悠悠晃出屋外，來到平時汲水的井邊，爬上井台，閉眼縱身一躍。

看見她羸弱的背影消失在黑暗裡，鈴的瞳孔驀地收緊。

她強迫自己收回目光，朝對面的另一名白衣女子望去。

「逝者已去，妳又是誰？」

女子沒有回答，只是靜靜地注視她。忽然間，鈴發現對方脖子上的墜子，上頭嫦娥玉兔的花紋好生眼熟，不就是幻境中靜娘平時隨身攜帶的那面菱花鏡嗎？那鏡子是靜娘的母親留給她的唯一一件遺物，也是她在世上僅存的念想。因此，直到最後投井自盡時，她也始終戴著它。

鈴望著眼前這名和靜娘宛如同個模子刻出來的女人，心中一動：「妳是鏡靈！」

女子幽幽笑了，那笑容勾魂懾魄，又帶著幾分自傷，令人聯想到向火而生的飛蛾，那樣短暫而決絕的絢爛。

鈴不由怔住了。

她腦中不斷閃過這兩日困擾著她的問題，發現如此一來，一切的謎團都解開了。像靜娘這樣溫順卑微的女子，落在陳家父子這樣的人眼裡，不過是草芥般的存在罷了，即使最後受盡屈辱而死，又有誰會替她喊冤？

妖怪無心，向來為世人所鄙棄。可世間所謂的正義，有時卻還不如妖邪的一念之仁。

「所以妳化身成這副模樣，就是為了讓陳家人以為是靜娘的魂魄歸來作祟？」鈴不禁搖頭，「這也太冒險了……就算沒有被除妖師發現，妳才剛成形便擅自離開本體，不僅無法手刃仇人，到最後，連妳自己也會衰亡消失的。」

像鏡靈這一類物老成精的妖怪，因為缺乏血肉之軀的關係，一旦靈力耗竭，便只有魂飛魄散一途了。

鈴望著鏡靈那雙含幽凝怨的眸子，心想，靜娘死的時候，定是滿腔悲憤，無法平息，因此這份執念才會附在了隨身的菱花鏡上，使得鏡靈成為被仇恨操控的怪物，甚至有了走火入魔的跡象。

若想解除這份詛咒，必得先讓對方鎮靜下來才行。

她從懷裡掏出一枚半掌大小的碧石，色澤溫潤，狀若蟬衣，表面布滿了細密的孔穴。當雲琅的風穿過時，便會發出宛如清亮的嗡鳴，宛如匣裡龍吟。

此物乃是青蟲妖的蛹殼做成的蟲笛，也是十歲那年，四叔夔牛孫昊送給她的禮物，發出的聲音不僅能夠驅除邪祟，還能降低妖怪的敵意，令對方產生心靈上的共鳴。

這法器雖降伏不了殷常笑那樣的上古妖獸，可對付鏡靈這種靈智初開的小妖，還是綽綽有餘。

果不其然，眼前的白衣女子一聽見那高亢的聲音，表情瞬間便凝住了，身上的煞氣也不覺收斂了許多。

鈴趁機上前一步勸道：「靜娘已經去了，妳這麼做不僅救不了她，還會害了妳自己！只要回到鏡中幻境好好修行，不再出手害人，妳還有百年壽命可享。失火那日，妳救了靜娘的孩子，相信她在九泉之下也會感激妳的……」

聽到此話的鏡靈眼神逐漸變得恍惚，彷彿試圖要想起自己是誰。鈴知道這表示對方仍保有一絲靈識，心下一喜。

然而，就在她準備利用喚靈陣召出對方的本體，將她引導回到幻境時，草廬外頭突然傳來一陣刺耳的尖嘯，蓋過了蟲笛的細鳴。

下瞬，門口的草垛飛了出去，一道冷光長驅直入，幾乎將殘破的屋頂給掀去半邊。如此蠻橫粗暴的攻擊，鈴亦是一愣。

回頭望去，只見一道妍麗的身影披星戴月而來，手裡握著亮晃晃的鎖鏈飛刀，正是闗雲綺。

「既然有膽現身，那就受死吧！」

她冷嗤，第二刀跟著呼嘯而出，表面上是對鏡靈發動攻擊，實際上卻是衝著鈴的方向襲去。

只聽得「嘩啦」一響，鈴手裡的蟲笛被打落在地，當場摔成了碎片。

她氣得大罵：「笨蛋，快住手！」可闗雲綺哪裡聽得進？緊接著又是一招「荊棘斬月」

朝鏡靈抽去。她的攻擊和當初在幻境中一樣凌厲，月光下的銀鍊發出嗤嗤的破空之聲，像條豔麗的毒蛇。

鏡靈纖腰一扭，輕飄飄地閃過了刀鋒，可眉間卻再次煞氣大盛，赤眸散髮的模樣在碎裂的蟲笛中冒出的青煙瀰漫之下，顯得越發猙獰可怖。

只見她朱唇微啟，一口氣將那煙霧吸入體內。

有了這股靈力的注入，她的身影不再似方才那樣蒼白如霧，秀髮烏亮，粉面流霞，越發似一個有血有肉的女人。

她伸出蒼白的手爪，如離弦之箭般竄出。且她吸收了蟲笛中的力量後，妖氣瞬間暴漲，竟然衝破了喚靈陣的束縛，徑直朝關雲綺撲了過去。

關雲綺吃了一驚，連忙閃避，卻被襲來的強風迷住了眼。等她反應過來時，鏡靈早已消失在身後的暗夜裡。

她一口銀牙幾乎咬碎，怒道：「妖孽休走！」

鈴曉得茲事體大，也顧不得撿拾蟲笛的碎片了，急急忙忙便追了出去。趕到草廬外的古井旁，卻見鏡靈縱身一躍，消失在一陣刺眼的白光裡。

這回的幻境稍縱即逝，當她和關雲綺搶上去看時，井底哪裡還尋得到那潔白的麗影？只餘一片裊裊的月色，在汙濁中靜靜流轉。

伍

四更的梆子聲響起，伴隨著鴟梟的哀啼，聲聲淒厲，令人渾身血液冰涼，彷彿一下便從暖風駘蕩的春日走到了百花殺盡的深秋。

尤其偌大一座陳府，除了幾簇稀稀落落燈火之外，便是重門深鎖，一團漆黑。那樣的淒涼冷寂，不啻於汪洋大海中的一葉孤舟。

只見朱漆大門上鄭重貼著幾張黃紙，正是當日孫苡君親手交給陳家老爺的鎮宅符籙。然而此時此刻，那疊紙張卻顯得格外單薄脆弱，彷彿一陣風颳來就能吹破。

當鈴趕到時，陳府附近已是星光遍隱，妖氣瀰漫。

正如她所預料，鏡靈得到一直渴望的靈力後，第一個想到的還是找陳家人算帳，替靜娘報仇雪恨。而如今的她怨氣沖天，光靠玄月門的符咒根本攔不住！

果然，剛踏入後院，便看見不遠處的井中飛出一團黝黑的物事，破門穿窗，朝最近的屋室襲去。

尖叫聲驟然響起。睡在屋中的僕役從睡夢中驚坐而起，見到自己的脖子竟被女人的長髮緊緊纏住，當場嚇得魂飛魄散！

鈴連忙拔出雪魄刀，衝上前去，一刀斬斷了地上的長髮。然而，無數的青絲宛如活蛇一樣，在月光下不斷扭動，朝四面八方爬去，一時根本無法清除。

鈴在救下幾名小廝和婢女後，自己也被翻滾的頭髮給纏住了。

而就在她分身乏術之際，身後又是「嘩」的一響。只見一顆女人的頭顱從井底飛出，乘著濕漉漉的髮絲直衝天際。

此時的鏡靈亦非先前那個花容月貌的少女了。她雙眼突出，臉色比水裡撈上來的浮屍還白，血盆大嘴一路裂到頰邊，活脫脫便是一尊兇惡的女煞。

鈴的心口湧起一陣強烈的反胃。

到頭來，她最擔心的事還是發生了——人非草木，就算表現得再卑微馴服，再任人踐踏，也有狗急跳牆，搏噬反撲的一天，何況是妖？

心念一轉，她匆忙喚過雲琅，以風刃切斷腳邊洶湧的髮絲，並抽出冥火符，對準女煞當頭擲去。

女煞吃痛，發出哀號，旋即化作一道黑煙，向東逃竄。

鈴本來擔心追不上，可才轉過迴廊，便看見院子裡不知何時多出了幾道熟悉的身影，正是孫苡君、沈詩詩、許琴、李宛在等人。

也不知她們是接獲了關雲綺的通知，還是感應到了施下的符咒遭到了破壞，這才來得這麼快。

幾人趕到時，鏡靈化成的女煞已經找到了陳家父子的藏身處。陳柳岩的脖子上掛著麻繩粗細的髮絲，如同死魚般懸在牆頭，臉皮青紫，嘴唇發紺，眼看是活不成了。院中處處都是下人的屍體，陳洋和妻子韋氏則縮在牆角瑟瑟發抖。

眼看女煞步步逼近，陳洋忽然像發了瘋一樣，一把搶過妻子手中的襁褓，舉至身前。

「妳要孩子？」他啞聲乞求，「那就拿去吧！求求妳放過咱們……」

陳紘的哭聲陡然響徹黑夜。一旁的韋氏沒想到丈夫竟會拿未滿周歲的小兒子當作擋箭牌，急得一口氣沒提上來，當場暈了過去。

就連周圍的玄月弟子見狀，也不禁愕然。緊要關頭，還是沈詩詩心軟，上前一劍逼退了女煞，方解了陳洋之危。

同時，隔壁的李宛在也出手了。她憑著高妙的輕功從妖怪的手中奪回嬰兒，交給了身後的夏雨雪。

癱坐在地的陳洋看幫手來了，霎時又找回了底氣，指著女煞尖聲怪叫：「快……快上！

給我殺了她！」

許琴回頭，狠狠剜了他一眼。

可終究也不能見死不救。孫苡君一聲令下，玄月弟子們紛紛抽出兵刃，轉眼間便將女煞團團圍住。她們左手捏訣，開始異口同聲地唸起淨妖咒。清亮的誦聲迴盪在迷霧旋繞的深夜裡，宛如洪鐘大呂，直入胸懷。

如今的女煞魔性大發，如何禁得住這樣的緊箍咒？只見她如遭雷殛，在半空中拼命翻滾，發出痛苦的咆哮。

而就在她轉身欲逃之際，說時遲那時快，孫苡君拔下腰間的攝妖鈴，往天空的方向一拋。小巧玲瓏的金鈴在脫手的瞬間越變越大，最後成了一座金光閃閃的大鐘，朝著女煞兜頭砸落。

鈴早在玄月門的人現身之時便已喚回了雲琅，此刻也只能眼睜睜瞧著女煞被攝妖鈴緊緊罩住，生命一點點地枯竭下去。待到金光消散，她復跌於地時，已經回復了靜娘生前的模樣，七竅滲血，懨懨一息。

她雙眼死死盯著對面的陳洋，憑著最後一口氣，朝男人爬了過去，黑色的指甲刮過地面，留下一行行深深的血跡。然而，此時的她早已靈氣耗盡，每掙扎一下，身上的皮膚便片片剝落，膝行到半路，整副軀殼終於化為塵埃，徹底消失在眾人眼前。

整座陳府霎時陷入死寂。少頃，才聽見陳洋如夢初醒般慘叫起來。回頭望去，只見他跌坐在牆邊，臉也青了，衣服也髒了，身下流出一股混濁的黃水，沿著褲襠蜿蜒而下，散發難聞的惡臭。可就算弄得這般狼狽，他仍然一副趾高氣昂的模樣，指著眾女高罵：「賤人！我陳家將妳們奉為上賓，賞了妳們天大的臉面，妳們竟然見死不救！到底是何居心？」

孫苡君等人都木著臉沒有說話，看著陳洋的眼神裡滿是鄙夷。

最後，一陣篤篤的拐杖聲打破了沉默，還伴隨著一道沉緩渾厚的嗓音：「陳二郎這是在怪老身嗎？」

柳露禪一邊走出，一邊掃過周圍狼藉的景象，面不改色道：「可惜啊……陳公昨夜非得讓我的弟子們全部趕出貴府，自個兒閉起門來解決家事。若非如此，也不至於落到今日這般境地。俗話說得好：個人造業個人擔，我一個糟老婆子又有什麼辦法？」

「妳……！」陳洋沒想到對方身為堂堂一代掌門，竟會說出這樣小肚雞腸的話來，氣得語塞。

黎明終於到了。第一道曙光穿過雲層，照射在陳府的高牆上，映出一片殷紅。

鈴趁著其他人忙著搬運屍體，收拾殘局的當口，一個人默默走到了後院的古井邊。她撫摸著長滿青苔的井欄，忽然想起從前江離和她說過的一首詩：「井上轆轤床上轉，紱聲繁，水聲淺。情若何？荀奉倩。城頭日，常向城頭住，一日作千年，不須流下去。」

這樣平靜的生活，溫暖的歲月，乃是許多閨閣少女的憧憬，應該也是靜娘最初的願望吧？可惜，再美好的夢想，亦成了鏡花水月。

想到此處，她抓住一旁的井繩，輕輕一個縱身，躍入井底。

另一廂，孫苡君正在幫忙清點陳府倖存的人丁，忙碌間，忽然聽見後方響起一陣怪異的笑聲。

回頭，只見陳洋顫巍巍地從地上爬起。此時的他已和先前判若兩人，不僅目光渙散，還不停吃吃發笑。

「呸！什麼六大門的除妖師？不過是群臭婊！哈哈哈，我要通報官府，將妳們通通抓起來！抓起來！」

柳露禪看見他那披頭散髮，嘴角流涎的模樣，微微皺起眉頭：「他怎麼還在這裡？」

孫苡君：「回師父，此人怕是瘋了。」

柳露禪撩起眼皮，涼涼地看了男人一眼：「也罷……瘋就瘋了唄。平生不做虧心事，夜半不怕鬼敲門，說的可不就是這麼回事？」她頓了頓，「不把女人當作人看，遲早會栽在女人手裡。」

李宛在吃驚：「這麼說，師父您早就知道是怎麼回事？」

柳露禪微微冷哼：「陳柳岩那老東西，平時一副道貌岸然的樣子，可比起他兒子，也沒多出息。這些年，他在城西的別院裡養了三、四個歌妓，一直不敢往家裡帶。都是年輕姑娘，手段生嫩得很，不過略施小惠，她們就把陳家這些年所幹下的醜事一五一十全都交代了。」

柳露禪說到這，目光一冷：「記住了，小李。咱們身為除妖師，理當匡非糾世，蕩滌妖邪，可這江湖上，多的是披著人皮的牛鬼蛇神。」

話音沉沉，帶著不容質疑的意味。李宛在聽得一凜，難得恭恭敬敬地應了聲：「是，弟子記住了。」

「妳可會覺得為師這麼做太過冷酷，不近人情？」

李宛在思了半晌，笑道：「這世上就連妖都有情感和欲望，人自然也會憑著自己的理念做出取捨。無論選擇哪條路，都不可能做到事事周全。既然如此，又何必去想這種問題？徒兒以為對錯在心，但求問心無愧而已。」

陸

翌日，琴城的鄰里鄉親都知道了。位於青衣坊的陳家因為府中畜養凶妖，又兼得罪了位高權重的玄月掌門，一夕之間家破人亡，就連宅邸也因為煞氣太重而被官府下令查封了。

陳洋因為胡言亂語，詆毀朝廷，被拘捕下獄，韋氏則是在忠僕張姑的幫助下，帶著兩名年幼的孩子連夜投奔了娘家。

至此，一場風波總算落幕。街坊百姓將這則異聞當做茶餘飯後的談資，津津樂道了數日，也就漸漸不提了。除了一名老乞丐外，誰也沒注意到，城外的痲姑廟旁近日添了座新墳，裡頭除了遺骨，還有一面從陳府舊井中打撈出來的菱花鏡，靜靜躺在土裡。

「靜」字，乃安謐美好之意。這個女子和她的名一樣，安靜、柔順，一輩子受盡欺凌，就連死亡也悄無聲息。可即便是如此卑微的一生，依然收獲了一顆真心，一名知己，為了這段因緣而奮不顧身。

這便是人和妖的共同之處——就算生命消逝了，那些真實的情感依然會留下。就好比一朵花，一點露，只要曾經存在，就必會留下痕跡。

安葬了靜娘後，鈴準備回城和眾人會合，一轉身卻瞧見關雲綺站在幾步之外，冷冷地注視自己。

她的聲音很低，宛如風中柳絮，帶著一絲嘲諷的意味：「妳以為妳這麼做，她就可以安息了？」

「這裡有山有田，有在意她的友人，也算是個歸宿，總好過待在那個狹小骯髒，不見天日的地方。」鈴輕描淡寫答道。

關雲綺上前一步，聲音越發冷冽。

「少在那假惺惺裝好人了。人死燈滅，失去的永遠也沒辦法彌補，妳不也是這樣對我說的嗎？人活在這世上，唯一要考慮的便是自己。」

「既然如此，妳為何要做除妖師？」鈴反問。

「自然是為了出人頭地，有朝一日振興雲霓山莊。」關雲綺眉毛一揚，坦然道，「為了達成目的，我什麼都做得出來。所以我警告妳，從今往後別再打探我的過去，別礙著我的路，否則休怪我不客氣！」

她撂下這句話，轉身拂袖而去，留下鈴在原地苦笑不已。

翌日，天色尚未破曉，一行人便收拾行囊，再次搭上了玄月門的黑色馬車，一路揚長出城，繼續朝東駛去。

就這樣趕了三天三夜的路，終於來到茅山腳下的村莊。

雖說江湖人不拘小節，但畢竟都是姑娘家，紮營多日，眾人早已對前仆後繼的蚊蚤大軍感到不勝其擾，紛紛期盼著今晚能夠痛痛快快地洗上一回澡。

天色漸晚，正想找地方投宿，便看見迎面走來幾名身穿褐衣，面色黎黑的男子，有的背著柴薪，有的扛著鋤頭，像是尋常的莊稼人家。

可奇怪的是，對方一瞧見玄月門的隊伍便立刻停止了交談，還低頭加快腳步，似乎想盡快離開。

孫苡君翻身落馬，上前恭敬施禮：「晚輩玄月門孫苡君，攜同家師途經此地，敢問老丈，附近可有供人歇宿的客店？」

正前方的樵子瞟了眼她腰間的長劍，目光頗為不善。

「嘿，上個月才剛來過，還嫌不夠嗎？瞧不出娘子年紀輕輕的，卻是要錢不要臉……」

這話說得夠難聽，孫苡君脾氣再好，也不禁心中來氣。正想發作，車內忽然響起一道蒼冷的聲音：「苡君，不得無禮。」

柳露禪將孫苡君招到身邊，遞給她一樣物事。

孫苡君將東西轉交給村民。那樵子發出不屑的哼唧，可他身旁的同伴卻目光發直，迫不及待地接了過去——原來，那竟是一串閃閃發亮的珍珠！

村民們收下了禮，卻連一句道謝也沒有，反而再次用古怪的眼光打量隊伍，彷彿深怕她們改變主意似的。

眾女望著幾人疾步離去的背影，都忍不住皺眉。

這座村莊距離天道門不過一日的腳程，卻意外地蕭條。不僅農地荒廢，就連大街上也是冷冷清清，兩旁的屋舍活像是剛被盜匪洗劫一空似的，若非幾縷裊裊升起的炊煙，還以為是來到了鬼村呢。

也難怪方才那幫樵子看到珍珠會有那般反應——只怕他們活到了這把年紀，連金銀珠寶的影子都沒瞧過吧？

一連敲門問了幾戶人家，對方態度都十分冷淡，不僅不願收留，甚至連口水都不願意給。好不容易尋到一間供旅客過夜的客棧，已是申牌時分。店裡的掌櫃滿口黃牙，瘦削如鬼，聽聞她們是六大門的人，臉色立刻沉了下去，直到孫苡君奉上白晃晃的銀錠，這才勉為其難地吩咐夥計將她們的馬牽去廄裡餵草。隨後，一行人胡亂吃了點東西便各自回房了。

是夜，鈴和夏雨雪、李宛在同宿一屋。她回想起白天遇到的那些可疑之人，心裡總有種不踏實的感覺。但待到三更，累積多天的疲勞從骨子裡襲來，她最終還是昏昏沉沉墜入了夢鄉。

夢裡，那名叫藍敏的女人長髮垂肩，掐著她的脖子不肯鬆手，訴說著自己的冤屈，眼淚像孟姜女般翻江倒海滾滾而來……鈴拼命掙扎，與對方打得難分難解，直到聽見「嚓」

的一響才猛然坐起。

——不對！

她驚恐地發現，朝她身上潑來的涼意不是水，而是黑暗中有人撞破了窗格，陣陣冷風正直灌而入！

她一個激靈跳起，雪魄的刀身抵著手掌，冰涼的觸感令人瞬間清醒。

同時，角落裡驀地掠過一道高大的黑影。那是個男人。

鈴想也沒想，憑著多年來的直覺，刀鋒順著風中的殺意急切出去。

男人手中的大刀還來不及揮起便「匡噹」落地。他望著自己血肉模糊的手掌，混濁的瞳眸中有片刻的驚乍。

緊接著，鈴的雙足踢在對方喉間。男子下巴猛然向上一掀，撞擊上顎，滿口都是鮮血和牙齒的碎片，痛得大吼。

此舉驚動了一旁的夏雨雪和李宛在，兩人醒來便聽見金刃劈風之聲，滿室的血腥氣撲面而來，紛紛提劍從床上跳起。

「怎麼回事？」

鈴想回答沒事，賊已經被她料理了，卻又隱隱覺得不對勁。

探頭出去一看，只見昏黃的燈光從半掩的門扉間流瀉而出。寂靜的荒村野店前赫然聚集著一大批蒙面黑衣人，有的持刀，有的挾斧，兇狠的姿態在月色下暴露無遺。這一幕簡直令她啼笑皆非。

哪裡來的不長眼的賊寇，居然襲擊六大門的人，簡直就是活膩了！

她回頭朝同伴比了個噤聲的手勢。三人推開門，躡步到了走廊上。

但她們很快發現，保持沉默已經一點意義也沒有了。因為就在剛剛，敵人已踢破了客店的大門，直接闖了進來。

那個黃牙掌櫃非但沒有阻止，還指著幾人尖叫：「對！就是她們！快、快拿下！」

「堵住後門，活的通通宰了！」

聽到帶頭的刀疤男這麼說，李宛在額角青筋狂跳，都快破皮而出了。

此時，其餘的玄月弟子也已聞聲趕至，與底下的黑衣人形成對峙，唯獨不見柳露禪的身影。

最先出手的乃是許琴。只見她長劍斜裡掠出，一招「水月分天」頃刻間刺傷了兩名敵人，同時叫道：「不過是群三流毛賊……這種廢物，必要叫他們有命來送，沒命回頭！」

雖說她平時為人刻薄，在同儕間少有人緣，可來到緊急關頭，一舉一動仍頗具師姐風範。有了她這句號召，玄月弟子們紛紛壯起膽子，挺劍殺入敵陣。

混亂間，鈴施展輕功從樓頂一躍而下，足尖打了幾個旋，輕輕鬆鬆便穿過了正堂。周圍的拳腳兵刃全如春風拂檻般掠過，連她的衣角也沒沾到。

然而，正當她想出門查探外頭的情形時，背後卻響起一陣驚叫。

「阿離！」

一回頭，便看見夏雨雪從後面追了上來。可她畢竟沒有鈴那麼精妙的身法，還沒到達門口，便被幾名手持板斧的彪形大漢團團包圍。

夏雨雪生性善良，即使碰上這種兇險的場面，仍然招招留有餘地，因此那些被她刺中的敵人都僅僅受了點皮肉之傷。到後來，對方亦看穿了這點，出手越發肆無忌憚，漸漸將夏雨雪逼至牆角。

鈴眼看情況不妙，飛出一足，將踢起的木桌朝著那群土匪後腦砸了過去。

轉眼間，木屑四飛。對方根本來不及看清來人的面目，粗壯的頸子已被毫不留情地捅出了一個風穴。話音和聲帶一起被割斷，取而代之的是漏氣的咻咻聲。

鈴將屍身橫著砸向他一幫同伴，隨後將雪魄刀尖一轉，體內錘煉已久的真氣隨著刀光傾瀉而出。

那名接招的倒霉土匪只覺得自己迎面撞上了一座小山，手臂到胸膛之間的筋肉被無匹的殺氣給絞開，登時血濺三尺。

這下不僅夏雨雪驚呆了，就連鈴自己也嚇了一跳。自從她跟長孫岳毅學習了內功心法和珍瓏指後，曾將這些招數在腦中演練過無數遍，卻沒想到真正使出來時，竟能發揮如此大的威力。

然而，現在可不是洋洋得意的時候。

夏雨雪心目中，鈴一直都是那個不會武功，手無縛雞之力的「阿離」。因此當她看見這一幕時，不禁愣在原地，連眼睛都不會眨了。正欲開口質問，一名熊羆般的男人突然朝她們衝了過來，掄起大刀，不甘寂寞地怒喝：「臭丫頭！少瞧不起咱們江東修羅會！」

原來這幫不入流的土匪自稱「江東修羅會」。

鈴懶得和對方糾纏，右臂一橫，使出珍瓏指的「斷」和「搭」二式，正好戳在敵人的虎口。隨即足尖連點，拉著夏雨雪的手從人群中橫闖了出去。

另一廂，二樓的戰況同樣也呈烈火燎原之勢。

江東修羅會仗著人多勢眾，一股腦兒往樓頂衝，甚至還祭出了毒粉，將狹窄的過道弄得一片烏煙瘴氣。

但玄月門的人也不是好惹的。只見四面八方青光連閃，不斷有黑衣人從欄杆外摔落地面，慘叫聲此起彼落。

帶頭的刀疤男面巾被扯掉了，露出一張坑坑疤疤的死魚臉。

「上啊！」他大吼，「怕什麼！不過是群娘兒們！」

說時遲那時快，話才剛出口，一把飛刀突然從後方破空而來，直接摘掉了他的腦袋。奪命的長索在空中翻滾了一遭，隨即被人接住。闕雲綺頂著一張閻王臉出現在樓梯頂端，彷彿不甘心好夢遭人打斷。

她將那名首領的首級往樓下一扔，嫌惡道：「不想死就滾！」底下那群凶神惡煞登時嚇得屁滾尿流，不過一會的功夫便盡化作鳥獸散。他們落跑的速度太驚人了，屋內的人都有點傻眼，也沒來得及追。唯有李宛在不肯放過。

她像踢蹴踘一樣，踩著那群喪家犬的頭蹦下階梯，踢一腳罵一句：「滾你奶奶的投胎去！」

鈴將夏雨雪帶到沈詩詩身邊，確認了周圍安全無虞，旋即從角窗一躍而出。剛落地便聽見外頭有人冷笑：「金銀不怕火燒，就讓那些賤人嚐嚐厲害！咱們回頭再來搜！」

接著就是乾柴遇上烈火的霹啪聲。

一個人對無恥的耐受度是有限的。雪魄刀今夜已經嚐過血腥了，鈴真心想一不做二不休，把這票人全都砍了。可正猶豫間，不遠處忽然傳來「嗖」的急響。隨後，那名手握火把的漢子「哎喲」慘叫，滾下馬去。

原以為又是闕雲綺的鎖鏈飛刀，但仔細望去，屍體的右眼眶中居然插著一枝翠羽黑箭！

——好箭法！鈴不禁在心中喝采。

下一刻，東邊的樹林裡驀地奔出幾匹駿馬。馬上一人手握長弓，三箭連發，幾個呼吸間又已射倒了一排蒙面人，並且全是命中右眼。

「看來是趕上了。」

鈴望著幾名劍客模樣的青年，心想：「這叫哪門子的趕上啊？」

在內外包夾的情況下，殘餘的修羅會黨羽很快就放棄抵抗，束手就擒。玄月弟子們從客棧內搜出幾捆麻繩，有條不紊地將他們五花大綁，扔在了廳央，接著才將目光轉移到幾名陌生人身上。

「多謝諸位少俠出手相助。」

「哪裡，好說。」為首的青年聽見孫苡君這麼說，拱手一笑，「敢問諸位女俠可是玄月門下？」

「正是。尊駕高姓大名？」

對方還來不及答話，頭頂上方忽地傳來一陣擲地有聲的冷笑。

「哼，明明早就到了，卻不進來，是想藉機刺探嗎？看來，趙掌門的徒弟還真是有乃師風範啊。」

柳露禪在眾人的視線中緩緩步出，指甲在木造的欄楯上發出異常響亮的叩隆聲。

鈴有種感覺，對方遲遲沒有現身，等的就是這一刻。

好在對面的青年還算識趣。只見他襴袍一撩，長揖至地，說道：「晚輩不敢。在下天道門顧劭峰，拜見師太。」

第捌章、天月論劍

壹

自稱顧劭峰的青年二十多歲，生得英氣凜凜，劍眉星目，加上那傲人的身高，往那裡一站，活脫脫就是個書中走出來的少年英俠。玄月弟子中不少人忍不住多貪看了幾眼，直到柳露禪用力咳嗽一聲，才連忙把目光收回來。

「家師一早便遣晚輩下山迎接師太，沒想到來遲了，害得諸位女俠受驚，還望恕罪。」

柳露禪聞言，皮笑肉不笑：「顧少俠可真會說話。」

「晚輩不敢。」顧劭峰彷彿沒聽出此言背後的諷刺，表情仍是恭而有禮，滴水不漏，「給師太和諸位師姊介紹一下，這幾位是我的師弟。」

原來，背掛羽箭的青年名叫朱康，站在他左右的則是陳昊和陸圭寒。從幾人脊直腰柔的步態看來，武功底子竟都不弱。

「好、好……看來趙掌門還真是送了老身一份厚禮啊。」柳露禪說著，眼神一一掃過，「不過茅山腳下盜匪猖獗，無視王法，難道天道門就袖手旁觀，還要咱們外地人替你們管上一管？」

「師太說得極是。」顧劭峰連忙接茬，「這路馬賊近來囂張跋扈，家師已下令圍剿。師太神通廣大，初來乍到便替本地剷除了一大禍害，晚輩替村裡的百姓謝過師太。」

這話乍聽之下頗有道理，然而，鈴卻想起路上遇見的那些村民，他們詭異的表現，可一點都不像是對方所形容的，被土匪滋擾的可憐老百姓啊。

正納悶間，許琴從後院走了出來，手上還拖著一個半死的老頭，氣呼呼地往堂中央一扔。仔細一看，居然是那名黃牙掌櫃。只見他額角腫了個大包，嘴角還在流血，抬眼一見滿室的除妖師，嚇得連尿都閃了出來，伏在地上不斷磕頭。

「沒脊梁骨的東西！」許琴怒道，「若不是你去通風報信，那群馬賊也不會找上門來。說！你是受誰指使？」

「小的什麼都不知道啊……」

「還嘴硬！不要命啦？」許琴柳眉倒豎，在對方屁股上補了一腳。

「師姊息怒，或許這位老丈真的和馬賊沒關係呢。」一旁的陸圭寒忍不住皺眉嘟囔，卻換來許琴一記惡狠狠的眼神。

「誰是你師姊啊？少跟我攀親！」

眼看雙方就要吵起來，沈詩詩連忙岔開話頭：「師父，恕弟子多嘴一句。這位老人家先前的確帶了修羅會的人進來，咱們很多人都看到了。」

連沈詩詩都這麼講，地上的掌櫃不禁又哆嗦起來。

他膝行至顧劭峰跟前，抓住對方襴袍的下擺，哭道：「少俠饒命啊！咱們都是貧苦無依的老弱婦孺，求的不過是一條生路罷了……只因沒錢繳平安金，一家老小無處棲身，這才一時糊塗油蒙了心……否則，就算借咱們十個膽子，咱們也不敢打各位女俠的主意啊！」

「胡扯！」陳昊聞言，臉色一變，「你難道想說，是咱們天道門逼著你們造反？」

「不、不！小的哪敢……」

所謂「平安金」就是各個除妖門派向附近百姓收取的稅賦。講好聽點，是對守護一方和平的除妖師表達感謝，講難聽點，就是據地為藩，搜刮民脂民膏。且這樣的行徑還是司天台默許的。據鈴所知，如今的六大門派皆有收取平安金，若不肯按時繳納便無法在當地生活。許多貧苦人家根本禁不起這樣的雙重剝削，只能舉家逃難，成為流民。

可照理說，這座村莊距離茅山尚有幾十里路，就算天道門要徵收平安金，也不該強行從這些人身上索要才對啊。

「咱們降魔衛道，還不是為了你們這些平頭百姓著想，不想你們這些刁民，竟如此忘恩負義！」

望著陳昊咬牙切齒的模樣，鈴終於明白為何此地的百姓會表現得對她們又怕又恨了——那些人定是將她們錯當成天道門派來收取平安金的隊伍了！後來發現她們人數不多，又有金銀傍身，這才妄想借江東修羅會之手殺人劫財，以洩心頭之恨。

顧劭峰按住陳昊的肩膀，示意他別再講下去。

「此中必有誤會。」他沉聲道，「天道門從來都是替天行道，絕不會干預百姓的生活。若繳納平安金有困難，咱們也不會強求。可若將歪腦筋動到勾結匪徒、放火劫財上面，不僅唐律難容，天道門也絕不會坐視不理！」

掌櫃聽到這，徹底崩潰了。痛哭流涕間，身後的米缸突然倒了下來，裡頭鑽出一名十歲左右的小女孩，撲在他身上。從她身上沾滿炭灰這點看來，先前土匪來襲時，她應該是跑進了柴房躲避。父女倆抱頭痛哭，那畫面著實挺辛酸的。

「顧少俠，這夥人你打算如何處理？」柳露禪問。

「送到縣衙，交給地方官府處理。」顧劭峰瞥了一眼身後殘破不堪的客棧，「阿昊，你和朱師弟把這些人犯押走。朱師弟，你負責把這裡善後。圭寒和我護送師太她們上山。」

他三言兩語間就把工作都分配妥當了，說完朝柳露禪看去，彷彿是在徵詢對方的首肯。

柳露禪冷哼一聲：「事不宜遲，咱們這就出發吧。」

位居茅山的天道門不愧是當今武林最負盛名的門派，入了茅山地界，周圍景色頓時煥然一新。山腳的鎮子和鬧馬賊的村莊相比，可謂空前繁榮。且顧劭峰似乎是刻意想扭轉她們先前對這一帶民生凋敝的印象，因此一路上帶她們走的都是最熱鬧的大路，市集上滿滿的人潮，不時還能見到素袍葛巾的道士穿梭其間。

向南行出數里，渡過蒼龍溪，抬眼就能看見金碧恢宏的紫陽觀了。這裡是天道門最富麗的宮殿，由太宗皇帝親自下旨督建，開元年間又蒙聖上賜名「紫陽觀」，榮寵不衰可見一斑。小小的玄月門和這裡比起來，簡直是寒酸了，包括李宛在在內的不少玄月弟子都是頭一次到茅山，不由得看呆了。

只見山門前的棧道上矗立著高聳的牌樓，匾上刻著「天下為公」四個大字，另一面則是「大道之行」。

顧劭峰和陸圭寒領著眾人穿過靈寶殿，幾個拐彎後，腳下路驀地寬敞起來，眼前出現一片花園，湖畔垂蔭鬱鬱，中央有一大片的水榭，攬盡山色波光。

接風的宴席早已事先布置好了，天道掌門趙拓率領著一幫長老在水邊迎接眾人。

趙拓一身飄逸的長身錦袍，在風中翻起竹青色的漣漪，面目英俊祥和，望上去異常年輕。他步伐沉穩，看似不疾不徐，頃刻間卻已穿廊而來。

「師太，想不到三年不見，您老人家身體還是如此硬朗。」

「抱歉啊，讓你小子失望了。」柳露禪白了對方一眼。

趙拓彷彿渾不在意，作揖笑道：「哪兒的話。諸位女俠遠道而來辛苦了，還請上座。」

「聽說各位在路上遭遇了點小意外呢。」待眾人落席，坐在趙拓左首的男人突然開口說道。他有一雙賊兮兮的小眼睛，正不懷好意地打量面前的眾女，「怎麼？沒嚇著吧？」

玄月弟子們看見那猥瑣的笑容，都忍不住皺眉。夏雨雪附到鈴耳邊，小聲道：「那人是誰啊？怎麼感覺……怪噁心的？」

她口中那人正是趙拓的師弟，孟汐。另外，列位席間的還有趙拓的另一名師弟邱道甄、師妹翁芷儀，以及以顧劭峰為首的十多名二代弟子。

本來這裡應該有更多人的，鈴目光掃過眾人，心想道。在十八年前那場血腥的掌門之爭中，趙拓便將他的師兄楊元嘯以及對方的弟子、黨羽全部剷除乾淨了……

她望著眼前這個神色溫和、談笑自若的男人，實在很難想像他就是發起動亂，殺戮同門的兇手。就連天道弟子們的態度也比她想像中來得謙和許多。

可柳露禪卻似乎不這麼認為。只聽她冷冷道：「孟大俠的消息還真是靈通啊。想必平常閒來無事，興趣是聽牆根呢。」

「老婆子，妳說啥？」

孟汐爆跳起來，隔壁的趙拓卻只是悠悠地抿了口茶：「阿汐，不過一句玩笑話，何必如此較真？」

放眼望去，天道門年輕一輩全是清一色的黑衣青年，唯一的女弟子扎在一大群小伙子中間，如萬綠叢中一點紅。她和顧劭峰談笑甚歡，互動親暱。鈴豎起耳朵，依稀聽見顧劭峰喊她「楊師妹」。

宴席上，長輩們負責寒暄，晚輩們除了偶爾插上兩句外，剩下的就是低頭夾菜，還不忘打量對方的陣營中是否有什麼值得注意的厲害角色。

幸好鈴此行乃是扮作玄月門的一名丫鬟，因此根本沒人多看她一眼。席間，她一直很稱職的站在夏雨雪身後，目光從頭到尾沒有離開過趙拓等人所在的主桌。只是夏雨雪擔心她餓著，不停從案上拿食物偷偷塞給她。鈴被她弄得差點噎著，心想，對方真的是連半點名門千金的自覺也沒有。

忙活間，耳邊又飄來柳趙二人的對話。

「從山下的情形看來，天道門近來也是動作頻仍啊。三年前，可不是這番光景……趙拓，你膽子可夠大的！」

「可眼下的江湖又豈能和從前相比？」趙拓慢條斯理道，「就拿數月前的例子來說，國清寺的結界遭到破壞，這可是幾百年來從未發生過的事呵！還請師太聽貧道一言：赤燕崖集結群妖，四處興風作浪，難道您就甘心這樣坐以待斃？」

「趙掌門，」柳露禪神色寡淡道，「我不曉得你意欲何為，但老身就算肝腦塗地，也不會任由玄月門和你一起墮落。」

「天道玄月本是同根生，貧道也是一番好意。難道師太就如此不信任貧道？」趙拓自嘲。

「你當我老糊塗了嗎？十八年前，你血洗自家門戶，不也是出自一番好意？」柳露禪瞥一眼趙拓腕上盤著的無患子珠，唇角浮起冷笑，「等活到我這把年紀，你就會知道，求佛拜仙是沒用的。凡事還需估摸著良心。」

趙拓聽到這，依舊面不改色，孟汐卻氣得眼神發赤。最後還是翁芷儀出來打圓場。

「天月論劍說穿了，都是年輕人之間的比劃，咱們這幾天不過是充當看官，何必為陳年往事傷了和氣？不如讓孩子們多說說。」

「是啊。那些陳芝麻爛穀子的事，我們這些老東西念念不忘，年輕一輩卻未必放在心上。」柳露禪笑道，「就好比十七年前司天台的那樁舊案，當年幾乎把整個武林都掀翻了，可如今想起，也不過是過眼雲煙罷了。」

趙拓搖頭：「此言差矣。貧道以為，當年的塗山掌門韓君夜乃是一代英雄豪傑，此等人物，百年來難得一遇，又豈會輕易湮沒在歷史的溝渠裡？」

「都說讓年輕人說話了，趙掌門還有高見啊？」

「小徒們年幼愚鈍，不敢獻醜。」

此時，雙方門派大部分的弟子都早已被兩人的談話給吸引了注意。李宛在湊到夏雨雪耳邊，壓低嗓問：「妳說，這司天台之變都過去多久了，還有什麼好談的啊？」

「我聽阿爺說，當年事發時，有許多人都替韓大俠抱屈呢……」夏雨雪悄聲道，「但不知為何，後來全部噤聲了，此事再也無人提起。」

「難不成是被人封了口？」

夏雨雪豎起手指貼在唇邊，阻止對方繼續說下去。

須知，這樁舊案一直是司天台的逆鱗，雖然外頭的謠言不少，但都是顛顛倒倒，三分真七分假。經過當年的肅清，六大門中早已無人敢對此事妄加揣測。因此，即便是眼下如日中天的天道門，也不能不對朝廷心存顧忌──當年的韓君夜就是前車之鑑。

趙拓自然沒傻到讓自己的弟子跳下這個坑。

然而，李宛在卻不一樣。且她身旁的兩人，一個是韓君夜的親傳弟子，一個是他義弟夏空磊的閨女，關於司天台之變，兩人所知的內情其實遠比柳露禪等人還多。到最後，夏雨雪被李宛在纏得煩了，終於忍不住冒出一句：「都說韓大俠是遭人誣陷的，妳難道連這都看不出來？」

她說話極小聲，但小李那個大嘴巴，竟一個不小心叫了出來。

下一刻，眾人紛紛這個方向看來。

「看來，師太的弟子們對此事頗多見解啊。」趙拓的目光掃過鈴與夏雨雪，落在李宛在身上，決定拿她開刀，「這位姑娘不愧是月隱劍的傳人，果然氣質拔群。」

李宛在一呆，心想：自己哪裡「氣質拔群」了。至於劍法那更不用說了，連門檻都還沒摸到，還說什麼「傳人」？但她臉皮是出了名的厚，被如此抬舉也不知要給自己找台階下，只是起身拱了拱手，說道：「哪裡。」

這下，更顯得她自命不凡了。

天道弟子中有幾人忍不住嗤笑。

趙拓的笑容更是意味深長：「果然是後生可畏。卻不知姑娘對司天台之變有何見解？」

在座所有人都知道這是個徹頭徹尾的「陷阱題」，但李宛在偏偏是個不畏虎的初生之犢，哪裡有是非就愛往哪裡攪和。

她心想：不就是樁陳年舊案嗎？到底是有多深的隱情，竟能讓在場所有人，乃至於整個江湖的英雄好漢全都噤若寒蟬？這些人未免都太慫了！

「有道是，樹大招風，韓大俠是當年武林第一宗派的掌門，朋友雖多，想必也是樹敵無數。」

鈴本來是想阻止李宛在來著，但聽到這裡，卻突然改變了主意。她的目光被趙拓吸引了過去，只見對方表情微微變色，眼底閃過一絲厲芒。

李宛在那廂見無人阻止，益發大膽起來。

「韓君夜殺死藏經洞主朱松邈，盜走《白陵辭》，依律是該處死……」她說。「但這麼大的一件事，司天台卻幹得偷偷摸摸的，好像深怕被人察覺似的，而《白陵辭》到今天卻依然下落不明，這難道不蹊蹺嗎？」

六大門派向來對此事諱莫如深，年輕一輩的弟子頭一次聽到如此大膽的猜測，紛紛屏氣凝神，更有不少人直接聽呆了。

李宛在眼珠子滴溜一轉，繼續振振有詞：「依我看，韓大俠是一代宗師，又怎會拘泥於一本小小的武功秘笈？再說了，若他真的殺人盜書，以他的身手，又怎會被輕易抓住？難怪江湖上至今都沒人見過他的屍首。嘿，搞不好他當年根本沒死！從頭到尾都是司天台在故空玄虛！」

「夠了！」柳露禪一聲怒喝，打斷徒弟的一番宏論。

李宛在瞥見她的臉色，這才趕忙閉嘴坐下。

可另一廂，鈴也看清楚了——當李宛在脫口說出「韓君夜沒死」這句驚天地泣鬼神的話時，趙拓的手分明顫了一下，筷子在瓷碗的邊緣擦出一道清亮的音色。雖然只是一剎那的事，對她而言，卻如同當頭一棒。

一場接風宴便在這詭異而緊張的氛圍中落幕了。玄月門眾女各自回到房間休息，為明日一早的比賽做準備。李宛在則為自己方才「大逆不道」的發言付出了慘痛的代價。她被柳露禪罰在後院吊著鐵桶蹲馬步，不斷發出哼哧。

入夜，鈴倚著牆，一邊磨著雪魄亮晃晃的刀背，一邊回想著筵席上的對話，心頭不祥的預感越來越強烈。她知道床上的夏雨雪此刻也正翻來覆去，但兩人各自懷揣著心事，誰也沒有說話。

自從客棧的那場騷亂後，兩人就沒有單獨交談過了。鈴曉得對方心裡肯定有很多的疑問，甚至已開始懷疑自己的身分，但夏雨雪卻遲遲沒有開口詢問。這異常的沉默反而令她感到有些不安。

又過了小半個時辰，她放下刀，起身打坐。長孫岳毅輸給她的真氣和她從小練就的陰寒內力在經脈之間不斷遊走、鼓盪。那種感覺就好像一個人右手使刀，左手耍劍一樣，兩種截然不同的勁道和思維在她的腦中相互琢磨鍛鍊，體內霎時冰火二重天。另外，她又加入了赤燕刀的心法，頓時刀光劍影，焰光大熾。她摸索著每道招式背後的真意，最終抵達了一種奇妙的入定狀態。

她覺得自己彷彿翻越了千山萬水，抬頭一望，映入眼簾的是一片從未見過的壯麗高峰，雪白的山陵如龍脊般光滑，光是驚鴻一瞥便足以攝人心魂。

而正當她沉迷於這片景色之中時，遠處忽然傳來陣陣雞鳴。天已經亮了。

貳

天月論劍採取的是一比一的賽制，贏家晉級，輸家淘汰，最後再由雙方掌門從未被淘汰的名單中選出他們認為表現最亮眼的一名弟子代表門派參加決賽。

場上的規則也很簡單。每個選手腰間都掛著代表自家門派的木牌。誰先奪下對方的牌子，掛上試劍台中央的木柱頂端，誰就獲勝。另外，木柱底端還架設了一排兵刃，從最常見的刀劍、槍棍、斧鉞到各類暗器和奇型兵器，應有盡有——不過前提是要搶得到就是。

第一回合比賽由朱康對戰許琴。隨著鑼音響起，只見朱康穩穩的一飛身，落在試劍台中央，拱手道：「許師姊請。」漂亮的身法立刻引來同門的一片叫好。許琴不願屈居人後，一招「月借東風」跟著飄然登台，雙掌相錯，掌心回扣，正是日月綿掌的起手式。禮畢，兩人旋即交上了手。

比賽的關鍵正是如何從對手身上奪下腰牌，稱之為「搶標」。此時，場上的兩人都顧不得取兵刃，直接空手白拳鬥在一起，黑衣白袖舞成一片。朱康的「二十六路鳴霄掌」掌風厚重，勢如奔雷，和玄月門的輕巧靈活恰好形成對比。

許琴翻腕如電，五指捲出，看似要點敵穴道，但一沾到對方的手臂，竟順勢黏了上去。朱康來不及變招，面上挨了一記彈指，登時臉頰青腫，滿嘴鹹腥。

幸他還算鎮定，立刻身形一仰。下一刻，勁風颯然，敵人的下一招已擦面而過！同時，他將真氣直貫手背，雙掌穿雲裂石地推了出去。

俗話說：「寧可挨十拳，不可挨一掌」，縱觀天下，叫得出名來的掌法猶如過江之鯽，有的勁急如風，有的矢矯凌厲，但幾乎都勝在變化多端，唯有天道門的二十六路鳴霄掌返璞歸真，沒有一絲多餘花哨的動作，倒是和拳法的意境有幾分相似。

掌風方至，許琴便感到胸中氣海翻湧，連忙提氣蹬足，沿著木柱向上竄出。但她剛動，便看見朱康突然彎身下去，再度起身時，手中已多了一張朱弓和三枝鐵箭。在旁觀戰的鈴立刻想起前天晚上在客棧外的那一幕——這個朱康可是個不折不扣的神箭手！照此情形看來，他極可能一開始就是衝著那把弓去的，方才不過是佯攻罷了。

此念方生，就見弓掛滿月。許琴此時人還懸在半空，無處借力，只聽得「咻」的一響，鐵箭擦過她的腰際，直接貫穿腰牌的掛繩，將牌子釘在了後方的木柱上。許琴不由得愣住。而就在她走神的片刻，朱康已趁機拔地而起，摘下了腰牌。

等許琴發現大事不妙，飛身來追時，已經太晚了。只見朱康在箭上伸足一點，轉眼便縱上數尺，將腰牌掛到了柱頂。群眾霎時歡聲雷動。

鈴心想，天道門身為當今武林的第一門派，果然不負盛名。即便雙方武齡相當，可天道弟子的實戰經驗顯然更加豐富，絲毫沒有初出茅廬的優柔寡斷。

繼朱康摘下首勝後，天道門又連贏了兩場。第四場比賽，輪到關雲綺披掛上陣，而她的對手正是天道門參賽人員裡唯一的女弟子，楊千紫。

關雲綺一登場便引起熱議。她本人雖然極少在江湖上露面，但自從四年前發出招親英雄帖後便聲名大噪。別說是六大門，只要是江湖中人，幾乎都聽過她的名頭，或者看過她的畫像。更難得的是，這名美人還身手不俗。迄今為止，上山找她挑戰的人少說也有上百，但不是武功不行，便是文章不通，被她的鎖鏈飛刀斷腿去胳膊的倒霉鬼更是不少。因此，江湖人送她一個外號，叫「銀鍊薔薇」。

只見她長髮盤起，素面朝天，一襲白衫在風中獵獵飛舞，宛如出水芙蓉，一抬眸，觀眾席上的天道門弟子便集體走了神。

她的對手楊千紫雖沒有傾城的美貌和響亮的名聲，卻也沒有畏戰的意思，只是淡淡說了句：「久仰。」

關雲綺頭微微一點，旋即發難。

她的目標從一開始就很簡單。少了吹髮斷絲的鎖鏈飛刀，什麼兵器拿在手上都覺得不順手。而放眼望去，試劍台上唯一的長兵器就只有一旁的流星鎚。

楊千紫眼尖，頃刻間便看穿了她的意圖，心想：「才不會讓妳得逞！」掌風颯然推出，正是二十六路鳴霄掌中的一招「鳴天之柱」。

關雲綺不閃不避，雙掌跟著拍出，打算和對方來個硬碰硬。

兩人掌心相抵，楊千紫被對方的內力波及，身形微微一晃。關雲綺抓住這個破綻，掌風凝成一道薄刃，沿著敵人真氣網中的弱隙斜斜遞了出去。

這掌和先前許琴彈朱康的那一指有異曲同工之妙，看似不著痕跡，實則後發先至，教人措手不及。楊千紫肩上中掌，雖然即時旋身卸力，胸中內息仍被引得大亂。

關雲綺乘勝追擊，變掌為爪，纖纖素手抓向對手面門。楊千紫後仰避開，不料，對方的手指卻中途變向，朝她胸口直直插落。楊千紫矮身滾出，雖然沒被戳中，卻蹭得滿臉鮮血，煞是狼狽。

她發現關雲綺似乎對她腰間的令牌一點興趣都沒有，只是一心想將她擊倒。小小年紀，出身玄門正宗，舉手投足間卻充滿了暴戾氣息，簡直就跟地痞流氓沒兩樣嘛！楊千紫瞬間覺得，那些把關雲綺稱為「薔薇」的人還真是低估了她，就該叫「刺槐」、「仙人掌」那才貼切呢！

她從地上撈起一把銀針，朝對方面門甩去。

關雲綺閃身避開，將一把流星鎚抄在手中，卻沒有馬上進攻。

「妳拿兵刃吧。」她說著，朝架上的兵器努了努下巴，「我等妳。」

楊千紫直起身，氣息略粗。她知道自己空手絕不是對方的對手，所以也沒打算客氣，直接走過去挑了一把寬度略窄，寒芒微露的長劍。

關雲綺彎了彎嘴角：「好眼力。」

楊千紫看不懂對方到底是在稱讚還是挑釁，索性不答，將思緒集中在手上的三尺青鋒上，一劍刺了出去。

天道門的「曲松劍法」雖不如玄月劍巧妙，但一招橫出，竟黏連不斷，彷彿沒有竭盡，關雲綺的流星鎚雖然威力驚人，一時也被她的劍鋒牽制住，有些周轉不靈。

楊千紫胸中頓時燃起一絲希望。緊要關頭，她將劍法中的精微之處一一施展出來，無論是霸道的「鐵石」，纏綿的「傲雪」，還是無邊的「枯榮」，全都從她劍尖打旋的方寸之間被逼了出去，纏上關雲綺手中的軟索。霎時劍光如幕，鎚身叮噹。兩人翻翻滾滾鬥了百餘招，關雲綺突然手腕一翻，軟索甩出，朝對手的胸口直直撞去。

楊千紫等的就是此刻。她腳尖斜踏，和敵人的鎚子在毫釐之間擦身而過，寶劍順著長索逆流捲出，一舉衝破了對方的殺氣，正是曲松劍法的絕殺招式——「凋風」！

儘管關雲綺是故意賣破綻給對方鑽，但依然被那撲面而來的強勁劍風給震退了半步。她瞳孔微縮，左手軟索橫出，架住敵人手腕，同時輕叱一聲，右臂反撩。楊千紫劍意未盡，驀地瞥見左方銀光突閃，正是剛才送出的鎚身又砸了回來！

巨響撕破天際。試劍台上粉塵石屑漫天炸開，嗆得人無法睜眼。

看台上的觀眾紛紛站起，伸長了腦袋想看清楚究竟發生了什麼事。

但見白煙散去，楊千紫整個人趴在地上，掙扎了片刻才從火燒火燎的喉中咳出一口瘀血。

她剛才雖沒被對手的攻擊直接砸中，卻也被掀飛出去，摔了個七葷八素。

她身後的木柱更冤，直接攔腰折斷。驚人的是，下半截被炸飛了出去，那斷面就像切水果一樣工整，上半截落在地上居然還沒倒！

楊千紫不禁額角見汗。

就在此時，敵人的流星鎚咆哮著再次掃過頭頂。

「妳該把腰牌給我了吧。」

冰玉般的聲音流入耳蝸。抬起頭，只見關雲綺已經走到身前，一雙翦水秋瞳悠悠打量著自己。

「哼，是嗎？」

關雲綺瞇起眼：「有什麼好笑？」

話音剛落，地上的楊千紫倏地彈起，如箭離弦般射了出去。

關雲綺索頭甩起，卻被她腳尖點地，堪堪避開。

關雲綺繼續追擊，攻勢如疾風驟雨層出不迭，一招緊似一招。因為，就在方才兩人錯身的剎那，她腰間的令牌已經被對方扯了下來！

這下妙手空空確實出乎她的意料。但事情可不會這麼簡單就完了！

楊千紫一得手，立刻展開輕功直奔木柱而去。歸功於剛才關雲綺的一番破壞，如今木柱只剩下一半高度，她忍著內傷的疼痛，雙足連點，轉眼間就竄到了柱頂，可就在她準備將腰牌掛上去時，「轟」的一聲——木柱居然崩了！

楊千紫還沒從驚詫中反應過來，後方突然傳來一陣長嘯。下一刻，流星鎚的長索直接纏上她的腰際。伴隨著關雲綺的怒斥：「下來！」楊千紫背心著地，連滾三圈，腸子都疼得打結了，而試劍台周遭早已亂成一團。

木柱坍塌，比賽被迫中斷，這可是天月論劍史上的頭一遭！雙方人馬圍在一起爭論不休，而身為罪魁禍首的關雲綺則懶懶地站在半丈開外，一副歲月靜好，兩耳不聞紅塵事的仙女模樣。

最後討論出的結果：楊千紫認輸，這場比賽由玄月門勝出。但關雲綺也因為蓄意損毀場地而被禁賽一天。

對於這樣的懲罰，關雲綺本人卻似乎毫不在意。她朝柳露禪和趙拓一拱手，旋即飄然離場，留給那群流著饞涎的天道弟子一個引人遐想的背影。

待眾人用過午膳回到會場，試劍台已被清掃乾淨，木柱也被重新立起。

但此時，大多數人都還沉浸在關雲綺和楊千紫那場「驚天動地」的對決裡，相較之下，接下來的幾場比賽未免都有些失了顏色。唯一值得一提的是顧劭峰和沈詩詩的對戰，兩人纏鬥許久，最終由顧劭峰取得險勝。

顧劭峰在同輩的弟子中排行第二，同時也是趙拓的首徒，所使的「曲松劍法」比起楊千紫更多了幾分凌厲。沈詩詩縱然劍法高妙，但體力和經驗仍然略遜一籌，終於以些微之差敗下陣來。

而最後一場比賽終於輪到夏雨雪登場了。一旁的鈴和李宛在見她緊張得嘴唇發白，雙手顫抖，心臟也不由得打起鼓來。

然而，夏雨雪在台上等了半天，她的對手葉超卻遲遲沒有現身。

據說對方乃是邱道甄座下唯一一名弟子，平時就經常神龍見首不見尾，就連前一晚的接風宴也沒見到他出席。

邱道甄是個身材圓滾，慈眉善目的道人，平時極少開口說話，站在英俊挺拔的趙拓身邊，存在感低得可憐。寶貝徒弟無緣無故放了對手鴿子，這才連忙站出來向眾人致歉，並宣布天道門單方面棄權。

夏雨雪不戰而勝，雖然有些索然無味，卻也不禁鬆了口氣。

當晚，眾人用完膳便紛紛回房歇下。鈴獨自一人坐在廊下嗑瓜子，嗑著嗑著，心思又轉到了趙拓身上。她這一整天都在觀察對方，可愣是沒看出半點可疑之處，但回想起對方在宴席上那不尋常的反應，又始終放不下……思來想去，當真好不氣悶。隨著外頭傳來敲響三更的銅鑼，她掃了眼滿地的瓜子殼，微微一嘆，決定出門透氣。

出了小院，沿著山路左彎右拐，不知不覺間已來到紫陽觀附近。

月光如練，落在正殿的蒼瓦上，無端生出一股白日裡沒有的莊嚴肅穆來。

忽然間，竹葉簌簌。鈴抬起目光，正好瞥見一道黑影從窗子竄出，落入一旁的野林。哪個不長眼的弟子大半夜潑猴似的到處亂跑？也不怕被誤認成刺客打下來！

鈴盯著那人離去的方向，越看越奇。只見對方的身法十分古怪，和她至今為止所見到的天道門輕功完全不一樣，倒是和瀧兒的雲雷步有幾分相似。她心中一動，索性跟了上去。

為了避免被察覺，她刻意放慢了步速，和對方保持一定的距離。但一路跟到了蒼龍溪口，人卻突然消失了。

鈴在河畔張望了半天，只找到一條被割斷的繩索。正納悶間，對岸卻忽然傳來「嗖」的一響。

下一刻，她一個斜肩，避開飛來的暗器。

再抬頭時，只見那名身穿夜行衣的人就站在河的對面，直勾勾地盯著自己。即使蒙著面也看得出來，他年紀不大，充其量就是個身板尚未長開的少年，露在外頭的一雙眸子顏色卻非烏黑，而是青翠如竹。

少年一擊不中，隨即轉身鑽入密林，幾下起落間倏忽不見。而隨著他離去，周圍的山崗也跟著安靜下來，空曠的河岸只剩下夜風斷斷續續的苦吟，好似幽鬼泣訴。

此人到底是誰？折返途中，鈴腦中仍不斷想著這個問題，直到回到紫陽觀外，抬頭望去，發現對方先前出現的那道窗口仍開著一條小縫。她躍上道觀的屋頂，把縫又撐大了點，探頭入內一看，只見映入眼簾的是間丹房。

夜黑風高，四下無人，她一個貓腰鑽了進去。

入門首先聞到的是一縷淡淡的香氣。鈴將手掌貼近案几上的蠟燭，發現仍殘留著餘溫。再仔細一看，蠟燭四周的地上有不少燃燒紙張留下的灰燼，其中幾片沒燒黑，依稀能辨識出上頭書著幾行歪七扭八的怪字，也不知是什麼暗號。

燭火剛滅，代表主人離開不久，且那封密信很有可能就是剛才那名少年捎來的。對方看完後選擇將信直接燒毀，不留下任何證據，可見其中內容相當敏感。

鈴在房內踱了一圈，沒有找到其他線索，正打算從窗戶離開，後方的黑暗卻驀地襲來一股尖銳的殺氣。

對方的身手太快了。她一回神，暴虐的掌風已欺至眉睫。

鈴剛想召喚雲琅，旋即想起，在六大門的地界使用練妖術，很可能會使自己的身分曝光，連忙打住。可這瞬間的猶豫仍教她付出了代價。

若非她臨危之際橫刀一封，架住了對方的手掌，恐怕此刻早已身受重傷。但即便如此，鬢髮仍被削去了一縷，而對方的掌心也被劃出一道醒目的傷口，鮮血四濺。

——趙拓！此人是趙拓！

即使是在一片漆黑當中，鈴仍認出了那條熟悉的身影。

但她絕不能讓對方看見自己！她心念急轉，從香爐裡抓起一把香灰，朝對方兜頭灑了過去，隨後破窗而出。

月光曖昧，生死俄頃。

鈴早知對方一定會追來，因此也不急著逃跑，反而抓住對方躍出窗口的剎那，反守為攻！此刻，速度和身姿已完全彌補了武器短小的劣勢，雪魄像藏在掌中的一截星光，寒芒乍現，以極近的距離朝敵人的要害襲去。

下瞬，趙拓長嘯一聲，左掌掠出，直接壓上了刀背！

鈴招數霍變，斜鋒疾掃，改取敵人下盤。電光火石間，兩人已拆了十餘招，一時難分難解。

趙拓不由得大驚。從他的角度看來，對手內力詭譎，出招生猛，還能正面扛下他的掌力，論武功論膽量都不容小覷，天道門這幾年哪裡出過這般令人刮目相看的後輩？

——簡而言之，此人斷不可留！

殺心陡起，出招更加快了，掌影如山，朝對方頭頂狠狠劈落。

這掌幾乎用上了他十成的內力，鈴被震得五臟差點移位，連退兩步，就連身下的屋瓦都踩破了。

而就在這千鈞一髮之際，她耳邊驀地響起師父韓君夜的話。

當年，對方傳授她赤燕刀法時，曾經說過這麼一段話：「此刀並非天下最剛猛的刀，也不是天下最奧妙的刀，但窮極則變，千法萬道，皆在其中。只要妳的心念堅定，縱使山高水險，也能絕處逢生！」

這和當初凌斐青評價她的武功「傷人傷己」，頗有些異曲同工，一體兩面的意思。只是鈴已經很多年沒有遭逢如此深刻的體悟了，若不是趙拓半路殺出，她恐怕根本不會回想起這層關竅。

敵人壓倒性的強大似乎崩斷了她腦中的某根弦。她別無選擇，只能緊緊抓住這點幽微的線索，將刀刃瞄準對方掌風的弱隙，順勢突圍！也是直到此刻，她才真的做到了心無雜念，身意合一。

這招「雁銜」模仿的是雁銜蘆葦，藉此飛越萬里的姿態，更是臨危自救的絕招，宛如從萬花刺叢中穿過，卻絲毫不為其所滯，身法漂亮至極。

下一刻，雪魄從斜裡閃出，自上而下削斷了趙拓的腰間玉帶。

待趙拓從震驚中反應過來時，敵人早已轉身撲入黑暗。

鈴憑著一口真氣拔足狂奔，越過竹林與跨院，直到筋疲力竭才慢下腳步。誰知，這口氣一鬆懈，身子立刻不聽使喚起來。黑暗中，她腳下一滑，整個人從涼亭的屋頂栽下去，頓時失去意識。

——噗通！

鈴是被凍醒的。冰寒的湖水衝入她的口鼻，包圍她的每處毛孔，在微涼的夜裡，令人渾身激靈。

她下意識地撲動四肢，將身子向上推，直到頭部突破水面，方才恍然大悟。原來自己剛剛慌不擇路，竟繞回了前一天舉行接風宴的園子，並且還失足跌進了湖裡……好在她先前在玄月門向李宛在學的那套「天上地下小神龍游水功」，此時正好派上用場。

然而，剛慶幸撿回了一條命，右踝處突然閃過一道鑽心的痛楚，令她險些再次暈厥。

就在她忍痛朝岸邊游去的時候，前方的蘆花叢裡忽然漂來一塊木板。見到這根「救命稻草」，鈴想都沒想，直接抱了上去。直到喘勻了氣，撥開濕漉漉的頭髮，這才看清楚——原來這塊木板壓根不是什麼「漂流木」，而是一根木槳！更頭皮發麻的是，木槳的另端居然還被人攥在手裡！

參

「妳是誰？怎會從天上掉下來？」

少年的眼神在她臉上滾過幾圈，顯得有些迷惑。

鈴鑽出水面，一抬頭便對上了對方的眸光，頓時啞口無言。

「妳是在鳧水？」少年又試了一遍。

鈴眉毛一皺，心想：「誰三更半夜的會到這種地方來游泳啊！對方莫不是在說笑吧？」但她沒時間計較了，想著，這人看上去愣頭愣腦的，但至少不像是壞人，便懶得多說，扯過身下的船槳，順理成章地攀上了小舟。

方出水便覺得頭暈眼花，趴在船頭胡亂大咳起來。事後睜開眼，瞥見頭頂上星空渺渺，銀河如帶，夜風捎來淡淡的藕花甜香，大難不死的恍惚和疲憊霎時湧上心頭。此刻的她連動一動指頭的力氣都沒了，滿心只想在這一葉扁舟上睡到地老天荒。

但這顆心放得太早了。才剛鬆下警惕，岸上便傳來陣陣急促的腳步聲。

幸虧那少年眼明手快，從船篷裡抓起一幅布，將鈴從頭到腳罩了起來，自己則將斗笠放在胸前，雙腳往船尾一翹，裝作正在打鼾的模樣。

腳步越來越近。先是黑暗中一聲疾呼：「水上有人！」接著便是蘆葦叢被撥開的窸窣聲。

「三更半夜的，誰在那兒？」

「別看了，是邱師叔他們家的小超兒。」

「哦，原來是那小子啊……他沒事在湖上做甚？」

「你問我，我問誰去？這小子腦袋就沒正常過。」

「哎呀別管他了，咱們還得上別處搜，再耽擱下去，天都要亮了……」

待對方去得遠了，被喚作「小超兒」的少年這才翻身坐起，揭開鈴身上的蓋布，問道：

「他們為什麼追妳？」

鈴瞪他，沒有回答。

少年也沒有生氣，只是眼中多了幾分若有所思之色。

湊近瞧，鈴發現對方年紀其實沒比她大多少，眉宇清澈，一頭黑髮微微蓬亂，柔和的眼神給人一種剛剛小睡醒來的惺忪感。

只見他微微一笑，晃了晃手邊的酒壺：「天下江水萬頃，何止千帆，妳卻偏偏掉到我的船裡，這背後的因由，妳不說，我倒也猜得出。」

鈴橫了他一眼：「我瞧你是醉了吧？」

追兵已走，她本不想逗留，可無奈右腳就像被火鉗鉗住了，根本站不起來。她低頭檢查了一下，發現足踝似乎脫臼了。

「竟一口氣出動了那麼多岡哨……嘖，妳闖的禍肯定不小。」少年看了看鈴，露出一點苦笑，「妳也不必一副要吃了我的表情，我不會把妳供出去的……我這個人最怕麻煩了，所以妳還是盡快走吧，免得被玄月門的人發現了。」

等等，這話怎麼聽起來不大對勁。

鈴腦子還沒轉過來，就聽少年續道：「我聽說，凡是練玄月劍法的人，虎口必生厚繭，拇指也容易向內彎曲。妳身負武功，手上沒有這些特徵，恐怕是混在她們之中上山的吧。但我勸妳別再搞什麼花樣，否則目的還沒達成，恐怕就先暴露了。」

原來這個人沒有像外表看上去那樣呆頭呆腦嘛。

鈴索性換了個話題：「你就是葉超？」

葉超被道破姓名，連眉毛也沒動半根，仍是一派悠哉的模樣。

他抬頭望了眼月亮，道：「再過半柱香的時間，估計就會有另一批岡哨從西邊繞過來了。他們沒有找到妳是不會善罷甘休的。不如，我幫妳吧？」

鈴表情狐疑，似乎在問：「這麼做對你有何好處？」

「也沒什麼……」葉超聳肩。「我只是看不慣暴力罷了。」

「……」

這番說辭簡直太過自命清高，鈴頓時不知如何接話了，心想：就你這不食人間煙火的作風，也敢自稱江湖中人？

葉超「嘖」了一聲：「說了妳也不會懂的。」話落，突然將手伸過來。

身形剛起，雪魄立即出鞘，白森森的刀鋒抵在他咽喉。

葉超卻絲毫不為所動。他將刀緩緩推開，看著鈴的腳，冷冷道：「敢問一句，骨頭不接好，妳打算怎麼跑？」

「你會給人接骨？」

「沒接過，醫書倒是翻過幾本。」

聽對方答得如此乾脆，鈴差點沒嗆著。

此人明明是天道弟子，卻一副窮酸腐儒的模樣，說起話來顛三倒四，也不是從哪個石頭裡蹦出來的山精野怪。

「要嘛妳讓我給妳接骨，要嘛妳從這兒一路單腳跳回去，妳自己選。」

所謂道不同，不相為謀。葉超見對方始終一副冥頑不靈的模樣，臉色終於沉了下來。

可用不著他提醒，鈴也知道自己眼下別無選擇。

未幾，她終於識趣地除去鞋襪，將右腳乖乖伸出去，咕噥道：「你小心點。」同時，右手握緊刀柄，心想，要是自己從此變成了長短腿，肯定饒不過這傢伙。

葉超倒還算個君子。只見他撕下一片衣襟覆蓋在鈴的腳踝上，隔著布摸清楚了骨節鬆脫的位置，接著將酒壺遞給對方。

「拿去，待會兒別叫。否則咱倆都要完。」

酒比想像中的烈，鈴仰頭喝了一口，只覺得一股火從喉嚨一路燒進肚子，四周的景色也跟著模糊起來。細白的蘆花穗子隨風翻動，像極了一場漫天大雪。

葉超一手握住她的腳跟，一手捏住翹出來的骨頭，說：「妳忍著點。若是害怕，我給妳講個故事，包準妳待會兒一點感覺都沒有，聽好了啊……」

都什麼時候了，還搞這些亂七八糟的？鈴簡直七竅生煙。

可正當她以為對方還要胡謅，「喀啦」一聲，腳踝驀地傳來劇痛。她一咬牙又將烈酒吞了下去，喉嚨霎時火燒火燎。

「好啦，現在應該能走了。」

葉超雙手一鬆，一副大功告成的模樣。鈴則小心地動了動腳掌。雖然還是有些腫脹，但已不像剛才那樣撕心裂肺地疼，頓時大鬆了口氣。

「多謝。」

「先別謝。」葉超瞥了眼天色，「馬上要下雨了。湖的南邊有條直通偏苑的捷徑，我送妳過去，趁著雨大，妳趕緊從那兒離開吧。」說完操起槳，將小舟從蘆花深處划出。

湖心的月亮又圓又大，小舟緩緩行經其上，像是駛進一片琉璃色的鮫綃。

之後好長一段時間，周遭除了蟲鳴外，只聽得見木槳撥水的聲音。最後還是鈴打破了這份沉默。

「三更半夜的，你一個人在湖上做什麼？」

「這座雷平池裡有一種叫做赤鱬的魚。」葉超目光盯著水面，不疾不徐地解釋，「牠特別聰明，且只在夏秋之交的深夜出沒。所謂良宵難得，為了與魚兄相見，我已經在這裡守了三個晚上了。」

好好說話不行嗎？鈴覺得自己都快被對方搞得頭暈了，憋了半天才擠出一句：「你是在釣魚？」

「人各有好，講『釣』可就俗了。」葉超說著，指了指身邊的酒具，眸中泛起一絲星彩，「魚兄喜歡待在水裡，我喜歡待在船上，既然如此，又何必相互勉強？在這茅山之上，牠也算是我半個知己，好友重逢，自然該舉杯對月，長醉與共。」

鈴心想，方才那人說得沒錯，這少年果然很古怪。

可不知為何，在對方面前，她卻自然而然地放鬆了警惕。大概是因為此人身上沒有絲毫危險的氣息吧……

小舟很快抵達了對岸。誠如葉超所料，此時，天邊已下起了淅瀝瀝的冷雨。

他指著蘆叢間的一條小土路對鈴道：「妳沿著這方向，遇到石井向左拐，大約一盞茶時間就能到了。」話落，將自己的斗笠交給對方，「別磨蹭了，趁現在趕緊走吧！」

肆

這場雨來得急又大，儘管有葉超的斗笠，鈴仍然淋得渾身濕透，但雨水也順利地抹去了她的足跡。好不容易回到房間，她靠在床邊，回憶起這一夜的驚心動魄，覺得一股寒氣直透骨髓。

那名碧眼少年為何能在天道門自由來去？那封被燒掉的信中寫了什麼？趙拓為何急著要殺人滅口？還有，這一切和司天台是否有關聯？這些問題在她腦中不停打轉，直到天亮也沒理出個所以然。思緒恍惚間，晨鐘響起，她只能再次硬著頭皮和眾人前赴比劍會場。

昨夜的一場騷動，柳露禪自然也留意到了，剛坐下來便數次想探趙拓的口風。但對方同樣老奸巨猾，嘴上不講，暗地裡卻動作頻頻，頗有請君入甕的意思。

為了不引起懷疑，夏雨雪只能推說鈴是陪她練劍時崴到的腳，幸好經過昨日的比鬥，雙方陣營掛彩者都不在少數，這點小傷並不引人注目。

第二輪比賽開始前，有天道門的道術表演。八十名弟子分為金、木、水、火、土五路，手持五行符籙，排成巨大的「移山倒海陣」，變化無方，聲勢滂礴，正好能展示出天道門訓練有素的實力。

柳露禪看完一拍手，一名白衣女子隨即步上台前，正是關雲綺。她今日不下場比武，改穿一襲飄逸的輕紗襦裙，手挽藕色披帛，婉約中更見清麗。

婢女端出座椅和箜篌。關雲綺單手拂上琴弦，高亢的音色破空而出，比起她在會仙台彈奏的琴曲，少了些空靈的意思，卻更加高盪起伏，時而淺斟低吟，時而驚心動魄，猶如兩軍對陣，各顯神通。即使是玄月門的弟子，也很少聽見她如此認真的演奏。

曲畢，關雲綺起身，用略帶挑釁的眼神瞟向天道門眾人，一時全場靜默。

柳露禪甚是得意：「閨閣技倆而已。想必天道門人才濟濟，比小徒更出挑的大有人在，今日難得聚首，何不讓咱們開開眼界呢？」

趙拓此人看似心胸寬廣，其實內心卻頗多計較。比如現在吧，他一邊稱讚關雲綺能文能武，一邊拿眼偷覷一旁的邱道甄。

邱道甄這廂正忙著低頭吃點心，被這麼一瞪，差點噎著。幸虧他是個聰明人，又了解自家師兄的性子，立即招來一名道童，附耳道：「快去……把超兒叫來。」

小童急匆匆地去了。沒多久，領來一名少年。

葉超昨日送鈴回岸後便在船篷裡睡著了，直到剛剛才被搖醒，連衣服都沒來得及換就被推上台去，站在關雲綺旁邊更顯得狼狽無已，只差一個缽盆就能直接幹起小叫化。

趙拓見狀，不禁眉頭緊蹙。

而另一頭，葉超好夢被打斷，心裡同樣也是一千個、一萬個不痛快。他最煩趙拓老是把自己當成炫耀的工具，呼之即來、揮之即去，望著看台上黑壓壓的人群，不禁暗自磨牙，心道：「真該砸鍋一次給他看！」但腹誹歸腹誹，終於還是人在屋簷下，不得不低頭，硬著頭皮擠出一絲笑容。

「弟子葉超參見師父，見過趙師伯、柳師太、孟師叔、翁師叔。」將在座幾尊大佛叫了個遍，末了，轉向關雲綺，「請師姊賜教。」

關雲綺見是個落拓的小子，根本不將他放在眼裡。

「你說，想比什麼？」

「聽聞關師姊文才斐然，在武夷山比試招親，江湖上迄今未有一人答得出來。在下能否一試？」

關雲綺一臉「就憑你」的表情。但畢竟是在外人面前，她總得顧及師父的面子，於是隨手拂了拂袖，道：「白水泉邊女子好，少女尤妙。」

「原來姑娘喜歡玩對子啊。」葉超莞爾。

關雲綺心中早認定他是個傻蛋，就算僥倖猜中題意，也決計答不上，因此丟下一句「少俠慢想」，轉身便走。卻不料，才沒跨出幾步，背後便傳來一聲：「山石岩上古木枯，此木為柴。」

關雲綺不禁怔住。

她出的這句上聯處處玄機，白水為「泉」，女子為「好」，少女為「妙」，環環相扣，鴻儒大士都不一定解得開，沒想到竟被對方三下五除二答了出來。雖說把少女和枯木擺在一起並論顯得有些唐突，但卻不妨礙對仗的工整。

關雲綺這才回過頭，好好打量眼前的少年。

見對方一副吊兒郎噹，人畜無害的模樣，臉色又是一沉。

「既然如此，我這兒還有一聯，不知少俠能否對得上？『枝頭鳳，聲聲勝聲天聞天有恨』。」

葉超歪頭思了半晌，旋即笑了：「師姊不愧是胸懷大志之人，葉超自愧弗如，答案說出來只怕會讓師姊笑話……」

「你儘管說就是。」關雲綺冷哼，心想，就算對方文才再高，要在這麼短時間內做出兼顧意境的下聯，卻是萬萬不可能。

然而，葉超接下來的話實是她大吃一驚。

原來他的答案居然是「隴上蓬，絲絲似絲風捲風無涯」。

懵對一次還能說是僥倖，兩次可就不同了。枝頭上的鳳鳥乃天之驕女，光華萬丈，但在對方眼中，那境界卻還不如隨風飄蕩的蓬草來得自由廣闊嗎？關雲綺覺得自己彷彿挨了記耳光，雙頰火燙。

同時，後方更傳來中氣十足、落井下石的笑聲。

「哈哈，好！答得甚好！」

出聲的正是趙拓。只見他從座位上起身，笑得春風滿面：「真是郎才女貌，佳偶天成阿。」說完，望向柳露禪，眼光帶著幾分促狹。「令徒比文招親，今日被超兒答出來了，實乃天賜良緣。依貧道看，事情就這麼定了吧！天月兩派聯姻，豈不美哉？」

柳露禪溝壑叢生的臉陰得彷彿能掐出水來，心想：「若關雲綺真的下嫁給了這個名不見經傳的毛頭小子，豈不成了武林的一大笑話？」就連平時看關雲綺不大順眼的同門姊妹也覺得，將她許配給這少年實在不合適。

但玄月門這邊還沒發話，葉超便率先開口了。

「掌門師伯，萬萬不可。」

此話出，震驚四座。天底下竟會有人主動放棄抱得江湖第一美人歸的機會？這下子，所有人都認為葉超瘋了。

關雲綺那廂更是氣到渾身發抖。經過七年前的滅門慘案，她本就就對天下男子深痛惡絕，舉辦比武招親只不過是為了教訓那幫恬不知恥的傢伙，出出胸中的惡氣罷了。然而，她從沒想到竟然有人能夠勝過自己。先是在文章上被比下去，後又遭到拒婚，她長這麼大還從沒受過這麼大的羞辱！

一旁的葉超察言觀色，連忙補充道：「關師姊文武雙全，風華絕代，江湖中人無不欽慕，如此人物，徒兒怎配得上？」

趙拓皺眉，心想，邱師弟這個徒兒還真不識大體。

「不必擔心。我說你配得上，你自然配得上。」

「多謝師伯抬舉。」葉超語氣堅定，「可徒兒聽說，每年去玄月門挑戰的俠客何止百人，都得先經過重重考驗，其中，唯有武功出類拔萃者才能得見關姑娘的面。徒兒本領低微，只怕剛進山門就會被各位師姊打發……這回實在是勝之不武，若因此強逼師姊下嫁，不僅傳出去不好聽，想必她本人也是不樂意的。如此強迫一個姑娘，實非君子所為……」

「你懂什麼！」趙拓斥道，「男大當婚，女大當嫁，此事何時輪得到你自己做主？」

葉超這番話卻被柳露禪逮到了空子，趕緊接下話茬：「趙掌門何必動怒？葉少俠說得不無道理。婚姻對男人來說或許只是小事，但對咱們女子來說，卻是誤不得的終身大事。葉少俠才高八斗，有目共睹，但既是姻緣便得講求緣分，何必操之過急？等過幾年，待少俠在武林中闖出了一番名堂，咱們再來喝這杯喜酒，那也不算太遲。」

說什麼「闖出一番名堂」，其實就是瞧不起對方沒沒無聞，想趁機賴掉。

趙拓臉色頓時有些不好看了：「和天道門聯姻有百利而無一害，師太可想清楚了？」

眼看雙方矛盾一觸即發，關雲綺索性拂袖而去，獨留葉超一人杵在台上，如坐針氈。

幸好象徵比賽開始的銅鑼在此刻響起了，他忙藉機告退。

下了試劍台，葉超冷汗浹背，有種虎口逃生的感覺。但他沒有到看台上觀賽，而是抄小徑到了抱朴峰。這裡位置偏僻，平時少有人煙，就算是晝寢也不怕有人來囉唆。這令他感到非常自在。

儘管從小在天道門長大，但他一向貪玩憊懶，到現在連曲松劍法的最後幾式都沒練熟，表現還不如一些後進門的師弟。但即使受人嘲笑，他也不放在心上。這點倒是和他那個和和氣氣，將「清淨無為」四字發揮到極致的師父如出一轍。

邱道甄年過半百，只收了葉超一個徒弟，每次練功時都交代他：「慢慢來就好，凡事按部就班，寧願少學一點，莫要貪多務得……」也正因如此，比起師父，葉超時常感覺對方更像一個溺愛兒子的父親。他厭惡武功，邱道甄就教他許多其他東西，師徒倆時常在一起談古論今，切磋琴棋書畫，而邱道甄也時常說，要是他這弟子去參加科考，定是個三甲進士！

但葉超也不想考什麼狀元。官場險惡，規矩又多，根本就不適合他。他只想過逍遙自在的日子。

他躺在樹杈上，順手摘下一片葉子夾在兩片薄唇之間，就這樣哼起小調來。

吹到一半，底下的大樹晃了幾下，差點把他搖下來。

低頭望去，只見一名圓眼睛的少女站在樹下，滿臉堆笑地看著他。

「就知道你在這兒！」

葉超從樹杈上滾了下來，啼笑皆非：「還是師姊英明。」

楊千紫並不是那種外表特別亮眼的女孩，但笑起來眉眼彎彎，梨渦淺現，就像她的名字一樣，彷彿春天裡百花齊放，奼紫嫣紅，反映出一種很熱鬧也很單純的美。

下一刻，她伸出食指在葉超額上狠狠一戳。

「好痛！師姊，妳不是受了傷，正在休養嗎？」

「你說那個啊。一點小傷而已。打坐練功幾個時辰就沒事了！」楊千紫說著，拍了拍自己的胸膛。

葉超卻不禁額角見汗。他昨日明明看見對方渾身是血地被人抬回來，那樣也叫一點小傷？對方的身軀難不成是鐵打的？

「你今天又不打算去看比賽？」楊千紫見他發呆，轉了話題問道。

講到這個，葉超頓時覺得腦仁又疼了起來。他懷著報喪的心情將自己和關雲綺的比賽過程和楊千紫說了，誰知，對方聽了卻大笑不止。

「你當真娶了那隻河東獅？」

「我都說了，我對她沒那個意思！」

「騙人！她那麼美，若我是男人，我也會動心。」

「我又不是妳……」葉超無語，「況且，倘若她真的嫁給我，她師父不把我吃了才怪！」

「難說啊……」楊千紫笑得幸災樂禍。「等幾年後，咱們的小超兒長成了大英雄，那些人肯定搶著訂你當女婿。」

「放過我吧……」葉超將視線轉向天空，一副生無可戀的表情，「話說回來，我才比妳小一歲，哪裡小啦？」

「誰叫你不好好練功，老讓別人替你操心！」楊千紫說著，雙手往腰裡一掐，「昨天逃賽不說，再加上今天這樁……論劍會結束後，還不知趙師伯會如何罰你呢。你何必非要自討苦吃？」

聽見趙拓的名字，葉超頭一次露出了厭煩的神色，撇過臉去：「哼，他愛怎麼罰便怎麼罰，反正我扛得住。」

「……你！」楊千紫都不知該怎麼說對方了。

葉超絕頂聰明，性格又好。照理說，這樣的人應該走到哪兒都有好人緣。但偏偏他有個爛毛病，講好聽是擇善固執，講難聽就是不成熟，在做人處事上總有許多看不開的想法。楊千紫有時真納悶，對方明明生著那麼聰明的腦子，為何偏偏要在小事情上鑽牛角尖——

簡直氣煞人！

就拿習武這件事來說，不是他學不好，而是他壓根不願意用心！

這種自暴自棄的態度實在令她費解。畢竟，就算整日把「暴力不能解決問題」掛在嘴邊，也改變不了這江湖弱肉強食的本質啊！

「師姊，行行好，妳就別管我了。」葉超望天苦笑。

老實說，他打從心底感激對方。在天道門這個講求實力至上的宗門裡，他一直是遭人白眼的異類。從小，會主動關心他，視他如友的同儕，也只有師姊楊千紫和二師兄顧劭峰了。這些年，楊千紫一直想勸他「改邪歸正」，卻始終動搖不了他的心志。

「我是絕不會原諒他的。」

為何會對當年之事如此印象深刻，葉超自己也說不上來。畢竟，當年的他不過是個被撿上山的棄嬰，連話都不大會講。然而，就在趙拓率眾攻破茅山那天，他卻清楚記得大師兄謝明禾在紫陽觀前浴血奮戰的情景。

當時，四面八方皆是殺聲，他被對方緊緊箍在懷裡，只能眼睜睜望著劍光此起彼落，對方背上鮮血泉湧，將大殿的石階染得通紅……

直到將他送上抱朴峰，交到邱道甄手裡，渾身是傷的大師兄才嚥下最後一口氣。那一幕在葉超年幼的心上留下了極大的陰影。

「當時你還那麼小，根本不了解事情的前因後果！」聽了他這番詭辯，楊千紫有些激動了，「你這樣渾渾噩噩、虛度光陰，不是在懲罰他，而是在懲罰你自己！」

葉超心想，對方說得不錯。他是不了解，他是幼稚。但同時，他也一點都不想了解。那種以血淚砌成的英雄牌坊，他才不屑呢！若學武的目的僅僅是為了爭權奪利、殺人逞兇，那麼他情願自己一輩子都手無縛雞之力。

他揉揉眉心，決定調開話題。

「二師兄的比賽，妳不去看？」

見他不再提那些陰暗血腥的往事，楊千紫亦鬆了口氣，重新掛起微笑：「他沒問題的，今日我陪你。」

葉超瞟了對方一眼：「你們倆這幾天還好吧？沒有吵嘴什麼的？」

「沒有，只是……劭峰他這陣子一直挺忙的。掌門師伯把很多事務都交給他處理，眼看著中秋祭月又要到了，自然更沒空閒。」楊千紫說到這，嘆了口氣。

葉超見對方擰起眉頭，故意換了副調侃的語氣：「咳，那你倆準備何時……？」

楊千紫對上他那欲言又止的眼神，瞬間羞得滿臉通紅，揚手便打：「八字都還沒一撇哩！你少在那胡說！」

這番小女兒情態卻把葉超給逗樂了：「我啥也沒說，妳瞎緊張什麼？」

顧劭峰和楊千紫從小青梅竹馬，長大後更是情投意合，這點，整個天道門的人都看在眼裡，只是不好意思點破罷了。如今，雙方已到了嫁娶的年齡，大夥兒明裡不講，心裡卻早有了喝喜酒的準備。

「小超兒，我問你句話，你須得照實回答，不得有半分隱瞞！」須臾，楊千紫將視線投向天空，突然悠悠開口。

葉超眨了幾下眼皮：「妳問。我若敢扯謊就是小狗。」

楊千紫聽得噗哧一笑，但轉瞬又斂起神色。

「你覺得……二師兄……劭峰他……是不是不想成家？」

雖已料到對方要問他感情方面的事，葉超仍愣了一下。

「為何突然這麼問？」

「沒什麼……」楊千紫說得雙頰發燙，頭也不自覺越垂越低，「只是，他向來勤奮練功，從來不和我談論此事。你說，他會不會根本沒放在心上？」

「妳急了？」葉超逗她，「著急的話，妳自個兒問他不就得了？」

「臭葉超！」楊千紫再也按捺不住，跳了起來。「這種事居然叫我自己問！你還有沒有把我當女的？」話落，一掌朝對方劈去。

葉超連忙躲開：「幹嘛打人！好好說話不成嗎？」

「打你！就打你！打死你這隻沒心沒肺的小狗！」

楊千紫情竇初開，對未來自是滿懷憧憬，卻不知，另一頭，試劍台上的顧劭峰此刻的心情卻是一言難盡。

他長劍挺出，壓住對手的鐵扇，接著手腕一甩，一招「秋風」直接將敵人的兵器絞了開，直取前胸，心想：「這樣的對手，根本不配給他練劍。」

隨著劍尖劃破對手前襟，他耳邊又響起昨日晚間，師父召他去天樞殿對他說的那番話。

趙拓是個心思深沉的人，沒人能看出他真正在想什麼。也正因如此，顧劭峰行事才不得不戰戰兢兢，深怕一不注意便惹來雷霆之怒。

昨晚，他剛跨過門檻，便看見趙拓負手立在神壇前。勁拔的背影宛如一尊七尺羅漢，不怒自威。

「過來。」

顧劭峰依言走到師父身後，納頭就拜。

須臾，趙拓再次開口：「峰兒，你今年幾歲了？」

顧劭峰道：「回師父的話，過年就滿二十五了。」

「是嗎？時間過得真是快啊。為師年紀大了，今後的許多事，恐怕也會漸漸力不從心……」

顧劭峰心裡「咯噔」一下，幾乎沒想便脫口而出：「師父春秋鼎盛，乃武林中的泰山北斗，無人不服。只要您一聲吩咐，徒兒什麼都願意去做。」

趙拓轉身俯看他，俊逸的嘴角微微翹起。

「你可知這是什麼？」他指向神壇後方的牆壁。那裡沒有神龕，掛的卻是一柄長十尺，寬三尺的巨大寶劍。

「慎獨劍。」

「不錯。慎獨劍乃是本門祖師紀純陽的配劍，據說無堅不摧。」趙拓道。「祖師爺曾開示：『執天道劍，斬世間妖。』這也正是『天道門』三字的由來。這些，想必你都知道。」

「是。」

「那你想拿到這把劍嗎？」

「師父的意思……」

「我問你，想不想當天道掌門？」

「——嗡！」劍身發出吟嘯，顧劭峰拔起身子，劍光如虹，穿脅刺肋。

他的對手肩上中了一劍，敗勢已現，卻仍不肯放棄，揚手打出一排金鏢。顧劭峰腳下不停，左黏右打，輕易便將暗器擊落。他的劍鋒虛虛實實，總是從意想不到的方向襲至，宛如神出鬼沒的幽靈。

兔起鶻落間，又是一道急斬，勢挾風雷。而當他再度直起身時，手上已握著對手的腰牌。

顧劭峰登上柱頂的那一刻，底下響起采聲如雷。

他循聲望去，卻沒在人群中看見那發亮的翩影，心頭頓時一陣空落。

昨晚，當師父問他想不想當天道掌門時，他不由傻住了。愣怔間，只聽對方又道：「你已到了成家立業的年紀，難道對自己的前途就沒有半點打算？」

他咽了咽口水：「徒兒愚鈍，一切謹遵師父安排。」

趙拓輕笑：「你這孩子……為師又不是你，怎能替你安排好一切？」說著，目光地掃過眼前的青年。那眼神似乎能穿透人心，聽見對方擂鼓般的心跳。

「只是，你也該好好想想了，天道門不需要沒用的茬兒，為師也不希望這麼多年的心血就這樣白費了。」

「我……」

「這些年，你已做得很好了。」趙拓望著牆上的寶劍。劍鋒森然，血槽如鏡，照映出師徒二人微微扭曲的倒影，「若你答應跟隨為師，那將來有一天，這把劍也會交到你手上。」

趙拓的表情忽而邪魅起來：「另外，不是還有楊家那個丫頭嗎？」

假如顧劭峰方才的表現還算鎮定，那聽到了楊千紫的名字後卻又是另一回事了。抬頭間，只見他目光狠狠一顫：「師妹她怎麼了？」

「那孩子功夫不差，也很懂事，本該前途無量。」趙拓說到這，忽然冷哼一聲，「但她錯就錯在不該姓楊！」

「噗通」一聲，迴盪在空寥的大殿上。顧劭峰直挺挺地跪了下去。過了這麼多年，最擔心的事終究還是發生了……他望著趙拓冷淡的神情，心口一片冰涼。

這個男人就是他這輩子的天，既拗不過，也從沒想過要去反抗。他的世界翻手雲覆手雨，全在對方的一念之間。這點，他早在很久以前就認清了。但他這些年言聽計從，為對方鞍前馬後，就是希望保得心愛之人平安無恙。卻不想，如今，竟連這卑微的願望也變得遙不可及了。

「師父，求您了！當年師妹不過是個嬰兒，就算她父親犯了滔天大罪，也與她無干啊！她畢竟是在您膝下，聽您教誨長大的啊，師父！」

「若非如此，我當年也不會一時心軟，留她一條小命。」趙拓冷哼，「但叛徒之女終究不是清白之軀，那斑斑血債又豈是一代人就能還清的？」

顧劭峰揚起臉，眼底盡是哀求之色。

趙拓見狀，既不憤怒，也沒有斥責。他最是了解他這個徒兒——用一句話來說，那就是金玉其外，敗絮其中。但這樣的人，堪堪是他眼下最需要的。

「你自己想清楚就好。」

語氣溫和從容，乍聽之下是師父對徒弟理所當然的關懷，但再一細品，卻不難發現裡頭其實懷著滿滿惡意。顧劭峰卻彷彿沒有覺察，閉上眼珠，深深稽首。

伍

顧劭峰下場後，緊接而來的比賽是由李宛在出戰陸圭寒。

陸圭寒武功不差，就是輕功不好，動作遲鈍了些，被對手遛得滿場跑，不出多久便大汗淋漓，氣喘欲斃。相較之下，李宛在那廂簡直如魚得水，身法瀟灑不說，還不時以擒拿術反擊。

雖說這套「小蘭息手」李宛在是初學，但由於許琴教她的過程格外「認真」，毫不手軟，因此，她為了少挨點揍，也不得不卯足全力，甚至不惜練到十根手指頭腫得跟臘腸一樣。

而今日，李宛在終於嚐到了苦盡甘來的滋味。場上的她運指為劍，幻掌為風，指東打西，指南打北，可謂將小蘭息手的精髓發揮得淋漓盡致，就連在一旁觀戰的柳露禪都感覺十分順眼。只見她繞到對手身後，雙臂一挫，左手手肘外屈，右手朝陸圭寒雙目剜去。陸圭寒側身斜閃，拳頭揮起，但還沒碰到對方，李宛在的左手閃電變招，兩指飛出，直接挾住了對方的鼻樑。

隨著她內力吐出，陸圭寒的鼻子當場慘遭沖斷。而就在他分神之際，李宛在早已出手奪下他的腰牌。這招是她自己發明的，名為「山豬拱樹」。她在練習的時候一直想找機會用在許琴身上，沒想到奸計未遂，反倒促成了她此番的出奇制勝。

喝采聲中，李宛在翩然落地，眼角眉梢皆是得色。只可惜，玄月門這廂才剛嚐到勝利，這份喜悅馬上就被澆熄了。

緊接登台的孫苡君乃是柳露禪座下首徒，玄月門中數一數二的高手，誰也沒想到她剛出場便會陷入苦戰，對手還是個說出來誰都沒聽過的天道弟子！

兩人鬥到分際，只見敵人雙掌斜遞，雖然勢頭不急，但揮出時掌心發出輕微的「嗤嗤」之響，宛如電流竄過。孫苡君心頭一凜，上身微讓，已與對方的掌風擦面而過。但與此同時，她背脊卻驀地攀上一股涼意：「此人身上的戾氣怎地如此之重？」

再瞅一眼對方。只見他膚色蒼白，面容輕癯，雖說不過二十出頭，眉宇間卻暮氣沉沉，大有歷盡滄桑之色。

這下發展，天道門那頭也同樣吃驚。孟汐嘿笑一聲，湊到趙拓耳畔：「譚方彥這小子不簡單吶，什麼時候練到了第四層的功法了？」

趙拓眉心微皺，不置可否。

鳴霄掌顧名思義，練至精純，將內力聚於掌中央的少府穴時會發出「嗤嗤」之響。但想達到那樣的境界，少說也得花上二十年。

台上的孫苡君發出輕叱，反手便是唰的一劍，剛穿過敵人衣襟，劍尖微微轉了個弧度，再度倒抽回來，削向敵人手腕。

這招先虛後實，妙至毫巔，譚方彥縮臂不及，右手被割出一道傷痕。孫苡君眼神亮起，心想：「成了！」但這份欣喜卻稍縱即逝。下一刻，譚方彥右手暴長，直接擊在她的小腹上。孫苡君失去重心，背脊撞上木柱，發出「砰」的沉響。

鮮明的痛楚席捲全身，隨之而來的還有不可置信——孫苡君想不透：「自己方才那劍明明是奔著敵人的腕脈而去的，為何卻沒有半點效果？難道是自己出手偏了？」

心念未已，嗓子一甜，一口鮮血噴將出來。孫苡君捂胸坐倒在地，再抬頭時，對手已近在眼前。

男子的眼睛彷彿兩道黑洞洞的井。就在兩人四目相接的剎那，孫苡君的內心忽然就被恐懼占據，彷彿與自己對視的不是人，而是深淵！

但這感覺來得快，去得也快。下一刻，對方已毫不客氣地扯下她腰間令牌，旋即轉身，一語不發地走向木柱。

譚方彥輕鬆取勝，觀台上一片譁然。玄月弟子群情憤慨，孟汐則瞇尖雙眼笑了起來。

「看來，師太今年恐怕是無法雪恥了。」

「孟大俠別著急。」柳露禪眉頭一揚，冷冷道，「距離決賽不是還有一天的時間嗎？」

「老東西，我倒想看看，妳這張嘴還能硬到什麼時候！」孟汐面皮抽了抽，扔下一句陰陽怪氣的挑釁，起身離席，「走吧，都散了！這兒沒什麼好看的！」

人頭攢動間，李宛在掂起腳丫，盯著譚方彥離去的背影，眼裡滿是訝異：「那人誰啊？」

鈴的注意力也被譚方彥吸引了。這幾天下來，她沒聽見這個青年開口說半個字，但她卻隱隱覺得對方的內功和其他天道弟子並非同路，甚至就連相同的招式到了他手裡都無端生出幾分詭異……

眼看馬上要進入決賽了，玄月門這邊卻又新添了幾名傷兵，形勢並不樂觀。尤其是孫苡君，受了不輕的內傷，短時間內是絕不可能再動武了。消息傳來，眾人的表情紛紛凝重起來。

賽後，大夥兒聽完了柳露禪的訓話便各自散了。鈴和李宛在、夏雨雪三人本是結伴而行，可誰知，走到半途，夏雨雪卻以忘了拿東西為由，匆匆將鈴拉走了，留下李宛在獨自愣在原地。

兩人左彎右拐，直到來到一座四下無人的涼亭，夏雨雪這才開口導入正題：「阿離，妳的武功那麼好，一定是師承名門吧。」

乍一聽，鈴還以為自己聽錯了——這丫頭，居然選在這種時候和她攤牌？

見她臉色有異，夏雨雪連忙澄清：「放心，這件事我沒和任何人提起，連小李也不知道。」她的神情很嚴肅，「雖然我不清楚妳有何苦衷，但我相信妳不會做出任何不利玄月門的事來。」

「妳怎麼知道？」

「討厭啦！」面對這樣的逼問，夏雨雪露出一點苦笑，「妳已經救過我兩次了，我不信妳還能信誰啊？」

鈴望著對方嬌憨的笑容，內心說不出是無奈還是感動。

「抱歉，有些事我現在還沒辦法回答。」

「沒關係。」夏雨雪答得很乾脆，「等到妳想說時，自然會說。」

鈴沉默了一會兒，說道：「妳明天的對手是那個叫譚方彥的，沒錯吧？」

聽見這個名字，夏雨雪的臉色一下子苦了下來。

「連大師姊都不是他的對手，何況是我？不過……」她頓了下，抬頭望向鈴，眼神十分篤定。「雖然贏不了，但若能拼上一拼，宛在她們在之後的比賽中多少也能輕鬆些。妳能幫我嗎？」

鈴回想起譚方彥那詭異莫測的身手，不禁眉頭深蹙。以夏雨雪眼下的實力，要應付這樣的對手，實在太過勉強。

可轉念一想，無論自己是否答應幫忙，這都不是一場能夠迴避的戰鬥。猶豫片刻，終於點了頭。

兩人於是挑了一個無人的山坡，開始練習。

夏雨雪的筋骨遠不如李宛在柔軟靈活。更直白地講，她根本不是塊習武的料子。除此之外，她還很容易緊張，這點在實戰中可是相當致命的。

鈴從岸邊折下一段柳枝，和夏雨雪用日月綿掌拆起招來。

這幾個月下來，她對玄月門的各項武功都有了大致上的瞭解。尤其她還親身領受過日月綿掌的威力，印象更是深刻。

只見對面的夏雨雪拉開架勢，身形騰起間，雙掌直托，正是日月綿掌中的「托日式」。

同時，鈴手上的柳枝斜斜遞出，毫不著力地往夏雨雪面門點去。

按理說，這種程度的攻擊應該很好擋下才對。可不知為何，鈴手中那根細飄飄的柳枝卻彷彿有股巨力在背後牽引一樣，無論夏雨雪如何探掌抓拿，總能輕而易舉地繞開，又倏地圈回，絲毫不受掌風所滯。

「哎喲」一聲間，夏雨雪眉心已被柳枝拂中。

這已經是第十八次了。說實話，她都快急哭了。

「妳精神不夠集中。」鈴告訴她。「無論戰局如何變化，只要守住自己的中線即可。只要妳不漏破綻，我就碰不到妳。」

夏雨雪嘴上答應，腦袋卻耷拉下來。

其實，她天資不足這點，她心中比誰都清楚。從小，無論是琴棋詩畫，還是武功騎射，她沒有一樣表現達到父親的期望。雖然父親不曾大發雷霆地責罵她，但她心裡明白——對方嫌她蠢笨，不足以撐起夏家莊的招牌，甚至打從心底希望，當初生下的不是她，而是一個將來能夠繼承家業的兒子，所以才會在她剛滿十歲那年就急著將她趕出家門，送往遙遠的嶺南學藝。

到了玄月門，情況還是沒有變。雖說眾人都對她照拂有加，但她倒盼著師父和師姊們能像逼宛在一樣逼她練功。

說實話，她每次見到好友挨罵領罰時，雖然會感到同情，但同時也有一丁點的羨慕。因為她知道，眾人之所以疾言厲色，正是因為對小李懷有極高的期許。反觀自己，恐怕早就被放棄了吧。

但她並不甘心。雖然她對鈴說，明日的比賽，她只求讓自己「敗的有價值」，但她心底何嘗沒有另一個聲音，不斷告訴自己：「我不要輸，我要贏？」

問題是，三個時辰過後，她將日月綿掌的六式從頭到尾，從尾到頭使了無數遍，依然沒有辦法破解鈴始終如一的攻擊。她既羞愧又懊惱，坐在草上，望著天空，不知如何是好。

另一邊，鈴也停下來了。她擔心夏雨雪今晚太過疲累，影響到明日的表現，決定不再與她對練，而是改做靜態的修行。

內容很簡單。打坐時，將一片樹葉置於臍間，真氣於體內運轉的同時，還得留意內力的收放，才能使樹葉吸附於衣衫表面而不致落下。

夏雨雪沒辦法在一天內掌握「守中」原則，其實早在鈴的意料當中。想當初，她自己也是花了很長一段時間才成功的。但過程中的每一次挫敗，其實都是一種積累。和「葉片打坐」一樣，這種看似平凡而徒勞的訓練，其好處都將在日後逐漸彰顯出來。

不知不覺，夜色已濃。夏雨雪躺在樹下睡著了。

鈴望了眼對方熟睡的側臉，默默將她揹起，往屋子的方向走去。

才走沒幾步，身後冷不丁傳來一道慵懶的聲音：「沒用的，妳還是勸她早點放棄吧。」

鈴嚇了一跳，回頭看見一名少年站在不遠處的花叢旁，正是葉超。

他連劍都沒帶，雙手空空插在腰帶間，一副「今夜月色真好，本少爺出來踅逛」的閒樣。

鈴微微一凜，心想：「對方是什麼時候來的？以自己的直覺，竟會沒有發現？」

「學你一樣棄權嗎？」她撇撇嘴，「少瞧不起雨雪。她和你才不一樣呢。」

「我不是瞧不起她。」葉超攏起眉，「但妳這麼做，明日只會害了她。到時後悔可就來不及了。」

「你就這麼否定別人的努力？」

「很多時候，人再怎麼努力都是徒勞的。」

鈴不可思議地看著對方：「既然如此，為何還要特地來這，跟我說這個？你不是最怕麻煩了？」

葉超心想：「自己這不是好意嗎？」他嘆了口氣：「勝負就真的有那麼重要？一不小心連命都丟了，很光彩嗎？」

鈴簡直不敢相信自己的耳朵。她長這麼大，還從未聽過如此荒謬的問題。

「你不喜歡武功，我可以理解。」她正色道，「但你別以為自己雙手不沾腥就沒事了。要知道，你今日之所以能夠全鬚全尾地站在這裡，是因為有人擋在你面前，代替你承受了那些刀光劍影和生死一線。你逃得了今日，卻逃不了一世。等到有一天，你不再受人庇護，你才會知道，靠自己的力量，打敗眼前的敵人，是一件多麼不容易的事。」她頓了頓。「站著說話不腰疼，倘若你真的有心想改變這個江湖，就不會整天只顧著喝酒釣魚，說一些不著邊際的鬼話！」

葉超似乎被她罵愣了，目光直勾勾盯著這裡，沒有接茬。

當真是話不投機半句多……鈴搖搖頭，決定不再理會對方。經過昨晚一事，她原本是很感激對方的，覺得他或許是個有趣而值得相交的人。豈料，想法竟是這般天真。

轉身要走，葉超卻捉住了她的手臂：「等等，我可不是白嚇妳們的。」說著，從懷裡掏出一顆包子。

「我不餓。」

「不是要給妳吃的……」葉超無奈，「這是譚師哥的。他那人有個習慣。早上不和大夥兒一塊吃粥，一定要吃包子才行。這點自我和他相識以來，多年從未變過。」

鈴有些傻眼。什麼包子粽子的……此人忽東忽西地扯淡，葫蘆裡究竟是在賣什麼藥？

「你到底想說什麼？」

「自從你們來到茅山的隔天開始，譚師哥早上突然不吃包子了，而是改成吃粥。」葉超正經八百地說道，「這個情形已經持續三天了。」

「他吃啥干我屁事，你和我扯這個幹嘛？」

「妳聽我講完嘛……」葉超耐著性子繼續解釋，「一個人多年培養出的習慣沒有那麼容易改變。武功如是，對食物的好惡亦如是。坦白說，依照譚師哥平時的實力，昨日那場比賽他是贏不了的。」

鈴眼瞼一跳：「你是說，他作弊？」

葉超搖頭：「妳說的那種禁術確實存在。但那只會影響一個人比武時的表現，卻不會影響他的性格。我想，譚師哥這幾天舉止如此反常，恐怕背後還有更深的原因，只是我還未能探得。」

「但這一切不過是你的臆測罷了。」鈴說道。「有何證據？別跟我說包子……」

「包子自然是很重要的線索。」葉超點頭，「但我這兒還有另一個更重大的證據。」

「什麼證據？」

「就是包子是如何落入我手的。」

「……」

「這包子是我今早向譚師哥要來的。」葉超表情嚴肅，「並且是由他親手交給我的——這點，才是整起事件最可疑的地方。」

「到底哪裡可疑了？你倒是說說看啊。」鈴覺得自己的耐心就快耗盡了，就連揹著夏雨雪的身子都開始感到沉重起來。

「我所認識的那位譚師兄，是絕不可能把包子給我的。」葉超苦笑，「應該說，與其讓食物落到我手中，我想他還寧願自己吃到撐死，或者將它拿去餵狗。」

「你……！」鈴聽到這差點沒岔氣。若不是她還念著對方幫自己接骨的那點人情，早就開口罵他腦子有病了。

「居然拿這種事開玩笑，難怪你人緣如此差勁！」

她撂下這句話，轉身拔腳就走。對方伸手想攔，卻被她閃開了。

這一閃身法巧妙，葉超頓時重心不穩，摔倒在地。包子從他手中掉了下去，滾到了草叢裡。

等他從地上狼狽爬起時，兩個女孩的背影早已消失在路的底端。他拾起包子，拍了拍上頭的泥土，嘆了聲：「真浪費……」

雖說這一切不關他的事，但人們還是一樣啊，總是小看見微知著的力量……

第玖章、懸崖年少

壹

決賽日的清晨，夏雨雪起了個大早。

她打了桶清水，洗漱完畢後披上玄月門的衣袍。

「別慌……」她一邊將頭髮紮起，一邊告訴自己，「妳可以的。」

到處都不見鈴的蹤影，她穿上鞋後只得獨自出門到偏殿去用早膳。半途遇上了李宛在。對方打了聲招呼，將一個熱呼呼的烙餅塞到她手裡，兩人遂坐在雷平池畔吃了起來。

「妳昨晚上哪去啦？」李宛在咕噥，「想找妳說話，連個影兒都沒撈著……」

「沒什麼，出去散散心。」

此刻，夏雨雪臉上明明白白寫了三個大字：沒睡飽。李宛在看得心疼。

「雨雪，今天的比賽……」

「放心，我不會逞能的。」夏雨雪擠出一絲笑，「畢竟，昨日師父和師姊也是這樣吩咐的。她們說的並沒有錯。那樣的對手，憑我怎麼可能打得贏嘛！」

但就這句話，戳中了李宛在的痛點。她英眉一豎，霍然站起。

「別把我和她們混為一談！我來這兒就想問妳一句：妳甘心就這麼放棄，任由其他人牽著鼻子走嗎？」

夏雨雪從沒見過對方露出這種表情，不由怔住。

她倆從小一起長大，李宛在光看這反應就知道自己的話在對方心裡掏出了孔，於是決定再接再厲。

「還記得一年前，我們約好一起參加今年的天月論劍嗎？要不是有妳每天白日陪我練劍，晚上替我暖被，我今日能站在這裡？」

夏雨雪：「妳說得太誇張了。」

「總而言之，本公子就是妳肚裡的一條蟲！」李宛在堅持，「什麼也別想瞞過我！妳有多努力，我都看在眼裡，所以，以後不許再提那些灰心喪志的話！來，抬起頭來讓我瞅瞅！」

夏雨雪感動得喉嚨都堵住了。

李宛在擼起袖子替她揩淚：「傻瓜。別讓人看出妳哭過，否則那幫混蛋還以為妳怕了呢！放心吧。無論如何，我都會支持妳的！」

「小李，謝謝妳。」

夏雨雪覺得整顆心都被炙得暖了，精神也為之一振。吃飽喝足後，二人便攜手來到會場。

今日的重頭戲乃是顧劭峰和關雲綺之間的較量。此戰怕是天月論劍迄今為止最緊張，最受矚目的一場對決了，眾人皆翹首以盼。至於夏雨雪和譚方彥之間的比賽，因為兩人表現出的實力差距太過明顯，反倒無人關心了。

但夏雨雪踏上試劍台的那刻，底下卻有兩人特別緊張，一個是李宛在，一個是鈴。

譚方彥顏面肌肉僵硬，雙眸卻泛著冷光，就像是戴著副面具一樣。夏雨雪見了，不禁頭皮發麻，心想：「此人的氣息太過詭異，難怪就連大師姊都不是他對手……」

但既然決定迎戰，就不可以讓人看扁了。她壓下恐懼，盈盈施禮：「請譚師兄指教。」

話音未落，對面的身影已經消失了。

——好快！

雖說夏雨雪心裡早有準備，仍然吃了一驚。兩道呼吸間，她眼前一花，險些被撲來的勁風給掃倒。

她本就不是那種反應特別快的人，再加上從小教育的影響，凡事都習慣謀定而後動。因此，以往遇到那種不按牌理出牌的對手，就不免手忙腳亂。

但這次不同。她從昨晚的練習中悟到了一個非常重要的道理，雖然那感覺積在心底，模模糊糊地說不上來，卻有點細磨慢勻，以慢制快的意思，就像鈴的柳枝攻擊，既緩且輕，卻能越過五花八門的花活，直搗對手要害。

心念急轉間，譚方彥的掌力已迫至眉睫。夏雨雪只覺一股電流般的詭力傳來，刺得她雙掌灼痛不已，連忙提氣拔身。

幸好她一早便有了以卵擊石的覺悟，才沒有在危急時刻失了方寸。敵人來勢洶洶之際，長袖倒拂，順著對方掌力黏了上去。隨後，只待敵人招式使老，右掌迴斜，由下而上擊出。以極輕對上極重，正是日月綿掌中最強悍的一招——裂雲式！即使內功淺薄如夏雨雪，近距下亦能將敵人打成重傷。

在觀眾的驚呼聲中，只見半空中兩條身影倏合倏分。譚方彥向後疾翻，夏雨雪卻反身朝著木柱奔去。

「幹得好啊，雨雪！」眼看夏雨雪即將抵達擺著兵器的掛架，李宛在激動得都要從位子上跳起來了。

但她便發現自己高興得太早了。就在夏雨雪即將搆到劍柄的剎那，譚方彥的左手驀地橫刺裡勾出，從後方牢牢扣住了她的咽喉。夏雨雪整個人被拖離地面，簡直難以置信：「自己方才那一掌，明明打中了對方啊！」

但事到如今再琢磨這些已然太遲。敵人力氣甚大，夏雨雪雙腿失控地踢蹬著，痛苦中只能勉強維持一線清明。混亂間，她腦中赫然閃過熟悉的畫面，昨日孫苡君和譚方彥的那場比賽，當時的情景簡直和現在一模一樣！如此想來，震驚很快升級成了恐懼——難道說，她們玄月門的武功真的對此人不起作用？

然而，正當台上鬥得如火如荼，不遠處卻有人一派悠閒，事不關己。眼看著日上三竿，陽光正好，葉超獨自散步來到崖邊，望著腳邊的溪水出神。

蒼龍溪乃是茅山天險，遠眺氣勢滂渤，近觀泉石相激，飛珠漱玉，在這種風和日麗的日子裡，更是教人看著心曠神怡，彷彿所有煩惱皆被洗滌乾淨。

可正當他在席地野餐和回屋睡午覺兩個選擇之間來回糾結之際，後方忽然傳來一陣粗魯的動靜，破壞了和諧的氛圍。葉超耳根一抽，心裡升起不祥的預感。

果不其然，才剛爬起便聽見身後響起不懷好意的笑聲。

「找到了！」

這一帶四野空曠，無處可藏。葉超輕嘆口氣，抬起頭來。

三個膀闊腰圓的青年出現在他面前，正是他的同門師兄，陳昊、葛駿南以及薛丁衡。他們都是趙拓的徒弟，腰間還插著巡山弟子專用的響箭。這種陣仗葉超平時見多了，臉上賠笑，心裡卻暗暗叫苦。

「劍會的大日子，各位師兄還需出來巡邏，真是辛苦啊。」

「呸！誰是你師兄啊！」陳昊說著，狠狠推了對方一把，「居然畏戰而逃，咱們天道門哪有你這般不中用的廢物！」

「憑你這點三腳貓的本領，也敢迎娶關姑娘，也不嫌寒磣！」葛駿南冷嘲道，「你若還當自己是個男人，就趁早滾下山去！」

江湖上迷戀關雲綺的人成千上百，雖說趙拓昨日沒能成功將兩人湊對，他的那番話卻足以讓葉超成為眾矢之的了。

眼看三人圍攏上來，葉超語氣無奈：「看來，我今天是逃不掉了啊……」

「廢物少囉唆！我今日就代師父好好教訓你！」薛丁衡說完，出手來抓葉超前襟，準備將他飽打一頓。

但葉超也不會站在那兒白給人打。他從地上掬起一掊濕黏的黃土，避開對方攻擊的同時，將泥巴往對方面門甩去。薛丁衡被潑濕了半身，雙眼猛眨，暴跳如雷。

葉超雖然武功不行，逃跑的本領卻頗見高明。只見他左踏右進，斜背縮身，一一閃過薛丁衡的攻擊，完全沒有要還手的意思，只是左一潑，右一抹，將對方塗得滿臉黃泥。

薛丁衡將二十六路鳴霄掌從頭到尾打了個遍，沒拍著人，卻感覺身上濕漉漉的，低頭一望才發現，自己胸前不知何時已被對方用泥巴寫了個大大的「奴」字，頓時連肺都氣炸。

一旁的葉超笑得月白風輕：「君子動口不動手，小人善使權謀奸計。如師兄這般窩裡橫的人才，在小弟看來，倒有幾分呂奉先大將軍的風采。」

三國時期的呂布驍勇善戰，卻屢次叛主，被人罵作「三姓家奴」。更慘的是，這一典故還被市井裡的說書人緊抓不放，時不時就拿來諷刺一番。因此，即使薛丁衡沒讀過幾本書，也知道自己被罵狠了，不由得目眥俱裂，不等對方說完便再度撲上。而他身後的葛駿南也在此時抽出短劍。

他冷笑著將手指滑過鋒刃。

葉超本來蹦達得正歡，撞見這幕卻驀地怔住了。下一刻，他被薛丁衡一記重拳掃中額角，悶哼倒地。

這下摔得他眼冒金星，再也爬不起來，只能眼睜睜看著三人如狼似虎地逼近。走在前頭的葛駿南嘴角掛著殘酷的笑意，左手掌心朝下，熱液一滴滴落在他臉上。

葉超頭一次慌了。

他下意識閉眼，不敢去看那刺人的殷紅，可其他的感官卻關不掉。隨著耳邊傳來「啪嗒」的水聲，鼻間湧入淡淡的鹹腥，他只覺得滿身的雞皮疙瘩都浮了起來，忍不住心肝打顫，咬牙切齒。

陳昊的聲音宛如射來的冰碴子。

「什麼不屑習武，說穿了就是沒出息！一個連血都不敢看的窩囊廢，還裝什麼清高？我要是你，早一頭碰死了！」

地上的葉超不言聲，整個人繃成了石像，只有一雙手仍在不停哆嗦。

這一刻，他彷彿又回到了十八年前那個令人窒息的深夜，看著趙拓提著染血的長劍，一步步登上紫陽觀的神壇。在他身後，整座山頭屍橫遍地，抱著自己的大師兄只顧著和敵人拚殺，卻忘了蒙住他的眼睛。只見四周，刀劍不停起落，焰光扭曲，還時不時傳來非人非鬼的嚎叫……

恍惚間，葉超臉上又挨了一腳，隨即被人揪起，拖到崖邊。

底下空空如也，只有滾滾奔流的蒼龍溪水。葛駿南的聲音在耳畔響起：「臭小子，咱們這就送你下去餵魚！」

「好主意！看他以後還能不能裝瀟灑……」

「哈，我就不信還有以後！水這麼大，這小王八噗通下去，準浮不上來了！」

葉超腦門脹痛，眼前所見皆是虛影，好不容易撕開嘴角，罵道：「操你大爺！」

另一頭，試劍台上的夏雨雪也同樣險象環生。天旋地轉間，她被對手捉住後領，狠狠往地下摔，摔得差點沒斷氣。

但譚方彥正要揭下她腰間的令牌，她左手卻忽地竄出雙指，疾點對方前胸的「膻中」穴。

此乃人身大穴，譚方彥本能地偏頭避開，夏雨雪趁隙一個滾地葫蘆，脫離了對方掌勢的籠罩。

譚方彥見她氣喘吁吁，眉毛一挑：「丫頭，我勸妳還是安分點。」

他不過也才大夏雨雪幾歲，說起話來卻莫名地老氣橫秋。

夏雨雪暗想，自己安分了十多年，今日就算是徹底任性一回，也不為過吧？想到這，不覺挺直了肩背。她雙手一分，拿穩樁步，想像自己面前浮現一道隱形的「中線」，說道：「師兄不必客氣，進招吧。」

譚方彥鼻孔出氣，冷哼一聲，旋即橫開雙掌，伴隨著輕微的啪哧聲，風馳電掣地朝對方臍間拍去。

夏雨雪不敢硬接，腳下改踩夏家的獨門功夫「星斗跬步」，和對方展開周旋。她踏出的每步都極小，位置卻萬分巧妙，正好都落在敵人視線的死角。在外人眼中，她不過是繞著對手打轉罷了，可位於陣央的譚方彥卻不覺一凜。他不識奇門遁甲之術，更沒見過如此奇特的步法，一時心煩氣躁，卻又不敢貿然出手。

夏雨雪見這招「擾敵」起了作用，一顆心微微落定，少頃，一個盤龍繞步轉到對手背後，橫掌拍了出去。

既名為「飄風式」，即是勝在飄忽無常。大多數人在面對此招時，都會被那虛實難測的掌風給混淆了視線。只可惜，譚方彥卻不是大多數人。他絲毫不理會對手層出不窮的佯攻，氣沉下盤，直接還掌迎擊。

所謂「一力降十會」，技倆終究是技倆，無論再怎麼巧妙，遇上鐵打的實力，照樣會被碾壓過去。眼看譚方彥如落雷劈山的這掌就要壓上夏雨雪的胸口，人群裡的李宛在急得一顆心都吊到嗓子眼了。

可就在這危急時刻，台上的譚方彥忽然臉色大變，這掌居然沒能送出去！只見他驟然收勢，右手掌心鮮血淋漓，已被人以暗器刺穿。夏雨雪則趁機向後掠開，退回了木柱邊上。

這下形勢陡變，觀眾們全都驚呆了，就連邱道甄剝核桃剝到一半的手都停了下來。他眼神輕閃，臉上浮出了一點幾不可察的笑意：「果然，不愧是夏家的孩子啊。」

那廂，譚方彥從手中拔出兩支月雷鏢，目光飛向夏雨雪，烏沉沉的眸子裡殺機畢露。原來，早在夏雨雪第一次欺近木柱時，便已搶先將暗器兜進懷裡，方才那串飛掌不過是為了掩人耳目罷了。

夏雨雪眼見計成，再不猶豫，從武器架上抽起一疊五色符，飛快地唸動咒語。她右手微揚，場上頓時炸開巨響。

譚方彥大驚，連忙躍起。但迎面撲來的硝煙卻嗆得他睜不開眼。

滾滾煙塵中，一支月雷鏢朝他眉心射到，他身形一仰，險險避過。可就在滿心以為躲過一劫時，周遭的空氣卻再度被爆炸席捲——原來，那枚月雷鏢的尾端竟還綁了另一張符！

不僅眾弟子看得目不轉睛，就連趙拓和柳露禪都不禁眼睛一亮，暗讚：「這丫頭驅動符咒的速度好快！」

雖說畫符誦咒是每個除妖師都得學習的本領，但每種符籙背後都有特定的規則和繁複的指訣，夏雨雪小小年紀便能輕鬆駕馭，甚至運用得還比主修道術的天道弟子更加嫻熟，實在出乎眾料。

然而，譚方彥也非省油的燈。他被炸傷了左臉，落地後立刻彈身縱出，撲向夏雨雪。說時遲那時快，夏雨雪還來不及反應，對方手腕倏翻，已拔下架上的長劍，一劍插入她的右肩。

「雨雪！」李宛在幾乎就要躍過圍欄阻止，鈴連忙將她一把揪回。

「妳再看清楚點！」

只見台上的譚方彥一招得手，卻沒有乘勝追擊，反而急忙又退了回來。

原來，就在剛剛，他發覺對方手上居然還藏了最後一張符。當時，兩人相距不逾咫尺，若夏雨雪發動符咒，定會兩敗俱傷。

然而，夏雨雪捏起指訣，唸誦咒語，卻什麼都沒有發生。

正當譚方彥以為中了對方的虛張聲勢之計時，胸口卻驀地劇痛起來，彷彿五臟六腑都攪成了粥。他身子晃了晃，咯出一口鮮血。

「這怎麼可能！」

同樣狼狽的夏雨雪彷彿看穿了對手的心思。她扶著木柱巍巍站起，臉上血色全無，眼角眉梢卻透出得逞的快意。

「是明夷符哦。」她說。

「明夷符？」李宛在懵了，「那是什麼？」

「明夷符並不是攻擊用的符。」鈴解釋，「它的作用是讓敵人經脈鬆弛，使妖怪暫時無法使用法術。」

「那為何……」

「是護體真氣！」鈴也是在脫口而出的瞬間才恍然大悟，「原來如此……此人懂得運轉真氣封住全身筋脈，因此無論受到什麼攻擊都能若無其事。但如今，明夷符使他筋脈鬆弛，破了他的功法，雨雪先前那招『裂雲式』的效果便彰顯出來了。」

從觀察、試探，再到誘敵深入、給予致命一擊，整個過程只花了不到一盞茶的時間！鈴望著場邊用來計時的水漏，不禁對夏雨雪敏銳的洞察力感到欽佩不已。

但台上的夏雨雪卻笑不出來。

只見她坐倒在地，望著掌中那兩道染血的天月令牌。如今的她已成功「搶標」，離勝利只差一步之遙了！然而，可笑的是，她的兩條腿竟完全不聽使喚，怎麼也站不起來……

所幸她本就是個拿得起，放得下的人。經過了這番拼上性命的戰鬥，她覺得自己彷彿受到了點化，思緒變得前所未有的清晰。

她感到很卑微，但同時也很感恩，緩緩將目光往觀眾席移動，心想：「若這一幕落在父親眼裡，不知他會作何感想？他會像平時一樣，斥責她沒用，還是會稍微褒揚一下她呢？」

「下次。下次，我一定要贏……」她腦中不斷重複著這個念頭，身子向前倒了下去。

貳

蒼龍溪畔，落葉蕭蕭，滄浪濯濯，葉超被薛丁衡和葛駿南二人合力架起，眼看就要被丟進底下的滔滔江水裡。

千鈞一髮之際，身後忽地傳來一句：「且慢！」

四名少年聞聲回頭，只見一名矮胖的中年道人匆匆忙忙地趕來。奔到近處，舉起袖袍抹了抹額角的汗珠，這才繼續說話。

「年輕人熱心是好，但也別耽誤了正事。阿昊，你帶上師弟們繼續巡邏，這個逆徒就交給我處分吧。」

邱道甄說到這，故意抬高聲量，板起臉道：「葉超，你在論劍會上不戰而退，該當何罪？」

陳昊等人飛快地面面相覷。他們都不笨，心裡明白，這位邱師叔雖然平時不管事，也沒什麼大本領，但好歹也是長輩，總不好真的得罪。幾人今日策劃的好戲大概就此泡湯了。

葛駿南放開葉超，笑嘻嘻道：「大好的日子，邱師叔怎麼沒去觀賽，尚有閒情來這轉悠？」

邱道甄咳了一下：「小徒此番鑄下大錯，貧道不好好收回去管教一番，於心不安吶……」

「既然如此，咱們就不打擾了，改日再來向葉師弟討教。」

三人又交換了一道眼色，這才若無其事地離開了，留下邱道甄與葉超師徒二人站在原地。

葉超低頭躲開師父的視線。但過了片刻，忽然感覺有個柔軟的東西蹭上他的面頰。

「拿去擦擦，難看……」

葉超接過遞來的帕子，默默地將臉上的血跡抹淨了。

「你這孩子，為師真不知該怎麼說你了。」邱道甄嘆息，「都多大年紀了，毛病也不改改。」

「還說我呢？」葉超嘴角一揚，「您嘮嘮叨叨的毛病也還是和從前一樣啊。」

「師父訓話，你還敢頂嘴？」

葉超知道對方並非真的動怒，仍是一副不知所謂的笑臉：「師父教訓的是。徒兒再也不敢了。」

邱道甄見他半邊臉蛋高高腫起，皺眉道：「滿易招損的道理，和你說過多少遍了！還不跟我回去！」

葉超於是乖乖跟著邱道甄回到他所居的小院「漱喜齋」。他是常客，進門後毫不客氣，直接在正堂坐下，任由僕婦吳媽替他處理傷口。

吳媽比師父還愛念叨，一邊上藥一邊問：「疼不疼？」

「疼死了！」葉超故意哎叫。

「行，誰欺負你，吳媽去替你收拾！」

「就他。」葉超神情不動，朝邱道甄一指。

後者剛啜了口熱茶，差點全噴出來：「臭小子！」

邱道甄這副性子，全天下也唯有他的寶貝徒兒能將他揉出氣來。但畢竟心頭肉就這麼一塊，不能忍也得忍。邱道甄好不容易將氣順過來了，將一盤素油餅子推到葉超面前。

「還沒吃過吧？快墊墊肚子，別餓著了。」

葉超默默拿起一塊熱餅，心想：「師父老是婆婆媽媽的，難怪這輩子只能打光棍。」但心念很快又轉回自己身上。他都這麼大了，卻還要靠師父來替自己解圍，未免太沒出息。或許陳昊他們說得對，自己就是個徹底的窩囊廢……想到這，心一沉，笑不出來了。

對面的邱道甄彷彿看穿了他的心思：「他們說的那些，你無需放在心上。君子矜而不爭，但求問心無愧。就連韓信當年也得忍受胯下之辱，才有後來的流芳千古。」說著，拿起冒著白煙的茶杯，「就像這茶啊，越陳越香，真正的經天緯地之才，多半也都是大器晚成。」

「這道理我當然懂。」葉超苦笑，「可實話說，弟子既非驚世之才，也不嚮往在江湖上闖出什麼名堂。」

「那你想做什麼？」

「這個嘛……」葉超思了半晌。「我想陪著師父您，每日在此下棋品茗，不受俗事所絆，平平安安，終老一生。」

「小小年紀，一張嘴比姑娘還甜！」邱道甄笑罵，「為師年紀大了，怎麼可能一直陪著你？難不成你這輩子都不用娶妻生子？」

「都說唯小人與女子難養也，娶妻什麼的，還是算了吧。」葉超咕噥。他一想到自己與關雲綺的糾葛還不知會如何收場，就覺得頭疼。

「想你的關姑娘了？」邱道甄見他出神，笑呵呵地調侃，「渾小子，平時見你愣頭愣腦的，沒想到還挺會的！」

葉超翻了個白眼：「那種驕橫的母老虎，送我也不要，麻煩死了……」

但說話間，他的心思卻不知不覺飄到了另一名少女身上，彷彿又聽到她在自己耳邊說：

「倘若你真有心想改變這個江湖，就不會整天只顧著釣魚，說一些不著邊際的鬼話……」

矯首望去，晴空萬里，天邊有片浮雲悠悠飄過。

再尋常也不過的景色，葉超卻難得一見地鎖緊了眉。

譚師兄今日的比賽，也不知道結束了沒？不過想也知道，玄月門那個柔弱的小姑娘是不可能取勝的。他只希望自己這段時日察覺的種種異常，到頭來不過是虛驚一場……

他站了起來。

「再過一個時辰，龍池決賽就要開始了。你上哪去？」邱道甄問。

「沒什麼，出去透透氣。」葉超敷衍著答道。

「明明屁股才剛坐熱的……」邱道甄目送弟子的背影離去，心知對方十之八九是要偷溜下山，卻沒有阻止，只是輕嘆口氣。

他和野心勃勃的趙拓不一樣，向來不喜歡干涉徒弟的自由，因此，師徒間的關係才會發展成如今這般亦師亦友。儘管明白自己有時確實太過放縱對方，卻終究狠不下心來。畢竟，這麼多年過去了，葉超在他心目中依然是那個被謝明禾抱到跟前，一邊磕頭喊師父，一邊嚎啕大哭的幼童。

經過十八年前的那場血夜，邱道甄本以為自己的後半輩子只能與書香茶茗為伴了，沒想到天意卻將這孩子送到了他手中——福兮？禍兮？

葉超的天賦，他這個做師父的最明白了。所謂木秀於林，風必摧之，一旦入了江湖，必會招來各式禍患。正因如此，邱道甄才希望能在那日來臨前，讓愛徒盡可能多享受些安閑舒適的時光。

只可惜，江湖和人生，往往都是樹欲靜而風不止。一個疏神，手裡的茶杯濺出了兩滴。

夏雨雪暈倒後便被送往一旁的傷藥堂治療。李宛在雖心急如焚，但她還有自己的比賽要顧，沒辦法一直陪著對方。倒是鈴，終於有機會當個稱職的丫鬟了，清傷塗藥、端茶燒水，毫不含糊。就連傷藥堂的人都被她包紮傷口的速度給驚到了，問她是不是同行。

鈴被問得微微窘迫。江離才是真正的郎中，她不過是久病成良醫，唯一不會的，大概就是接骨吧……

小半個時辰過後，遠處驀地傳來如雷的掌聲，宣告著另一場比賽的結束。鈴原本已累得在夏雨雪的榻邊打起了盹，卻被這陣騷動給驚醒了。才剛抬頭，就見一名少女提劍從外頭走了進來。

她顯然剛剛經歷過一番惡鬥，身上的衣裳都被血染紅了，可足下卻風風火火的，一副興師問罪的架勢。

瞥見鈴的剎那，關雲綺冷若冰霜的表情再也繃不住了。

青光閃處，她寶劍一挽，直指對方咽喉，怒道：「我不是警告過妳，別再礙事了？」

鈴剛想開口分辯便被打斷了。

「我不曉得妳究竟在師父身上施了什麼妖法，但別以為妳這就算贏了！」闕雲綺從牙縫裡擠出這句沒頭沒腦的話，隨後掉頭就走，像陣風般再次捲了出去，完全無視那些想幫她療傷的藥堂弟子。

鈴望著對方殺氣騰騰的背影，心裡很是無奈。

看來，那件事終究還是走漏了風聲。

今日天剛亮，窗上還披著露水，夏雨雪仍在睡夢當中，柳露禪的侍女青末和小壇忽然出現在房門口，指名要鈴跟她們走。

鈴不禁微怔。

雖說她來到玄月門已經三月有餘，但柳露禪自從將她擊傷後，就沒有再主動找過她，何況還是在論劍會的緊要關頭？

但此刻想躲已然來不及了。她只得揣著不安的情緒跟著兩人來到柳露禪下塌的院落。柳露禪將她叫到內室，還刻意屏退左右，顯示此番談論的內容，實屬非同小可。

雖說鈴已有了心理準備，自己的武功大概暴露了，但當聽到對方接下來的要求時，仍然狠狠吃了一驚。

「我瞧妳這段時間吃得好，睡得香，過得挺舒坦的，傷也養得差不多了。既然如此，我要妳代表玄月門參加這次的龍池決賽！」

這句話顯然並非請求，而是命令。

鈴感覺自己腦門像是被人拿槨頭敲了一記，嗡嗡響個不停。

「師太。」她故作鎮定道，「您是否誤會了什麼？」

「夠了！」短短兩個字，卻刺得鈴背脊發寒，剛到唇邊的話復又咽了回去，「妳真當我老糊塗了嗎？」

眼看避無可避，鈴終於抬頭迎上對方的目光。

柳露禪的雙眸炯炯有神，宛如兩丸烏鐵，完全不像個八十歲的老人。

「妳覺得老身當初為何答應收留妳，又為何會允許妳一塊來天道門？」她冷冷問道，「還是妳以為這一切都是兒戲？若是那樣，老身的『日月綿掌』此刻就能送妳上西天，妳就上那兒懺悔去吧！」

鈴被口水濺了一臉，一時無言以對。

這婆婆簡直太難纏了……她還從沒遇過這麼難對付的人。

「只要妳答應替玄月門出戰，過去一切都可既往不咎。若妳贏了，我還會正式收妳為徒，栽培妳成為天下第一流的武功高手……」

聽到這，鈴不得不插話了。

「蒙師太厚愛，晚輩不勝感激。但我已有師尊，又豈能另投師門？」

「這年頭，帶藝投師的人還不少嗎？」柳露禪哼了哼，「難道妳看不上我玄月門？」

「晚輩不敢。」

「什麼不敢，我看妳膽子大得很，連老身都敢忽悠！」

「師太的救命之恩，晚輩絕不敢忘。但眾位師姊武藝高強，何須我一個外人插手？」

「武藝高強？」柳露禪冷笑，「說出來不怕惹人笑話。老身座下十多名弟子，卻無一人及得上妳，不提也罷。」

「您當初在武夷山時不是說過，要公平公正地贏得比賽？」

這句話正好戳中了柳露禪的痛點。她登時變了臉色，擰眉豎目道：「所謂人不欺我，我不欺人。趙拓那賊廝，不知讓他那弟子吃了什麼禁藥，簡直超乎尋常了。是他先不擇手段，哼！咱們也不能坐以待斃！」

鈴曉得對方指的是譚方彥，不由得蹙起眉頭。

事到如今，她決定祭出拖延戰術，先撤再說，於是說道：「此事干係重大，請容晚輩再想想。」

柳露禪站了起來，拐杖狠狠敲在地上。

「自個兒的前途，自個兒看著辦，可別天堂有路妳不走，地獄無門自來投！」話音微頓，「不過話說回來，妳那位師父還真有後福啊。不像老身，操煩了大半輩子，弟子卻個個都是草包。」

就在此時，鈴手背上忽現涼意，將她從思緒裡拔了出來。低頭望去，見夏雨雪已經醒了過來。她不禁大喜：「妳感覺如何？要喝水嗎？」

然而，正想回頭倒水，卻被夏雨雪拉住了。只見她臉色蒼白，呼吸緊促，冰涼的手指緊緊攥住鈴的手臂。

「那人……譚方彥他……」

「別擔心，妳已經很厲害了。他那種人啊，在龍池決賽裡，肯定三下五除二就被解決了。」

鈴話一出口就後悔了。呸！自己說什麼呢！還好沒被關雲綺聽到，否則回頭肯定把自己掐死。

「妳不懂！」夏雨雪激動得從床上坐起，「他不是一般人！」

鈴望著對方，表情一凝：「此話怎講？」

夏雨雪將自己胸前的護心鏡摘下來，塞到鈴手裡。這面八卦鏡不僅能像一般銅鏡一樣鑒察妖物，還兼有除魔辟邪的功能。當初，鈴正是因為此物才猜到了夏雨雪和夏家莊之間的聯繫。

「方才在比武台上，他一碰到此物便縮手了。我雖來不及看清鏡中影像，可他那動作卻是瞧得真真切切的！」

鈴盯著掌中的八卦鏡，眉間皺出了一道小丘。

她想起來了——比賽過程中，確實有這麼一刻。在發動明夷符之前，夏雨雪本已被譚方彥制住，但對方不知為何又突然放開了她，就像害怕著什麼一樣。當時她以為對方是忌憚符咒的力量，可如今再想……

不可思議的是，得知這個消息後，鈴腦中首先浮現的居然是葉超的臉，以及他那個被自己當成笑話的「包子理論」。

「一個人多年以來養成的習慣是不會輕易改變的。武功如是，對食物的好惡亦如是。譚師哥這幾天舉止如此反常，恐怕背後還有別的緣由。」

葉超有一項特別的絕活，那就是行走無聲，還善於隱藏氣息。這點還得歸功於陳昊、薛丁衡那幫人。因葉超拒絕習武，從小便是師兄弟們欺侮奚落的目標。他為了躲避無謂的衝突，這才研究出了這套「踏葉無聲」的身法。為此，邱道甄還時常調侃他，若不是他武功太差，還真是做刺客的料呢！

此刻，他著一身短打，頭戴笠帽，獨自穿行在林間，乍看之下和一般的江湖客並無區別，但仔細一瞧便會發現，他腰間的劍鞘居然空蕩蕩的，光有木殼，卻無劍身！

天道門依著茅山北峰而建，地勢險峻，周圍岡哨不分晝夜都有人把守，巡山弟子一旦察覺異常，便會以響箭和煙丸示警。除此之外，還有蒼龍溪的天塹深谷、險灘湍流作為屏障，宛如一座與世隔絕的堡壘。

但這些全部加起來，也不足以攔住葉超。自懂事起，他隔三差五便往山下跑，早就把路線摸熟了，也只有他有辦法在不被發現的情況下隨意出入。

來到山腰，他摸出事先準備好的麻繩，直接從峭壁上垂了下去。此處的山壁朝外突出一個微妙的角度，在兩側松樹的掩護下，正好形成一處視覺死角。葉超落地後，沿著河岸行出半里，來到一座山洞前。

他就像去鄰居家串門一樣走到洞口，朝裡頭喊道：「風叔！給載嗎？我下山給師父他們挑劍去。」

少頃，洞裡傳來一道甕生甕氣的聲音：「有娘生沒娘教的臭小子！連個招呼也不打，是存心要把我這把老骨頭嚇進墳裡去嗎？」

「我哪有那本事，您身體可硬朗著呢！」葉超不以為意地笑笑，「忙的話就把船借我，我去去就回！」

「狗崽子盡會放屁！你把船弄沉了，我找誰賠去？」風陸說著，罵罵咧咧地從山洞裡走了出來。

這老漁樵生得鼓胸突眼，滿臉橫肉，一看就知道是個不好惹的主兒。他在這片蒼龍溪畔擺渡三十年，整個天道門上下沒人敢和他多說半句，深怕惱了這位爺，祖宗十八代隨時跟著遭殃。唯獨葉超不怕，沒事就愛來這討罵，還經常帶吃食來和對方分享。一晃多年過去，兩人漸成忘年之交，葉超還從風陸那裡習得了一身水上功夫，搖身一變成了划船高手。

「你娘的！還不過來幫忙？」

抱怨歸抱怨，風陸還是招呼葉超上了他那艘顛顛晃晃的烏篷船。

蒼龍溪水流湍急，暗礁遍布，想過到對岸，若沒有熟悉的舟子引路，再厲害的高手也投胎做水鬼去了。

葉超站在船尾幫忙搖櫓，搖到一半忽問：「風叔，過去五天，除了玄月門的人外，還有沒有其他人過河來？」

「你以為老子是秦淮河的船家啊？誰愛來給誰來。」風陸沒好氣道。

葉超默了半晌，抬頭望天道：「我只是在想……這幾日村裡挺安靜的。平時送菜、兜售古玩字畫的那群大伯大嬸也都沒上山來。」

「不來才好。」風陸沒好氣道，「少了那幫攪屎棍，耳根子總算能清淨一下。」

小舟穿過層層白浪，平穩地往下游駛去。從這裡遠眺對岸，恰好能將群山盡收眼底。

葉超望著望著，忽然隱隱覺得有些不對勁了。

「怎麼會有這麼多鳥？」

風陸抬起頭。只見一批批的鳥兒撲棱著翅膀飛起，成群地往山下的方向飛去。那姿態倒像是舉家逃難似的。

「大概是大雨要來吧。」

可葉超一聽就知道對方在敷衍自己。若真的是風雨欲來，鳥兒應該往山的方向飛才是。這點，依山傍水住了四十年的風陸會不曉得？

但老漁樵顯然沒往那方面想。只見他放下木槳，揉了揉眼屎，又打了個哈欠：「這會兒，論劍大會還沒結束呢！青天白日的，能出啥亂子？」

卻不料，話音未落，身後的葉超突然大叫起來：「放我下船！」

船身晃了兩晃，風陸鼓起的太陽穴連青筋都爆了出來。他將小舟轉了個方向，划進一片蘆葦蕩，還沒靠岸葉超便急吼吼地跳了下去。

「風叔，別生氣，回頭我替您補衣服！」

少年丟下這句話，轉身展開輕功往岡哨的方向奔去，留下風陸獨自站在船頭，一邊跳腳一邊破口大罵：「沒有下次了，你個小龜孫！」

參

龍池——傳說中天道掌門修煉仙丹之處。平時屬於門派禁地，唯有一種情形例外，那就是三年一度的天月論劍決賽。

雖取名為「池」，但龍池實際上卻是位於山頂的一座巨大洞窟。洞窟中央的湖裡矗立著高矮參差的木樁，潭水泛著幽綠光芒，四面峭壁上則鑲嵌著半透明的藍色礦石，稱為龍牙，據說乃是煉製金丹的重要材料。

鈴前腳剛踏進洞，便覺背後寒颼颼的。

她此刻穿的乃是柳露禪給的衣服，意外地還挺合身，只是……她低頭看著袖口繡的銀月標誌，還是有種敵我錯亂，很不習慣的感覺。

依照天月論劍的規則，雙方可以派出任一未被淘汰的弟子參與最終的龍池決賽。但往年，這份殊榮都是屬於前幾輪賽事中表現最出彩的弟子。

明白這點後，就不難理解關雲綺的憤怒了。她在過去三年間勤學苦練，好不容易過關斬將到了這裡，最後卻不得不將機會拱手讓給一個不知深淺的陌生人，且偏偏還是掌門人親口下的令——這誰受得了？

然而，在聽完夏雨雪的一席話後，鈴還是決意赴戰。

試劍台上，譚方彥被八卦鏡逼退的那一幕發生得太過突然，除了夏雨雪外，沒有第二個人發現，再加上先前葉超提出的疑點，已足以在她心頭構成一片可怕的陰影了。

雖說她對六大門殊無好感，但若此事真是兇妖作怪，她也不會袖手旁觀。更何況，雨雪和宛在也在這呢！

思緒輪轉間，她繼續沿著甬道往洞窟深處走去，終於在盡頭的湖畔，看見了勁裝結束的「譚方彥」。

或許是她的錯覺吧。但鈴總覺得，對方似乎比前兩日時來得更加瘦削了。彷彿一頭被飢餓折磨的野獸，恨不得立時撲上來將她給榨乾。

然而，周遭的確嗅不到一絲妖氣。

鈴陷入了糾結。而對岸觀台上的眾人同樣也在竊竊私語。鈴聽不清他們談話的內容，卻知道他們肯定都在猜測自己到底是從哪個石縫裡蹦出來的。

這最後一場比賽的規則和先前都不一樣，不僅可以攜帶武器，而且會一直進行到其中一方認輸為止。但最特別的還是兩人腳下的這片龍池水。水中含有劇毒，沾身即中。手碰麻手，腳碰麻腳，直到全身上下沒有一條筋肉能夠動彈。

趙拓一宣布比賽開始，對面的「譚方彥」旋即發難。

他的武器是一雙淬礪的青鋼鐵爪，眨眼間便將鈴腳下的木樁劈成碎片。

鈴早有準備，身子往空中斜閃。同時，雪魄的刀尖如幽靈般出鞘，「噹」的一聲，直接迎上敵人的沉鐵。

「譚方彥」右手挾住刀刃，左手曲繞斜出，朝鈴的面門猛擊。這一縮一探的手法甚是詭異，已不再是天道門的武功。

鈴被對方強大的爪力給箝住，只得將刀撒手。烏黑的鬢髮如垂雲般散開，柔軟的腰身在半空中一折，掌風順勢往敵人臍間掃去。

「譚方彥」對殺氣頗為敏銳，足下一點，已脫離了木樁。

鈴目也不瞬，立刻接住雪魄追了上去，同時喝問道：「你是何方妖？偽裝人類混入天月劍會到底有何目的？」

據她所知，妖怪要在不被發覺的情況下混入人群，唯一的方法便只有「奪舍*」。換而言之，譚方彥本人其實已經死去，身體還遭到了妖怪的占據。

那妖怪眼中先是閃過一抹驚詫，接著揚起眉毛，傲然道：「茅山道士妄殺生靈，吾今日就要替上蒼剷除這幫禍害！」

＊奪舍：傳說中道教法術的一種，施術者可以將靈魂移轉到屍體之上，藉此延長自己的壽命。

此刻，兩者距離不過呼吸之間，鈴感覺一縷淡淡的寒香掻過鼻尖，不禁想起從前在赤燕崖時，那漫山遍野的梔子花。那樣清冽的味道，彷佛白瓊堆玉，天上人間。

分神的剎那，她小腹挨了一記膝頂，向後飛了出去。

她一睜眼便瞥見底下綠森森的龍池水衝自己面門衝來，連忙劈開雙腿頂住木樁，硬生生止住了自己下墜的勢頭。

重新站穩的同時，不禁揑了把冷汗。這種要命的毒液，只要沾上一點，立時就要玩完。

「你的同夥呢？我才不信你有這麼大的膽子，單槍匹馬闖上茅山。」

須知，有能力「奪舍」的妖怪，必是聚足了五百年的精氣。且一旦占據了人類的身體，雖然能繼承那人的記憶和武功，卻再也無法回歸妖軀。另外，奪來的身體還會在極短的時間內迅速衰弱，若沒辦法找到新的容器取而代之，無疑是自取滅亡。

光憑一己之力，如何和兩大玄門的除妖師抗衡？簡直就是以卵擊石！

「譚方彥」沒有回答，張口噴出一團深紅色的雲霧。

那東西看似鮮血，卻滾燙異常。鈴遠遠便感受到灼灼的熱度撲面而來，連忙騰身閃避。

敵人的妖氣已完全被人類的味道所掩蓋，她無從判斷對方到底是何方妖怪，只覺得他內功深厚，竟不亞於當初的磐音谷主殷常笑！且方才明明被她的掌風帶到了，速度卻沒有任何減緩的跡象。照此情形看來，他應該是和先前的幾場比賽一樣，利用真氣護住了全身經脈。

「逆天而行，必得付出代價！」他沉聲低笑，「妳也想嚐嚐滋味嗎？」

話音初落，一雙妖瞳陡地精光四射。鈴被那光芒攝住，登時動彈不得。

——糟了！

下瞬，她感覺劇痛閃遍全身，腦殼彷彿要裂開一樣，險些摔落木樁。

緊接著，痛楚的閥門越開越大，似乎是想測試她的極限在哪。鮮血從她耳內滲出，順著鬢邊淌下。陰惻惻的聲音在她腦中響起，宛如冷刀子一遍又一遍刮著骨頭：「沒用的，別掙扎了！妳的這具身體，吾要定了！」

葉超展開輕功，在密林間飛馳著。

不知為何，他此刻的心跳得好快，不斷衝擊著他的心房，幾乎就要破胸而出。

眼見林木漸稀，他停下腳步，從樹梢俯瞰地面。

前面就是離山腳最近的哨點了。這裡乃是通往天道門的門戶，一年到頭都有人把守，可此刻卻呈現一片死寂，望樓上也不見人影，顯然出了問題。

確認四周沒有埋伏後，葉超這才溜下樹，悄無聲息地走上前去。可一抵達望樓便驚呆了。

只見地上橫豎躺著六具屍體，全都是被敵人從背後襲擊，一招致命。且從死者的裝束看，這些人全都是趙拓手下的侍衛。照理說，不該如此疏於防範才對啊！到底是誰下的毒手？

屍身尚有餘溫，地上還有大量雜沓的腳印，顯示敵人人數不少，且剛剛離去不久。葉超心底驀地生出一個恐怖的念頭：「莫非他們想攻山不成？」不祥的預感實在太過強烈。他立即撒開腿朝來路狂奔，一邊高喊：「風叔！」

然而，當他趕回蒼龍溪畔時，風陸的小舟早已不在原處，取而代之的是上游傳來的陣陣騷動。葉超抬頭望去，只見一道飛索從樹林裡「嗖」地射出，直接插入對岸的巨巖！

緊接著，第二條、第三條也跟著飛出，在蒼龍溪兩岸搭起了一道索橋。隨後，密密麻麻的黑影便湧現了。那些人彷彿被火光吸引的蟲子，順著細索前仆後繼地朝對岸爬去……

葉超不禁愀然變色。

但他還沒來得及反應，頭頂便響起弓弦張滿的聲音。箭矢如驟雨般從山壁的洞窟裡射出，對準了那些想強行渡河的外敵。可誰知，強弩射在那些人身上，竟然毫無作用。他們身上插著箭，速度卻絲毫不減，簡直就像是地獄裡爬出的惡鬼。

當中一人站立不穩，從索橋上摔了下來。葉超趕到岸邊，將他翻過來一看，卻大吃一驚。

這不是山下村子裡那位兜售古籍字畫的林筒兒嗎？葉超小的時候經常去他的舖子借書來看，兩人也算有幾分交情，筒兒他媳婦還常送他柿餅呢。

然而，更令人發忧的還在後頭。林筒兒的「屍體」突然睜大眼睛，尖吼著朝他撲來。他的牙齒雪亮，嘴唇間卻是惡臭撲鼻，還有黑紅色的血不住地湧出來。葉超猝不及防，仰天後跌，腦袋重重砸在一旁的岩石上。

他喉頭被對方緊緊扼住，轉眼間呼吸困難，雙眼發黑，心想：「我就要死在這了！」

但下一刻，林筒兒的手忽然鬆了，整個人歪倒下去。葉超氣喘吁吁，連滾帶爬從對方脅下鑽出來。一抬頭，便見男子的寬背上插著一根魚叉。

林筒兒腰部以下血淋淋的，幾乎沒有一塊好肉，還能瞧見森森白骨。可即便如此，他猶不死心，拼命朝葉超揮舞著手爪，彷彿恨不得將他的眼珠子給挖出來。最後還是風陸魚叉一個倒甩，將他「噗通」一聲扔回了溪中。

葉超心有餘悸，道了聲謝，卻被風陸狠狠瞪了一眼。

「老夫後半輩子的針線活都算你頭上了，所以在老夫翹辮子之前，你小子一根指頭都不許少，聽見沒！」

葉超被噴了一臉口水，同時卻也被激起了滿腔鬥志。他顫巍巍地爬起，心想：「不錯，自己怎能死得如此不明不白？」

「風叔，這些攻上山來的人，該不會都是……」

「是啊。都是村裡的老百姓。」

葉超心臟狠狠一揪。怪不得那些岡哨會死得無聲無息。畢竟，誰能料到村裡的老弱婦孺會突然大開殺戒？

「筒兒哥他們肯定是讓妖怪給控制了！」

他曾聽師父說過，有些妖怪除了會汲取活人的精氣，還能自由驅使那些被他們吸乾元神的屍體。那些屍傀雖然還保有一定的靈識，卻被剝奪了記憶，只會根據本能行動，「行屍走肉」一詞便是從這來的。

「可惡！怎會變成這樣？」

胸中蓄積的怒火終於爆發出來。葉超舉起拳頭，狠狠打在一旁的樹幹上。

風陸卻冷笑起來：「衝一棵樹撒氣有個屁用！你若還當自己是個男人，就趕緊想法子！少在這婆婆媽媽的，浪費力氣！」

這句話宛如一記響亮的巴掌，直接將葉超打醒了。

下一刻，他從懷裡取出岡哨那撿來的響箭，朝天空射了出去。心裡暗自祈禱巡山弟子能夠聽見，趕緊去通知龍池窟內的眾人。

「風叔，麻煩您再載我一程。我得去幫師父他們！」

風陸哼唧了一聲：「那就別磨蹭了，趕緊走吧！」

兩人很快重新登上舢板，靠著風陸高超的操船技術，突破一道道兇險的波濤，逆流而上。一路上，不斷有屍傀朝他們發狠撲來，大多數都摔入了河裡，但也有幾個成功抓住了舟舷。

風陸將船槳交給葉超，自己揮舞魚叉，將胡亂追咬的村民逼退。可就算是尋常百姓，一旦成為屍傀，也能爆發出驚人的蠻力。因此，饒是風陸神勇過人，也不得不拿出全力應戰。須臾，只聽他大吼一聲，出拳擊中一名男子的下頦，直接將對方轟飛出去。

風陸從前乃是「狂風煞」秦錚之徒，跟著對方學了一身橫練的硬功，後來秦錚作惡多端，被上一任的天道掌門朱子尹誅殺。朱子尹念在風陸當時年紀還小，放過了他，而風陸為了報恩，同時也為了懺悔年輕時所造下的諸多惡業，從此心甘情願在天道門闢洞隱居，當起了蒼龍溪的「守護神」。

他體內留有「狂風煞」當年傳授給他的內功，必要時能夠發揮穿山崩岩的威力。在這股怪力面前，對手人數再多都是枉然。霎時間，四周皆是「噗通」的水花聲。可隨之而來的長浪也使得小舟失去平衡，撞上河底的尖石。

船頭的葉超彷彿魔怔了。他對船底的破洞置之不理，繼續操控著瀕臨瓦解的小船，不顧一切地往上游沖。

他曉得前方不遠處有個彎道，正好靠近弓弩手所在的岩穴，只要能到達那裡，他就有辦法登岸！

可問題是……

「風叔！」

身後傳來風陸的咆哮：「莫把老頭子給瞧扁了！我年輕時可比你這兔崽子強多了！才沒這麼容易死掉呢！」

葉超聞言一咬牙，將上衣給脫了。彎道就快到了，他指著前方的懸崖道：「那就拜託您了！」

風陸眸光一閃，頓時會意。雖說兩人一個是初出茅廬的少年，一個是飽經滄桑的浪客，可在這生死關頭之際，卻生出一股牢不可破的默契來。

很快，風陸甩開剩下的敵人，單手提起葉超，鼓足內勁，將他朝對岸的山壁擲了過去！但即使是風陸，也沒有辦法把一個人高馬大的少年一口氣扔過蒼龍溪。

風陸明知這點，卻仍照做了——這便是他對葉超的信任。

葉超自然也不傻。只見他掠過半空的同時，手裡還緊緊攥著纜繩的一端，一邊咬緊牙關，一邊在心裡默數著。

當他感到覺自己的身子到達頂點時，底下的小舟驀地轉彎了！

風陸果斷砍去纜繩，強大的離心力使葉超的身子再次騰空。他鬆開繩索，一口氣向前縱掠。眼看就要撞上對岸了，他左手揚起，將脫下的衣衫向前一甩，於千鈞一髮之際捲落了兩支飛來的弩箭，同時右手劍鞘揮出，正好嵌入面前的峭壁。

「各位師兄，求你們別射了！我是葉超啊！」他死命地攀住劍鞘，扯開喉嚨大喊。

下一刻，兩名黑衣人從上方的岩穴中探頭出來。見到葉超，大吃一驚。

「小超兒？咋是你！」

「沒時間解釋了，快拉我上去！」

雙腳落地的剎那，葉超才發現自己渾身都在發抖，就連膝蓋都是軟的。他抓起一旁師兄的前襟，好不容易才緩過氣來，問道：「掌門師伯他們呢？」

「師父、師伯，還有玄月門的柳師太，所有人都還在龍池呢！」

「你說什麼？」

「如今觀內就只剩下巡山弟子和一些年幼的師弟，咱們不敢擅離職守，也不知道龍池裡邊發生了什麼，為何遲遲沒有動靜……」

葉超簡直要瘋了。眼看敵人大舉來襲，偌大一座天道門，居然唱起了空城計！

「這裡有咱們頂著，暫時不會有事，你快帶著師弟他們去避難吧！」

葉超用不著對方提醒，早已重新披上衣服，向後飛奔而去。

他明白，蒼龍溪陷落乃是遲早的事。畢竟敵人可是被妖力控制的怪物，一般的攻擊根本不奏效。

能夠操控屍傀的妖怪並不多見。看來，他先前料想得不錯，譚方彥是確實是被奪舍了。可他想不通的是，對方為何偏偏選在這個時候發難？

天月論劍、玄月門、龍池決戰……

這幾個詞像孔明鎖般在他腦中飛快地來回組合，終於「咔」的一聲，拼湊出一線靈光。

他被真相激得差點絆倒，忍不住叫道：「原來是這樣！」

肆

山頂的龍池石窟內，李宛在難得的眉頭緊鎖。她隔壁則是渾身是傷，卻仍堅持到場觀賽的夏雨雪，兩人皆屏氣凝神地望著水中央。

除了夏雨雪和關雲綺之外的玄月弟子都是頭一次見識到「阿離」真正的武功，且對上的還是譚方彥那樣的高手，不由得驚呼連連。

然而，她們以為這一切全都是柳露禪事先一手安排，因此非但沒有怪責鈴，反而替她暗自著急。

又過一會，李宛在終於忍不住站了起來：「哎，妳說，他倆到底怎麼了？怎麼都不動了？」

夏雨雪搖搖頭，沒有回答。她能感覺出，此刻龍池裡的兩人雖然都維持著同樣的姿勢，氣氛卻比方才更加劍拔弩張，彷彿隨時都會有大事發生。

果然，這個念頭才剛閃過，便見鈴的身子無故一晃，彷彿要從木樁上跌下來。夏雨雪感覺自己的心跳漏了幾拍，抓住李宛在的手，低呼：「不好！」

鈴眼下的處境確實不妙。一切發生得太過突然，宛如一道天雷當頭劈下，又像是落入瀰天大火之中。她感覺渾身的肌膚都要被焚燒殆盡，骨頭寸寸裂開，偏又動彈不得。絕望的感覺滲入四肢百骸，緩慢而清晰，甚至就連黃泉脈印發作時的痛楚也有所不及。

她拼命想擺脫敵人的控制，卻徒勞無功。而隨著滾燙的洪流在體內蔓延開來，黑暗如網般罩下，她緊緊抓住最後一絲意識，耗盡所有力氣……

在生死的間隙裡，似有涼風拂來，撫慰著她焦渴的靈魂。下一刻，天地歸位，一名黑髮少年赫然出現在眼前。他用力搖晃起鈴的肩膀，不客氣地喊道：「喂！惡婆娘，搞什麼鬼啊！妳給我振作一點！」

「瀧兒？」鈴瞧見那雙尖尖的耳朵，霎時清醒過來，「你怎麼在這……不對！你何時學會的化夢？」

「化夢」乃是練妖術的一環，能將意念織成幻境，送入對方靈魂深處。可要施展這項本領，須得具備極高的修為才行。就連平時鈴想和大鵬、梅梅等人會面，也得透過燃燒蛟香產生迷煙才能進入幻境，她還是頭一回碰到有人直接闖入自己神識空間裡的情形！

然而，眼下卻不是計較這個的時候。

對面的瀧兒一副氣急敗壞的模樣，放開鈴的肩膀，又開始掐她的臉，嘴裡不斷念叨：「瞧妳這副要死不活的樣子！出發前還信誓旦旦說自己沒問題！結果呢？沒有本大爺在身邊，妳便啥事也幹不成了！」

見到徒弟突然現身，鈴本來還挺感動的，可惜那份情緒馬上就被澆熄了。

「嘶……痛！」她拍開對方的爪子，怒道：「有話好好說不行嗎？」

「不是妳喊我來救妳的嗎？」

「誰要你來救啊！」鈴伸手揉臉，語氣哀怨。她本憋了一肚子的話想說，可才剛開口，表情卻突然凝住了。

瀧兒畢竟功夫尚未到家，即使僥倖成功，幻影也只能維持很短暫的時間。然而，他的一句話卻點醒了鈴。

一道念頭猛地集中她的思緒。她不再猶豫，抓起瀧兒的手，按照韓君夜傳授她的口訣，將意識集中於丹田，啟動體內隱伏的元神之力。而隨著妖靈和元神的氣相互交織，兩者身周竟湧現出流霞般的金光。

那光就像繩索一樣，將她和瀧兒的魂魄牢牢繫在一起。而當鈴再度睜開雙眼時，她發現藍天白雲都消失了，她又一次回到了陰森詭異龍池石窟之中。

她緩緩直起身，目光掃向對面的「譚方彥」：「看來你的運氣很不好呢，白澤大人。」

聽見自己的名號被道破，喚作白澤*的妖怪眼底閃過一絲詫異。

「可惜，這副身體，你是絕對拿不到的。」鈴語氣愈發篤定，「因為奪舍之術只能用在靈識健全的人類身上，而我的元神早就不全了，你難道連這都看不出來？」

「練妖術！」白澤先是一驚，接著臉色一沉，「沒想到，就連傳聞中的眾妖之主也自甘墮落，成了茅山的走狗……好啊，既然妳非要攔路，就休怪吾手下無情！」

「你還有臉說別人？」鈴長眉冷蹙，死死盯住對方，「也不看看現在的自己成了什麼模樣？」

傳說中的瑞獸白澤，與麒麟一樣是太平盛世的象徵。祂誕生在盤古開天之初，居於崑崙山頂，曾助黃帝降伏各路妖魔精怪，教化蒼生，留下一段佳話。可此刻站在鈴面前的男子面頰青瘦，印堂發黑，目光冷漠，一身戾氣，和她心目中的上古神獸簡直是天壤之別。

所謂凝視深淵過久，深淵必報以回望，大概就是這個意思吧。

但此刻的鈴已沒有心力去探究背後的來龍去脈了，她只知道自己說什麼也不能退後，

---

* 白澤：上古傳說中的神獸。通曉人語，遍識天下所有的妖怪。與麒麟、鳳凰一樣，被視為太平盛世的象徵。

絕不能讓對方得逞。

倘若此事發生在三個月前，或許她會有不一樣的選擇，可現在的她已知六大門並非全是惡徒，當中也不乏有情有義之人。正如小李所說，這個世上鮮有公平，重要的唯有「問心無愧」四字。

「就算你說的是實話，殺了他們又有何用？」她質問對方，「摧毀茅山拯救不了任何生命，只會讓一般人更加痛恨妖怪，根本就是火上加油！」

「罷了。」白澤冷笑，「人類到底是人類。夏蟬不可語冰，妳只需睜大眼睛好好看著，忤逆天道者，都是什麼下場！」

話說完，身子伏低，宛如離弦之箭，朝著洞頂的方向直射出去。

鈴心裡「喀噔」一下，連忙展開輕功緊追其後。

但白澤此舉顯然是事先謀劃好的。他將體內蓄積的力量一口氣爆發出來，身法快逾電光，一時竟連鈴都追趕不上。

周圍觀賽的群眾不曉得兩人葫蘆裡賣的是什麼藥，紛紛伸長脖子，仰頭張望。那模樣簡直就像一群待宰的鵝。

白澤動作如飛，順著山壁往上竄，眼看就要觸到洞窟頂端的一線天了，鈴心中忽然生出一道奇怪的念頭：「莫非他想一口氣闖將出去？」

可她很快發現自己錯了。

就在身體即將撞上岩壁之際，白澤忽然一個蹬牆，勁透足尖，反身朝龍池俯衝！

——該死！

等鈴驚覺中計時，一切都晚了。只見白澤右手探出，氣勢奔騰的一掌交雜著電流的霹啪聲，朝水面狠狠擊落！

下瞬，整座湖泊如火山般噴發起來，滔天巨浪一波接著一波向外湧，直到大水徹底吞噬了整座石窟。

什麼天月論劍、成敗得失，對白澤來說，全都是醉翁之意不在酒。他甘冒奇險潛入茅山，甚至不惜捨棄己身，全都是為了這一刻！

無孔不入的龍池水比天下間最陰毒的暗器都來得厲害，就連頂尖高手也無法抵禦。在場眾人紛紛被大水沖倒，唯一沒有被波及的就只有位於風浪中心的鈴。

但白澤的右手也因為用力過猛而脫臼了。鈴趁著對方喘息未歇的當口，狠狠一拳砸了過去：「這就是你的目的？你真是瘋了！」

偽裝成譚方彥的白澤身子一晃，向後趔趄。但他很快便再次爬了起來，唇角帶血，殘破地笑了。

這還是鈴首次看見對方露出如此愉悅的表情。

「就算妳現在殺了我，這些人也是在劫難逃！」他得意道，「茅山一脈大限已至，自有人會替吾完成宿願，將此處夷為平地！哈哈哈哈！」

刺耳的笑聲在石壁間不斷迴盪。鈴心頭一驚，暗想：「這傢伙果然還有同夥！他們是打算等這裡所有人都動彈不得後再一一下手嗎？果真是毒計！」

「所謂替天行道，手段就是這般骯髒卑鄙？」她冷嗤，「這樣一來，你和那些濫殺無辜的惡徒又有何區別？」

白澤聞言，笑容頓時消失，滄桑的面孔宛如一張病中垂死的面具，令人望之生寒。

「吾本生於崑崙，不食紅塵，不飲凡露，曾聞東土大唐乃人間之樂土，盛世之華章，因生傾慕特來觀游。豈知，盤桓中原多年，唯見聖人昏聵，官場糜爛，民生凋敝，生靈塗炭，就像生了癰瘡的人，從頭到腳無處不病。吾將頭上之犄角折下，分予飢餓的災民，將靈力注入大地，使枯死的稻穀重新生長。閭里為感恩德，特建廟宇，四時焚香祭祀。」

「敬天畏地，順應自然，本為社稷之福，可近年來，竟有茅山道士妄稱能取代上天，主宰民生之禍福。他們打著誅滅妖邪的旗號四處征伐，毀棄廟宇，荼毒人心，致使山野精怪魂飛魄散，自然之靈流離失所。如此倒行逆施，就算上天不曾降懲，吾亦斷難相容！」

說到這，聲音越發暗啞，彷彿滾雷陣陣壓過天際，由遠而近地劈在人心間。

「自從斬去犄角，吾便知吾此生壽數已盡，再難回到崑崙之巔，只能在這汙濁塵世不斷輾轉……不過，既然天意如此，即使耗盡最後一點靈力，吾也要將這罪惡之源連根拔起！」

白澤揚起目光，凝眸於鈴：「妳既為眾妖之主，又置身江湖，當知人心腐化，世道瘡痍。所謂欲做聖人，先做屠夫，說到底，妳我之所求又有何不同？」

鈴聽得肌骨生涼，臉色也跟著一變。

「公道自在人心，我絕不會為了達到目標而背棄自己的原則，」她低聲道，「更不會讓你再傷害這裡的任何一人！」

「好一個公道自在人心！」白澤仰頭嗤笑，「若動動嘴皮子就能解決問題，古來賢者又何必親涉泥潭，髒了自己的手！」

話音甫落，忽然提氣一竄，朝池邊的觀台直撲過去，目標再明顯也不過，正是位居看台中央的趙拓。

在場眾人中，被劇毒的龍池水遍灑全身，卻仍能保持清醒的，也唯有他趙大掌門一人而已。儘管眼下情況岌岌可危，鈴仍不禁暗生敬佩——果然是盛名之下無虛士。

然而，趙拓的身手再怎麼驚世駭俗，如今也是半殘的狀態。面對妖怪突如其來的襲擊，毫無還手之力，只能佇立原地，閉目待死。

龍池窟內局勢危殆，外頭同樣也是天翻地覆。

葉超趕到山頂時，紫陽觀外早已亂成了一鍋粥。能夠主持大局的人，一個都不在。在場除了幾批趙拓手下的侍衛，便是一些未能參加論劍會的弟子。其中甚至還有不滿十歲的孩子，手裡抄著劍，眼裡卻滿是驚惶。

陳昊和葛駿南正指揮著大夥兒分頭避難。兩人見葉超突然現身，視線直接掠過他，繼續扯著嗓門發號司令，就當沒他這號人一樣。

這種待遇，葉超早就習慣了，也沒往心裡去。他目光迅速掃過那群年紀較小的弟子，在其中找到了一道熟悉的身影。

「平兒！」

「葉師兄！」

燕平是個約莫十歲的少年，個子比同齡的孩子高出一個頭，人也頗為機靈。此刻，他張著圓溜的大眼睛往山門的方向望去，既不安又興奮。

「師兄，我們也要戰鬥嗎？」

「不錯。」葉超走到對方面前，正色道，「平兒，你聽我說……我有個任務要交給你。此事關係到大家的性命，千萬得上心。」

「我也要去！」他們的話被一旁八歲的小師妹曲道萱聽見了，插嘴進來。

「妳不行啦！」燕平將她一把推開。

葉超心想，整個天道門，果然就屬這兩個小娃娃最大膽了。他拍拍小女孩的頭：「萱兒就留在這裡保護大家吧。」

聽他這麼說，曲道萱的小臉陡地一亮。她重重點頭，「嗯」了一聲，又轉身跑了。

葉超向燕平交代完事項，又叮囑再三，這才放他離去。隨後，他自己也急忙朝龍池的方向奔去，還不忘時刻留意著太陽在天空中的位置。

然而，混亂間，他突然被捉住了衣領。

回頭，只見抓住他的是一名黑衣侍衛，那張臉似曾相識，卻又叫不出名字來。但此時的葉超已顧不得對方是誰了。他胸中那股糾結的情緒終於徹底爆發出來。他甩開對方的手，喝道：「鬆手！」

「龍池決戰還在進行呢！沒有掌門之令，誰都不許靠近！」

那人語氣不善，可葉超卻比他更激動。

「你不光心瞎，連眼也瞎了啊？」他咆哮，「給我睜大眼睛瞧瞧，現在什麼情況！光靠我們幾個應付得來？」

葉超從小便是出了名的軟柿子，從沒有人見他發過這麼大的脾氣。

那人怔住了，一時找不到詞反駁。

所謂一不做二不休，葉超沒給他反應的機會，繼續劈頭蓋臉地罵：「外頭亂成這樣，龍池那兒卻沒半點動靜，你不覺得蹊蹺？你腦子是茅坑吧！」

他曉得對方想阻止他去龍池通風報信，一來是太過輕敵，二來更是怕他趁機攬功。但一想到風叔還在下面獨自抗敵支撐，想到林筒兒那副眼珠發赤，嘴角流津的模樣，他就渾身顫抖，恨不得將攔住他去路的人揪起來痛打。

這是他人生中首次爆發出如此強烈的，想要傷害他人的欲望，就連他自己都嚇到了。他甚至不曉得這股戾氣究竟從何而來，直到聽見旁邊傳來孩童撕心裂肺的嚎啕，方才恍然大悟。

自己原來是在害怕啊……害怕十八年前的惡夢再度重演，害怕又有親人在自己面前倒下。

那哭聲對葉超而言就像當頭棒喝。他如驚鴻般拔身而起，直接從侍衛的頭頂掠了過去，再次狂奔起來。

來到龍池窟，只見四下一片寧靜，本應在外頭站崗的侍衛全都不見蹤影，任憑葉超如何大呼小叫，內部也沒人應聲。

終究還是來晚了！他望著眼前巍然不動的石門，一股寒意直透骨髓。

果然，對方的目的一開始就是這龍池之水……雖然早有準備，但當事實擺在眼前，葉超仍忍不住心悸——敵人當真是惡毒！

龍池平時屬於禁地，除了掌門之外誰也不許涉足，只有每逢三年一次的天月論劍才會開啟。而這場合，不光是整個天道門的英才聚齊一堂，就連玄月門也是一樣。換句話說，一箭雙鵰！此計若成，便能將天道門和玄月門兩派同時連根拔起！

葉超正低頭尋找著可以拿來撬開石門的工具，忽然後方飛來一把菜刀，正好插入他雙腳間的地面。

「超兒，小心！」

身後響起某位師兄的警告，話音未已，便化作驚恐的慘叫。

回頭望去，只見對方被兩隻屍傀壓倒在地，掙扎間，腹腔破裂，腸子流了一地，一雙眼睛卻仍瞪著天空，彷彿極為不甘。葉超撞見那畫面，腦內瞬間變成了血紅色。

而就在他愣怔之際，對面的竹林裡又奔出一群嗷嗷亂換的村民。他們雙睛火赤，張牙舞爪的模樣活像發狂的猛獸。

趕來的天道弟子們迅速抽出兵刃，將屍傀團團圍住。然而，他們不過十來人，而敵人少說也也有五倍之數！

完了……葉超心一涼，俯下身，開始大吐特吐。

「超兒，你還愣著幹嘛？快走啊！」

「別擔心，這裡交給我們就行了！」

鬼門關還真是個奇妙的所在。葉超發現，就連平時對他愛搭不理的那些師兄，到了這個地步，居然都不約而同地關心起了他的死活。

「要是能逃，我早逃了！」他在心底吶喊。

大敵當前，他發現自己竟連站都站不穩。「什麼矜而不爭，大器晚成，不過都是託詞罷了」，他心想，「陳昊他們說得不錯，自己生來就是個廢物！早知結局如此難堪，還不如被扔進蒼龍溪淹死來得痛快！」

雙方鬥至緊處，一隻壯碩的中年女屍忽然暴起，撲在一名男子身上，當場咬斷了他的喉結。血似瓢潑般往外淌，周圍的人紛紛大喊著退後。

那女屍對葉超視若無睹，徑直朝他身後的岩洞撲過去。她的左胳膊已被砍下，衣裙被黏稠的屍漿糊成一片，卻仍然不依不饒，又踢又撞。

葉超透過對方腰間的荷包認出，此人正是村裡賣糜子糕的荊大娘。

荊大娘就是個普通的婦道人家，這輩子沒練過一日功夫，然而，厚重的石門被她這麼一撼，竟裂開了一角。

下一刻，她被兩名天道弟子揪住頭髮拖了回來，口中發出尖厲的叫聲。

葉超望著這駭人的畫面，腦中忽地閃過一道念頭——既然這群怪物的目標是龍池，豈不代表師父和師姊他們此刻仍好好的活著？

想到這，四肢彷彿被注入一股力氣，終於停止了顫抖。

從地上爬起來，放眼望去，只見遠處熟悉的山頭早已變色，隨處可見屍體積成的小山，就連紫陽觀前的牌樓都垮了半邊。

看著那染血的「大道之行」牌匾，葉超的心臟彷彿被人狠狠抽了一鞭。

畢竟，他葉超再弱，也是天道門的弟子啊！他再不受人待見，也是吃著茅山的奶水長大的，眼見家園遭到這般蹂躪，哪個孩子的心裡不淌血？

彷彿感應到他身上覺醒的鬥志，一名赤裸上身的大漢突然衝出包圍，朝他這方向撲了過來，正是肉鋪的王屠戶。此人本就膀闊腰圓，如今又多了妖力的加持，估計一拳能打死一頭猛虎。

葉超憑著經驗豐富的閃躲技能，身形幌動，一路退至懸崖邊一棵歪脖子樹下，忽然拔起身子，雙足一鏟，將對方絆倒在地。

王屠戶跌了個仰天合面，正欲爬起，右腳卻被樹藤死死纏住了。下一刻，葉超用力一扯粗壯的樹枝，藉著樹幹回彈的力道，將這七尺壯漢直接吊到了半空。

以他的性格，即使面對這樣不人不鬼的怪物，仍不願痛下殺手，於是只得改採這種投機取巧的方式。接著，他又扯下腰帶，將王屠戶的雙手捆在背後，估摸著對方一時半刻應是下不來，這才鬆了口氣。

然而，這樣的雕蟲小技成功一次也就罷了，總不能接二連三地使啊！

眼見戰況漸趨激烈，葉超手中握著空空如也的劍鞘，覺得自己這回怕是凶多吉少了。

除此之外，他心裡總埋著一個疙瘩——他明明早就懷疑譚方彥身上有詭，卻抱持著僥倖的心理，愣是沒有向掌門彙報。若不是自己這點私心作祟，或許一切就不會發展到今日如此惡劣的局面了！

自己造的孽，總不能推給他人去承擔。

他咬了咬牙，暗自狠下決心——這一回，說什麼也不能逃避！

此念方生，正好看見一名師兄身子飛起，朝這撞來。鮮血從對方肩頭汩汩流出，無論視線往哪兒瞟，眼前總是殷紅紅的一大片。

若此事發生在平時，葉超早就暈得不省人事了。

可這次，他卻憑著一口真氣勉強挺住了。他想著師父，想著師姊，緊忍著胸口翻滾的噁心，上前將對方扶起：「林師兄，撐著點！馬上就有人來幫忙了！」

名為林奐的青年聽他這麼一說，雙眸陡地亮起：「真的？」

「那是當然。」葉超臉不紅氣不喘地撒了謊，「可在那之前，還得請幾位師兄擺出『風形陣』，把剩下的敵人給困住，拖延點時間。等援兵一到，咱們就有救了！」

林奐不知是失血過多導致神智不清，還是死到臨頭，覺得破罐破摔也值了，完全沒有質疑他的話，被攙起後只問了一句：「顧師兄不在，誰在前頭喊陣？」

「我來。」葉超拿出生平最大程度的勇氣，上前一步說道。

天道門的除妖陣以「移山倒海陣」為首，下面又再分為「風」、「雷」、「火」、「山」四種陣形。葉超掐指一算，七名師兄，加上自己，八人剛好勉強可以湊成一個最基礎的風形陣，困住敵人，直到「援兵」抵達為止。

他深知以自己的身分，要調動眾人根本不可能，因此才需要林奐的幫忙。這位師兄雖然頭腦不怎麼靈光，可資歷深，人緣好，在他的號召下，其餘六名師兄弟果然迅速就位，有條不紊地擺出了一道風形陣來，將敵人團團包裹。

正當所有人都以為林奐要帶頭喊陣的時候，葉超才一步步踱到陣前，肩上依舊扛著那把無用的劍鞘。

他這一走出，簡直能聽見後方的人下巴掉下來的聲音。

他也不怪他們。畢竟，第一次幹這麼瘋狂的事，就連他自己也沒有把握。然而，都到了這種時候，豈能輕易退縮！

葉超覺得自己的牙床都快咬出血來了。他在心中對謝明禾道：「大師兄，放心吧。我已經不再是從前那個只會哭哭啼啼的小鬼了。這回，換我來保護大家！」

眼前是明知敵不過的對手，背後是對他而言最重要的家人，他站在一片血色中央，唯一的武器就只有手裡空蕩蕩的劍鞘。無論生死成敗，這一刻都已經深深烙印在他心上了。

可最神奇的是，除了大師兄之外，葉超的腦中還浮現出了另一個人的臉。

她微微蹙起眉峰，一雙眸子宛如夜空中最閃亮的寒星，正經八百地告誡他：「要知道，你今日之所以能夠全鬚全尾地站在這裡，是因為有人擋在你面前，代替你承受了那些刀光劍影和生死一線。你逃得了今日，卻逃不了一世。等到有一天，你不再受人庇護，你才會知道，靠著自己的力量打敗眼前的敵人，是一件多麼不容易的事！」

生死關頭，葉超想起這番話，竟有些哭笑不得，緊繃的肩膀也終於稍稍鬆泛了些。他挑了挑眉心，暗道：「放馬過來吧！」

可事實上，曾對他說出那些冠冕堂皇的話的鈴，此刻也是泥菩薩過江，自身難保。

只差一個呼吸的距離，白澤的青鋼鐵爪就要捅入趙拓的胸膛，將裡頭的心臟搗個粉碎。那一剎，鈴甚至看到了趙拓那張雷打不動的臉龐上浮現出無比真實的恐懼。

這一點也不足為奇。畢竟，自古以來，上至帝王將相，下至斗筲小民，誰能不懼生死？

誰不會屈服在死亡龐大而絕對的陰影之下呢？

然而，趙拓今日可算是撞大運了。

下瞬，只聞得「噗」的一聲，寒鐵插入骨肉，濺起大片血花。

趙大掌門雙目陡瞠，幾乎不敢相信自己的眼睛。

就在剛剛，那名嬌小的少女居然不顧一切縱到了自己身前，替他擋下了這粗暴且致命的一擊。更神奇的是——她居然沒死！還喘著氣呢！

鈴用肩膀接下了白澤的這一爪，深吸口氣調勻呼吸，接著抬頭，定定地直視對方。

「我剛剛不是說過，絕不會再讓你傷害任何人？即便是他，也算個人！」

「也算個人嗎？」這句話在趙拓腦中滾過。他發出了不可置信的，自嘲的聲音。

自從十八年前，他親手殺死宿敵楊元嘯後，包括柳露禪在內，再沒人敢當面對他說出如此無禮的話。這丫頭，膽子可不是一般的大！

然而，眼下可不是計較這個的時候。事到如今，他已看出眼前的男人並非譚方彥，而是披著人皮的妖怪。

白澤的青鋼鐵爪依然插在鈴身上，再加上一個動彈不得的趙拓，三方均是進退兩難。

「妳不要命了？」白澤低吼。

「如果我說我要呢？」鈴狠狠喘氣，「你會放過我們嗎？」

對方的回答也很乾脆：「妳，行。他們，絕無可能！」

鈴聞言，露出一點苦笑。

說實話，趙拓此人是死是活，她一點也不在乎。經過這段時日的觀察，她已看出對方謙謙君子的假面下其實暗藏著一副蛇蠍心腸，不僅心思狡獪，手段毒辣，甚至有可能和司天台之變的幕後陰謀也脫不了干係。

既然如此，為何還要救他呢？這背後的原因連她自己也解釋不清。只知道自己來不及思考，身體便率先動了起來。大約是不希望見到對方以這種姿態死去吧，就和陳松九被殺時一樣……若是那般結局，就算兩人之間有著天大的仇怨，她也感受不到絲毫的快意。

她忍痛抬頭，直勾勾地望入白澤的雙眼。

「你既是出生崑崙山的神獸，應知道妄造殺孽需得承擔什麼樣的報應吧！你準備拋下天下蒼生，從此墮入魔道嗎？」

白澤神色微微一滯，隨即高聲冷笑。

耳鼓震盪間，鈴感覺自己的腦瓜子又被豁開了，毫無預警地被吸入了各色幻象交疊的場景裡。

這次，她被帶到了一片赤地千里的世界。四下無人，只有一堆被黃沙掩埋的廢墟，昭示著不久以前，此處或許還是個活絡的村莊，可如今卻只剩下累累白骨，斷垣殘壁。

白澤的聲音在她耳邊響起：「去歲，關中大旱，妖食人，人食妖，慘不忍睹。時有赤尾慧星，墜入東郡，鋒芒直指茅山。此乃上蒼示警，天下崩析之兆。此人不除，天怒難平！難道妳還要以死相護不成？」

鈴強忍著刮肌蝕骨的痛，硬是將對方的鐵爪從自己肩頭拔了出來。同時，眼前的幻影也跟著煙消雲散。

「你開口閉口都是天意，可我偏不信……無論際遇如何，命運都是隨著人的意志在改變的。與其盲目地聽從所謂的天命，還不如問問自己的心！」

她說這麼多，並不是期待自己能夠說服對方。相反地，她意識到自己這回已是在劫難逃了。然而，既然外頭的敵人還沒攻進來，便表示天道門尚未潰敗到底。她得盡可能為還活著的人爭取最大的生機！

「沒想到……傳聞中的眾妖之主竟是這樣的人。」白澤的眼底有複雜的情緒在湧動。下瞬，他發出一聲喟嘆，嘴角微微牽動，「罷了……或許妳的出現也是天意的一種昭顯吧。吾姑且相信妳的誠意，但願妳將來不會淪落到和吾一樣的境地，迷失了自己的心，再也找不到歸家之路。」

兩者目光相接，鈴不由心頭一震。她方才還宣稱不信命，可下個剎那，卻彷彿在對方深不見底的瞳眸中窺見了某股呼之欲出的力量。

那感覺不過稍縱即逝。只聽得「赫」的一聲，白澤話音甫歇，身子猛地向前一傾。

死亡的預感恍若巨石墜落，直中心口。

然而，預期中的疼痛卻沒有發生。當鈴的雙眼再度睜開時，她發現自己被一雙強壯的臂膀緊緊箍住了。

滾燙的熱液滴在她顫動的睫毛上，順著臉側滑落，既像眼淚，又像夕紅。

回眸望去，正好瞅見趙拓站在那裡。他嘴角掛著得逞的冷笑，手上的寶劍長驅直入，狠狠刺入譚方彥的胸膛。

鈴簡直不敢相信——中了那麼霸道的毒，對方居然這麼快就能動了！

且即使面對的是自己親手帶大的徒兒，趙拓下手依舊毫不留情。

一劍穿心，即使是大羅神仙也救不了，寄宿在譚方彥體內的白澤精魄自然也跟著魂飛破散了。

這個瞬間，鈴感覺周圍的一切都凝住了。一股寒氣從腳底驟然升起，引得全身血液逆流。

方才，趙拓分明是想將她連同她身後的男子一同貫穿，卻是白澤在最後一刻選擇了犧牲自己，護住了她。

她感受著那逐漸涼透的身軀壓在自己胸口的重量，似乎明白了什麼，卻又不全然明白。

然而，她還沉浸在驚愕與悲傷交織的情緒中，趙拓卻已拔出了劍，撣了撣衣袖，表情沉靜得可怕。

「妳究竟是何人？」

除妖師對付妖怪本就是毫不留情的，這種事鈴早就見多了。可趙拓身為堂堂天道掌門，不僅恩將仇報，甚至還從背後偷襲，尤其令人不齒。

鈴氣得顫抖：「你不必，也不配知道！」

眼前的男人雖然手腳能動，但顯然還沒完全恢復利索。他對上少女宛如烈火燎原般的眼神，身軀一震：「妳不是玄月弟子！」

「放心，我不會殺你的。」鈴朝趙拓投去的目光滿是鄙夷，「但將來，總有你後悔的一日！」

水珠的影子映在雪魄的刀身上，宛如夜空中的一彎孤月，散發出冰冷的光芒。她將那道冷光收入鞘中，頭也不回地轉身。

伍

鈴本以為這短短半日內所發生的事已經足夠令她震驚了，卻沒想到，推開龍池窟的石門，看見的卻是更加不可思議的景象。

首先映入眼簾的是一地狼籍的屍首，空氣裡浮漾著鮮血與腐肉的氣味，駁雜的殷紅間佇立著一道熟悉的背影，手裡緊緊攥著半截殘破的劍鞘。

「葉超？」

葉超回眸。他的右臉烏青一片，胸前的衣襟血汗交織，背後卻是乾淨的，昭顯著他這段期間一直是以正面對著敵人。

「怎麼是妳？」

此刻，鈴心裡也在想同樣的問題。愣怔間，聽對方問道：「我師父他們呢？」

「在裡邊。沒事，只是昏過去而已。」

這點她剛剛離開前已經確認過了。包括夏雨雪和李宛在等人在內，洞窟內的所有人都氣息平穩、毫髮無傷，只要喝下解藥，便會自然甦醒。

葉超聞言，整個人瞬間鬆了下來。他搖搖晃晃地退了兩步，跌坐在地，喃喃道：「老天保佑。」

說實話，若非今日此劫，他從來不曉得，天空可以如此蔚藍，草地可以如此柔軟。

這是他人生中第二次一腳踏入鬼門關。上次，他還是個牙牙學語的嬰孩，被人揣在懷裡逃命。這回，卻搖身一變，成了庇護眾人的存在。然而，他卻感受不到半分驕傲與豪情，籠罩心頭的，唯有虛脫與恐懼。

事情還得從稍早開始說起。當時的葉超一邊踏穩「艮」位，號令風形陣，一邊舉起手上的劍鞘禦敵。

照理說，木頭的劍鞘在屍傀面前根本不堪一擊。可葉超向來知道怎麼對付空有一身蠻勁的對手。

他看準敵人攻擊的方向，以劍鞘為引，在刀尖上輕輕一帶。有時是絆，有時是黏，有時甚至幾乎沒蹭到，只是輕輕一沾。然而，他這麼做的妙處便在於釜底抽薪，抓住最危險的那一點，在最危險的時刻出手，反而把握住了一線生機。

此招名為「水竭」，乃是曲松劍法的最後一式，因為威力不彰，許多弟子平時根本不屑拿出來用。可葉超卻謹記著師父教他的話：「兵強則滅，木強則折」。而這也正巧契合了劍法背後的心境：必得先體會行到水窮處的困頓，方有坐看雲起時的灑脫。

他在生死關頭，劍走偏鋒，將此招的神髓徹底揮灑出來，就好似一名手執毛筆的書法大家，寫到酣暢處，逸興遄飛。

凡是想闖陣的敵人，全都被這股四兩撥千金之力引開，或左或右撲出去，隨即陷入風形陣的核心，再不得脫身。就算此刻趙拓親臨，目睹這幅景象，也必會擊節暗讚，就更別說在場其他人了，只差一雙眼珠子沒掉出眶外而已。

但這段「表演」其實還有另一層更重要的意義。葉超心裡比誰都清楚，他身為掌控全局的人，唯有贏得眾人的信任，整座風形陣的威力才會大顯，戰局才有逆轉的機會！這才是他不惜豁出性命的真正原因！

果不其然，周圍的天道弟子見到他如此拼命，也跟著重新振作起來。整座風形陣在葉超清晰的號令以及八人巧妙的步伐帶動下，逐漸化作一道堅不可摧的風牆，朝敵人壓了過去。

然而，這種取巧的打法，看似毫不費力，實則兇險異常，且隨著陣勢逐漸催緊，葉超又發現了新的問題。

原來，他平時總是偷懶，不肯好好鍛鍊，導致體力和眾人相差了不只一截。這樣下去，時間一長，必定會露出破綻！

果不其然，兩炷香過後，葉超便有些支持不住了。他肩膀吃緊，手驀地抖了一下。而就在他鬆懈的剎那，劍鞘從他顫動的指間向前一滑，出手愣是緩了半拍！

隨著清脆的音色炸響，本就脆弱的劍鞘被對手的狠勁一震，生生斷成了兩截！

葉超肩上被抓出一條深長的血口，重新站定時，手中仍緊緊握著剩下的半截劍鞘，背後卻已冷汗全濕。

他的傷不打緊，問題是，劍鞘只剩一半的長度，再也不能像剛剛那樣在刀口上恣意遊走了。八人如今呼吸相連，只要他倒下，其他七人也將陷入危機。

且就在此時，倒在腳邊的一名白髮老者喉間忽然發出「嗬嗬」怪響，奮力一撲，咬住了葉超的小腿，無論他如何掙扎，總是甩不脫。

葉超暗叫吾命休矣，斜刺裡卻突然殺出兩道白影，擋在他身前。原來是左邊的兩名師兄出手了。他們一個頂替了葉超的位置，另一個長劍前刺，趁隙砍下了老人的頭顱。

葉超萬沒想到師兄們竟會為了救自己而棄守崗位。這一剎，他的心彷彿被一隻溫柔的手握緊了，喉嚨發澀，竟是半個字也說不出來。

經此一變，嚴整的陣勢登時大亂，無數的怪物趁機一擁而上，僅存的八名天道弟子全無阻擋之力，眼看便要全軍覆沒。

葉超正萬念俱灰，忽然聽見有人開口喚他。轉頭，正好對上林奐的目光。對方拍拍他的肩膀：「別氣餒！別忘了師長們平日的教導。咱們今日就算是死，也要站著嚥下最後一口氣！」

葉超望著對方那堅定的神情，忍不住眼眶一熱。

然而，正當他再度舉起劍鞘，準備拼死一搏時，東北角的天空卻突然射來一道精光。這道光強得教人睜不開眼。葉超心裡「喀噔」一下，高喊：「趴下！」旋即從後方抱住林奐，兩人一同滾倒在地。

不可思議的事發生了。只見被妖力操控的村民們在一片刺眼的白光中狂呼疾走，接著紛紛掉頭，朝著光的來向爭先恐後地擁了過去。

光的源頭乃是遠處的大茅峰。村民們如同被燈火吸引的蟲豸，饑渴地追逐那道光芒，一直追到懸崖的盡頭，朝著深淵一躍而下。

林奐等人撞見這慘酷的一幕，既驚且懼，張大了嘴，久久無法發聲。

在場唯有葉超知道是怎麼回事。可事先布局和親眼目睹畢竟還是不一樣。這一刻，他的呼吸彷彿被人掐得死死地，胸口煩惡，幾欲窒息。

他想，他一輩子都忘不了這畫面。因為，他雖沒有親手殺人，卻以最殘忍的手段將那群無辜的村民引上了絕路。

江湖守則第一條：不是你死，就是我活。

自從攀上懸崖的那一刻，他心裡便已有了計較。能夠一口氣操縱如此多屍傀，必定是擁有強大力量的上古妖獸。一般的符籙對人類毫無效果，若想一舉殲滅，就只能靠敵人對元神的強烈趨性來設下陷阱。

於是，他才讓燕平拿著能發出元神之光的「乾光符」到龍池窟東北面的大茅峰等候。待時辰一到，陽光聚焦在峰頂的山壁上，那片峭壁便會形成一面巨大的鏡子，將乾光符的光芒往龍池的方向集中折射，一口氣引開所有屍傀。

然而，這計畫簡直就是一場豪賭。若是燕平沒有順利完成交代的任務，若是剛才他們沒能守住龍池的洞口，若是他計算有誤，沒有把握好陽光的角度，如今死光的就是自己人了。一想到這，葉超便渾身發冷，彷彿連靈魂都要出竅了。

成長這件事，和時光一樣，說緊不緊，說慢不慢。有時，十年八年的光陰都不足以催人長大，可當命運降臨時，現實的殘酷又會迫使天真輕狂的少年在一夕之間成為所謂頂天立地的大人，去擔當他從未想像過的擔當。

鈴一推開龍池窟的石門，見到的便是葉超渾身浴血，癱倒在地的這一幕。

兩人此番都是死裡逃生，誰也不敢嫌誰狼狽。對視片刻，還是葉超先開口。他朝對方伸出手，問：「可以……幫個忙嗎？」

他也不怕丟臉。此刻，他是真的站不起來了。

鈴走到對方跟前，突然笑了：「你這傻子還是好好躺著吧。告訴我，龍池水的解藥放哪兒，我去去就回。」

葉超聞言，大大鬆了口氣：「在傷藥堂的櫃子上，貼紅色籤子的。」說完，撫胸咳了兩聲，又原地躺了下去。

他望著鈴遠去的背影，覺得此人當真是仙女下凡，都傷成了那個樣子，居然還能走路！沒多久，鈴拿著解藥回來了，身後還跟著多名傷藥堂的弟子，一部分人進入龍池洞窟，一部分人則留在外頭救治傷患，並替死者收屍。

此刻，日光微微西斜，照在紫陽觀的飛簷斗拱上，仍是崇殿巍峨，流光錯彩，這一日的腥風血雨沒有抹去它華偉的氣象，待到向晚，唯有淡淡的藥草味混揉在秋風裡，格外冰涼醒神。

不知為何，鈴瞧著這莊嚴奪目的景色，忽然間又想起了前幾日見到的那名碧眼少年。

「你們天道門也有胡人子弟嗎？」她問葉超。

大唐乃是出了名的兼容並蓄，即使是在距離長安千里之外的江南，異邦人士也並不罕見。然而，葉超卻搖頭：「據我所知，並沒有。」

「是嗎？」鈴薄唇緊抿，若有所思。

經過再三思量，她決定將那日的所見所聞全都告訴葉超。畢竟，從在雷平池對她伸出援手開始，到提醒她留意譚方彥，以及今日捨命相救眾人，對方待她始終是一片赤誠，從無半點虛偽與隱瞞。她已經很久沒碰過這麼傻的人了。

葉超聽完鈴的敘述，眉頭再次攏起。

風陸是不可能放一個陌生人擅自過河的。且這次的白澤事件證明了一件事——天道門的防禦雖非牢不可破，卻也不是擺在那兒好看的。那碧眼少年和趙拓顯然關係匪淺，才能夠任意出入茅山。

可他究竟是誰？

第拾章、花月樓

壹

中秋就快到了。

每年此時，總是揚州的秦樓楚館生意最興隆的時候，姑娘們忙於迎來送往，也紛紛趕著添置新衣。著名的二十四橋河道旁飄著甜溺的酒香、餅香、胭脂香，就連運河的船夫行經此處也會情不自禁地慢下來，也不知是被哪一種味兒迷了心竅。

唐朝盛行拜月，而青樓女更是比良家子更加迷信。饒是平日裡那些作風大膽放蕩的姑娘，面對盈盈升起的月亮，也變得情真意切了起來。

江離望著這一幕，心下冷笑。

人心有多麼善變和不可依靠，沒人比她更清楚。她可不信祭拜太陰能使一個女子「貌似嫦娥，潔如圓月」。何況，貌似嫦娥又有何用？真正想要的從未得到，最後還不是落得一片荒蕪？

潔如圓月那就更別說了。連綠芙這種小丫頭都曉得，一旦踏入這片青樓，這輩子便如落花碾入泥，何來的圓滿與潔淨？

可偏偏有些男人呵……就是天真。而近來，她遇到了一個最天真的男人。

眼下，她正與對方相對而坐。月光灑落一旁的支摘窗，面前的食床上放著四碟水晶盤，分別放著四種顏色的團餅。

「娘子妳瞧，再等幾天，月亮就全滿了。」

江離聞言，只回了句：「盈滿則虧，還不如別圓那一回呢。」

對面的男人沒有灰心，一雙眼眸依然煥發著神采。

此人名叫霍清杭，身家背景毫無特殊之處，就是個潦倒書生，平時靠著賣賣字畫，寫寫小曲兒過活。

江離多次都勸他別再來挹芳院了。就算來，也別找她了。不是她討厭對方，而是純粹覺得，再這樣下去，對方馬上就要淪為路邊討飯的了。她雖沒把此人放在心上，可也不想推他去死啊！

何況，對方已經糾纏大半年了。起初，想盡辦法要見她一面，不是被鴇母擋了下來，就是江離自己懶得搭理。直到一個月前，他託人遞了首詩進來給她。

說是詩，其實也只有短短兩行字，以端正的小楷寫在杏色的短箋上：「秦淮雨折桂，襄邑桑開晚。」

憑著這兩句詩，霍清杭一躍成了江南第一名妓的入幕之賓。此事傳揚出去，達官顯貴、騷人墨客個個妒紅了眼，誓言要把此人的家世背景抖個底朝天，看看他到底是哪塊石頭裡蹦出來的孫猴子。

但霍清杭也不怕。他家中沒勢，祖上無蔭，自幼兩袖清風，窮得叮噹響，有什麼可害怕的？

他見江離專挑盤裡核桃餡兒的月餅放進嘴裡，問：「娘子喜歡這味道？下次我多帶些來。」

「別。」江離連忙阻止，「我這人本來就沒什麼特別喜歡的東西。」

霍清杭訥訥地笑了：「江離乃香草之名。想必一般俗物皆入不了娘子的眼。」

江離暗翻白眼，索性岔開話頭，問道：「郎君今夜是想看舞還是聽曲？」

霍清杭生性內向，不懂得討女人歡心，甚至外貌還有些猥瑣，在見到江離之前，一步也沒踏進過青樓。他認真地想了半晌，最後說：「還是賞月好。」

於是兩人繼續安靜地一塊賞月。

換做別的男人，逮著這種機會，肯定是甜言蜜語，極盡奉承。但這期間，霍清杭一直老老實實地坐在原地，沒有半點踰矩的動作，簡直跟一塊木頭疙瘩似的。

江離不敢相信——她的雙腿居然坐麻了！於是輕咳一聲：「霍郎就沒有什麼要對奴家說的？」

「那個，最近天氣轉漸涼，記得多添件衣裳。」

「……」

此人到底意欲何為？江離終於受不了了，蹙眉道：「之前的那首詩，是你託誰寫的？」

「小生拙作，讓娘子見笑了。」

江離閱人無數，難道還看不出這小獃子在唬弄她？她柳眉豎起，正欲發作，窗外卻忽地飛進一隻青色羽毛的小鳥。牠速度極快，拖著一條赤色的長尾，朝江離直直飛去，最後停在了她的青蔥玉指上。

霍清杭眼前一亮：「可是娘子養的靈雀？」

然而，江離剛剛還在生他的氣，此刻卻已沒心思搭理他了。只見她將那隻小鳥輕輕捧起，動作溫柔，眼底的憐愛彷彿要滿溢出來。而小鳥似乎也很享受江離的撫摸，吱吱啾啾地叫了起來，聲音如嬰兒般清脆。

霍清杭震驚了——這隻鳥居然還會學人話！

鳥兒在江離耳畔呢喃了幾句，接著便如一縷青煙般從窗戶鑽了出去，而江離卻從地上蹦了起來。

「回來了！」

自從霍清杭來到挹芳院，還是頭一次見到對方露出如此盛大的表情，彷彿赤地裡驀地開出絢麗的白雪，瞧得他都癡了。

究竟是誰回來了？男的女的？老的少的？霍清杭什麼都還未弄清楚就被撇下了。

美人玉色，一笑傾城。見她風風火火地衝出去，整座院子的男人都樂壞了，紛紛奔到廊上欣賞這難得的風景，有人甚至提起筆來準備當場作詩。等綠芙好不容易排開人群追出去，江離早就奔得沒影了。她喘著粗氣，在心底痛泣：「我的活祖宗啊！今日是抽了什麼瘋啊！」

而此時，遠在茅山的天道門，少年葉超卻有些失落了。

中秋就快到了。然而，唯一能替他解惑的人卻不在了。因為，那名少女把趙拓和碧眼少年會面的祕密告訴他後，便消聲匿跡了。

趙拓派人把整個茅山都翻了個遍，但對方就好像憑空消失一樣，就連柳露禪也說不清她到底去了何處。

這幾日，眾人都忙著處理善後。他們合力將崖底的村民屍首一個個撈上來，該葬的葬了，至於那些破碎到無法辨認的，只能挖個大坑埋了。

這也是葉超自有記憶以來，首次這麼「合群」，和眾師兄弟一同吃睡，一同行動。

那日，有許多人都目睹了他帶領倖存的兄弟們死守龍池窟的洞門，就算沒見到，也已有所耳聞。從那之後，葉超發現，許多先前管他叫「小超兒」的人，無論輩分高低，忽然一夕之間都改口稱他「葉超」或「葉師兄」了。這改變來得太過突然，實在令他有點不習慣。

燕平和他帶領的那幫小孩兒更是對他佩服得五體投地，鎮日跟在他屁股後面轉悠。

然而，就算身邊圍滿了人，卻沒有一個能夠明白他心裡的鬱悶。

每當他憶起那些死去的村民——他們的絕望，他們的無辜，便感覺無法呼吸。那種密不透風的情緒絕非悲傷二字能夠概括。就連他自己也不知該如何形容。

此前，他從未傷過人，甚至連隻兔子都沒殺過。但那一天，他終於發現，這些自己所謂的「原則」，在死亡的面前，竟是如此的可笑和不堪一擊。讀了再多的聖賢書，又有何用？反倒是他的懦弱在最後一刻拯救了自己。就這點而言，他和這個血腥江湖中的芸芸眾生又有何不同？

想到此處，他又不覺捏緊了懷中的半截劍鞘。

抬頭一望，滿山紅葉如畫屏般在眼前展開。他想，再過幾個月就入冬了，到時候，冰雪定會將一切都掩埋。

春去秋來，四時遞嬗，一切都顯得如此理所當然，卻又承載著朝生暮死的悲哀。恐怕也只有他，會為了那些來不及迎來新春的生命而憂傷吧……

這段日子，葉超甚至開始和眾人一起練武，企圖用身體的疼痛來填補內心偌大的虛空。但即使這樣，也無法阻擋亡者的身影在夢中紛沓而來。

某次練習結束後，二師兄顧劭峰將手搭在他肩上，說了句：「你做得很好。」

「不，」他搖頭，「我殺了那些人。他們不該死……」

「你不過是肩負起了身為一個男人的責任。」

顧劭峰的回答很簡單，卻又帶著難以言喻的重量，壓得葉超心頭一沉。

師兄弟中，也唯有顧劭峰會和他說這樣的話。兩人的感情雖算不上親厚，可在葉超眼中，對方既穩重又可靠，頗有幾分大師兄當年的風采。也正因如此，這些年，他一直將對方當作真正的兄長在尊敬。

對方的話擊中他的胸口，一不小心就有水漫進眼眶了。

這一幕被眼尖的楊千紫撞見了，打趣他：「哎呀，我這做師姊的一天到晚誇你，從沒見你這麼感動。怎麼，二師兄今日好不容易想起來要讚你半句，你就樂得哭了？這也太偏心了，你說是吧，師叔？」

邱道甄站在一旁，笑得樂呵呵的。

「我看，我還是先走一步，免得打擾到你倆。」楊千紫說著，故意將葉超和顧劭峰往彼此的方向推，直到兩人臉都快貼到一起了，這才噗哧一笑，轉身就跑。

顧劭峰：「師妹，妳別鬧。超兒長大了，我們該為他開心才是。」

楊千紫：「既是好事，就該好好慶祝一番才是。你們再這樣愁眉苦臉的，我可真的走啦。」

顧劭峰向來溺愛這個青梅竹馬的師妹，拿她毫無辦法，只道：「好，全依妳的。」

兩人四目相對，眼裡皆是化不開的濃情蜜意，直到邱道甄輕咳一聲，旖旎的氣氛才被打破。他將目光投向夜空中光滿的明月，緩緩道：「急什麼？要慶祝，不是還有中秋家宴嗎？」

照慣例，天月劍會結束後，天道門和玄月門是要一起過中秋的。比賽一落幕，雙方就不再是勁敵，而是盟友了，天道門今年還特別備下了一場盛大的筵席，款待眾位遠道而來的女賓。

八月十五，紫陽觀外夜色迷濛，明月轉廊。葉超趁著眾人推杯換盞之際，悄悄從正殿溜了出來，獨自走到盡頭的白玉欄杆旁。

樓下飄來熱鬧的笑聲，令他忍不住皺緊眉頭。

經過了決賽那日的血洗，天道弟子中共有三十多人喪命，可謂元氣大傷。可即便如此，趙拓的鐵石心腸卻沒有絲毫動搖。作為掌門，他要向天下人展示，天道門乃六大門派之首，絕不會屈服於任何外來的強敵。

今夜的盛宴，就是他做給外人看的一場大戲。

葉超實在受不了繼續坐在席間，聽對方侃侃而談那些冠冕堂皇的鬼話。且他很清楚，以趙拓的作風，必定會在今夜的宴席上褒揚他一番，好再一次鍍亮自家的門楣。

想到這，他心底不禁迸出冷笑——自己才不會給對方這個機會呢！他葉超雖然沒出息，卻也絕不會被那種人擺布利用！

仰頭飲盡了溫酒，再抬眼時，正好瞅見關雲綺從殿內一閃而出。她的身段若細柳扶風，纖長的睫毛在燈下微微顫動，朝自己的方向走了過來。

少了鎖鏈飛刀，她整個人的氣質頓時變得柔婉許多。

葉超望著那張俏臉，不得不承認，對方確實長得很美。然而，美得太過驚心動魄，反倒教人不敢妄動。

關雲綺對上他的目光，難得沒有露出嫌棄之色，只是規規矩矩地喚了聲：「葉少俠。」

「不知姑娘找在下有何事？」

關雲綺微微咬唇，從懷裡取出一本書冊，遞到葉超眼前。

「這是？」

「不過是我閒來時候寫的一些詩賦，文章粗陋，還望少俠不吝指教。」關雲綺話音一頓，玉白的頰上飛起兩團紅雲，「我只想說，當日在比武台上，是我大意了，下次，必不會如此輕易輸給你。你既說自己本領低微，那麼等來日功夫練好了，自可上武夷山切磋討教。雲綺隨時恭候大駕。」

她都這麼說了，葉超自然不好拒絕得太過直接。然而，一想到趙拓「賜婚」一事，還是忍不住道：「掌門師伯在論劍會上說的那些話，我很抱歉……」

關雲綺微微愣住，隨後，眼底閃過一絲尖銳，將書又抽了回來：「放心，我不會糾纏你的。」

「我不是那個意思。」葉超略略正色，「我只是想說，我將來不會以此為由干涉妳的任何私事，還請妳寬心。」

「這麼說來，葉少俠還真是個正人君子啊。」

關雲綺語氣裡全是酸意，葉超怎會聽不出來？可就算他腦子動得再快，也猜不到少女玲瓏曲折的心思。

遲疑間，關雲綺已恢復了冷若冰霜的神情，掉頭離去。葉超望著她婀娜的背影消失在轉角，有片刻的怔忡。

就在這時，背後冷不防飄來一道帶刺的聲音。

「還以為你有多聰明呢……沒想到竟這般糊塗。」

禪杖碦在木地板上的聲音預告了柳露禪的到來。葉超連忙回身行禮：「見過師太。」

柳露禪仔細打量他，嘴角微微一提：「不過你這孩子心地踏實，也難怪雲綺會看上你。」

「師太您說笑了。」

「老身從不說笑。」

「晚輩敬您一杯。」

柳露禪冷笑一聲：「你倒說說看，有什麼好敬的？」

「玄月門的勝果。」葉超話才剛出口便被打斷了。

柳露禪仰鼻朝天，重重一哼道：「他人施捨的冷飯，就算是山海珍饈，老身也從不稀罕，特別是趙拓這個小賊！」

葉超聽到這，不禁失笑。他發現自己立刻便喜歡上了這個嘴尖牙利的婆婆。

「師太有話不妨直說。晚輩必定知無不言。」

「如此甚好。」柳露禪說著，眼神飄向屋外，「陪老身去走走。否則啊，這把老骨頭，再坐下去可就要散了。」

於是，一老一少並肩步出長雲殿，穿過迴廊和角門，來到南面的梅園。

銀白的月色鋪滿了腳下的青石板，四周花影橫曳，暗香重疊，沙沙的葉聲響起，反倒顯得更加靜謐。

柳露禪道：「說來，當日多虧有你，玄月門才免遭浩劫。老身真該好好謝謝你才是。」

「師太這麼說，真是折煞晚輩了……不過是場誤會。」

「所謂無風不起浪。這天底下的流言，都是有根據的。」

「真不是晚輩的功勞。」

「小伙子，你就該學學你們家掌門。」柳露禪眼角含了一抹譏誚，「老身雖非親眼所見，卻敢說，妖獸白澤絕非敗在他的手下。他不過順路撿了個便宜，便在這兒大張旗鼓的慶賀，好像深怕四海之內有人不知道似的。」

「晚輩絕不想成為將他人踩在腳下而藉機坐享其成的那種人。」葉超皺眉。

「傻孩子，這叫心術。難道邱道甄沒教你？」

「我師父和師伯並非同一路人。」

柳露禪聽著他的語氣，露出一點狡黠的笑意，半晌方道：「趙拓他呀，真是太小看你們師徒倆了。」

葉超默然。

「那麼，那叫阿離的女孩兒呢？她都對你說了些什麼？」

「原來師太今日找我，是想知道這個。」

「聽說那日，你倆談得挺來勁的。」

「這都是哪裡傳來的消息啊？」葉超好奇。

「不過是女娃們之間的一些風聲耳語。」柳露禪輕哂，「她們最近倒時常提起你呢。」

「所以您就認定我知道什麼內情？」葉超苦笑，「那位阿離姑娘可是您帶來的人啊。」

柳露禪彷彿沒聽見他的話：「你可知她現下人在何處？」

「晚輩不知。敢問師太，為何如此在意此人？」

葉超的神色有瞬間的遲疑，柳露禪見了，冷冷一笑：「別把話扯開，你還沒回答老身呢。她都對你說了什麼？是關於趙拓的事嗎？」

葉超心中一動，穩了穩神道：「您猜得不錯。打倒白澤的確實並非掌門師伯，而是那位阿離姑娘。」

身為六大門派之首的茅山遭妖怪襲擊，被逼到了無法還手的境地，最後還得靠一名來歷不明的小丫頭出手解救。這樣的風聲傳到了江湖上，對天道門而言，絕對是洗刷不去的恥辱。

沒人比柳露禪更清楚趙拓的為人，遂低頭冷笑：「罷了，攤上這種麻煩事，也難怪她要跑……」

她的這聲笑，表面雖是諷刺，卻也包含了一名垂暮老人的無奈。只因過去的幾日間，她的心思早已從門派間的勝負之爭，轉移到了那名神祕少女的身上。

想當初，對方剛到玄月門時，她還特意檢查過她的筋骨。那資質，別說和關雲綺相提並論了，恐怕連李宛在也比她高出一籌。

然而，這樣一塊隨處可見的樸石，卻最終傲視群倫，散發出萬丈光芒。

身為一名活到耄耋之年，見證過無數風起雲湧的武學宗匠，柳露禪比誰都渴望知道——究竟是什麼樣的力量造就了這般奇蹟？

隨著黎明升起，紫陽觀又再一次落入沉寂。石階上的苔痕依舊蒼翠，簾外的西風卻已染上了深秋的蒼涼。

經過了一夜喧囂，趙拓再一次站在天樞殿的神壇前，面對高掛的慎獨劍。

他挺拔的背脊在飄曳的火光下顯得格外沉穩，彷彿打從天地分離前的混沌之初，他就已經站在那裡了。

這個男人一輩子最擅長的便是韜光養晦四字，即使是遇上前幾天那樣的挫敗，險些喪了命，也未讓人察覺他的內心有絲毫的動搖。

「拿進來。」

話畢，一名玉樹臨風的青年走進他的視野，雙手奉上一封未拆的書信。赤色的封皮上頭沒有署名，只有一道火焰的符號。

趙拓沒有伸手去接，劈頭便問：「裡頭都寫了些什麼？」

這乃是六大門之間的密函，火的圖案表示信來自青穹派，赤色則代表信中的內容十萬火急。按照規矩，除了掌門之外，任何人不得擅自啟封。

顧劭峰遲疑了：「弟子不敢。」

「我讓你唸。」趙拓說完，把眼一閉，對著神桌低聲誦起經來。

顧劭峰不敢違抗師命，只能硬著頭皮拆開信封。

信不長，卻令他越讀越驚心，到最後，連掌心都沁出了冷汗。

「啟稟師父，此信乃青穹派掌門薛幽棲親筆。信裡說，青穹四劍在揚州城外遭遇刺殺，唯有一人活了下來。只是……那位叫駱展名的弟子，給人找到時，已經殘了。」

趙拓也聽過駱展名此人的名頭，似乎是薛幽棲膝下一名得意弟子，為人仗義，身手也頗為不俗。須臾，停了誦唸，問道：「是誰下的手？」

「說是赤燕崖。」

趙拓長袍翕動，轉過身來。

昏光下，只見他雙眸深處掠過一道冷鋒，但隨即又壓了下去，化為一種深不可測的表情：「還有呢？」

「據信中所述，下手的是赤梟的徒弟，還是名女子。」

趙拓眉毛一挑。須知，赤燕崖和六大門之間的爭鬥已經持續了十年以上。但至今卻從未有人見過赤梟的真容，甚至連對方鼻子眉毛生得什麼模樣，是哪一路的妖魔鬼怪都不清楚。且對方也不曾如此明目張膽地殺害過六大門的弟子。此舉往重處說，已經算不上是挑釁了，簡直可以說是在宣戰。

果然，先前的消息不錯。「那一邊」也開始行動了。

「他們是如何得知此人身分的？」

「是對方自己說的。還有畫像呢。」

「哦？」趙拓接過顧劭峰遞來的卷軸，想著：「事情發展到此地步，倒越發有趣了。」畫軸攤開的那一刻，他瞳孔陡縮，腦中浮現四個字：「天助我也！」畫像中的人，他一輩子也忘不了——畢竟，對方不僅救了他的命，還宣稱要讓他後悔呢！

然而，對面的顧劭峰卻有些躊躇。

「師父以為，青穹派的話可信嗎？依我看，此案疑點頗多，不符合赤燕崖的行事作風，怕是有人故意從中挑撥，何況……」他的目光落在畫中那名手握短刀的少女身上，「她可是……」

但話還沒說完，卻見趙拓笑了，依舊是平時那副不慍不火的儒雅神態，並無一絲戾氣。

「傻徒兒。普天之下，多的是比真相更重要的事。你要做的，就是跟在為師身邊，慢慢地學。」

「那下一步，咱們該如何應對？」

趙拓緩緩抬頭，摩挲著手中的畫軸，笑意更深：「既然青穹派想把事情鬧大，那不妨遂了他們的意。」

貳

中秋月夜，鈴登上畫舫，第一件事就是指著霍清杭問：「他是誰？」

「回來就好，咱們甭理他。」

江離看見鈴全鬚全尾地站在眼前，一顆心彷彿又踏實了起來，忍不住撲上去緊緊抱住對方。

霍清杭則是趁此機會，仔細打量這名眼生的少女。

對方貌似比江離還小一些，若說是妹妹倒也說得過去，但江離是家中獨女，又流落在外這麼多年，怎麼可能突然冒出一個姊妹來？

「你看什麼看！」江離見他盯著二人看，臉色立刻冷了下來，「轉過去！」

「我說阿離……妳也用不著對人家那麼兇吧。」鈴啞然失笑。

「我就是看不慣他那副蠢樣！」江離撅起嘴，「要不是姓邱的老婆子多管閒事，誰想帶上他啊？」

鈴聽了她這番話，不禁同情起眼前這個男人。對方雖生得其貌不揚，但好歹也是花了大把錢財的啊！

「說，前些日子上哪逍遙去了？」

溫柔的問候很快就結束了，接下來是拷問的時間。江離突然揪起鈴的耳朵，使勁一擰。

「哎！臭阿離妳幹嘛？疼死了！」

「誰叫妳一去就是那麼久！」江離怒道，「半點音訊都沒有，妳可知我有多擔心？」

「我這不回來了嗎？」

「今日就讓妳知道厲害，瞧妳下次還敢不敢不辭而別！」

兩人一邊鬥嘴，一邊互相追逐，弄得整艘畫舫搖搖晃晃，幾欲傾覆。

混亂間，霍清杭低頭望見自己濕透的鞋襪，默默走到艄公身旁，遞過一吊銅錢，低聲道：「見笑了。」

那名白髮蒼蒼的艄公也頗識趣。他在運河上做了幾十年搖船的生意，什麼事沒見過，拿了錢，連眼皮也沒抬，繼續認分的撐篙。

兩名少女鬧騰了半天，最後還是江離體力不支率先認輸。

「等等，妳讓我歇口氣……」她說道。

鈴見對方扶著船篷喘氣的模樣，心裡又是好氣又是好笑。

「我離開前不是給了妳一張飛鳥符嗎？若妳這裡有什麼危險，我便會立刻趕回來的。」

飛鳥符正是赤燕崖獨創的符籙之一，只要在指定的時辰點燃符紙，滅蒙鳥便會從火焰中現身。這些由赤燕崖豢養的禽鳥深具靈性，不僅能說人言，還擅長追蹤，能循著對方留下的氣味將消息帶到江湖上的任何角落。

然而，江離卻對這樣的解釋頗不滿意。她坐在船尾處，伸出雙足輕輕踢打水面，嘟囔：「這什麼話？難不成只有遇上危難時妳才會想起我，平時就可不聞不問？」

「妳……！」鈴氣得心肝肺疼，一時語塞。

原來，龍池決賽結束後，她自知闖下大禍，立刻就從天道門開溜了。剛離開茅山，便收到江離傳來的口信，說是有急事找她，這才又馬不停蹄地趕回了揚州。可沒想到，一到挹芳院才發現，對方口中的「急事」，居然是要約她賞月！

對方的藉口是：「咱倆都多少年沒一起團圓過中秋了？錯過了這回，下回還不知要等到猴年馬月，我才不要呢！」

鈴白眼一翻，只回了兩個字：「矯情！」

江離將長髮撩至耳後，轉過臉來，笑得格外楚楚動人：「我就是矯情，妳待怎地？」到了這個地步，鈴實在也是拿對方沒輒了。不過，她隨即心念一轉：或許，暫時放下一切，對自己也是件好事也說不定。畢竟，她已經許久沒有像這樣放鬆出遊了。

此情此夜，燈火幽幽，星河流轉，正是「夾岸畫樓難惜醉，數橋明月不教眠」。甚至，幾日前還在對著霍清杭抱怨盈滿則虧的江離，此時抬頭一望，竟也覺得江上那輪胖呵呵的滿月變得可愛起來了。

關於兩人分開的這段期間所發生的事，鈴只是隨口帶過，並沒有詳述，可儘管如此，江離仍聽得心驚膽跳。她望著鈴，悠悠嘆了口氣，一本正經地說道：「妳知道嗎？有的時候，我真想把妳拴起來，讓妳再也無法離開，再也不去做那些冒險的事了。」

鈴笑了：「好哇，妳當我是小狗？」

「是，我就不想放妳走！否則，妳不在這的日子，我可寂寞死了！」江離說著說著，表情越發哀怨。那泫然欲泣的模樣，任誰見了都會心軟三分。然而，鈴卻只冷冷回了句：「少裝可憐了！以妳的性格，一個人照樣能過得很好。」

江離不禁微愣。畢竟，在風塵中打滾了這麼多年，她早已習慣了人與人之間的逢場作戲。如今，這世上會和她說這種真心話的，怕也只剩下鈴了——知己二字，大約就是這個意思吧。

這一瞬，她是真的心酸了，不曉得該哭還是笑。畢竟，她身邊的男人個個都想留住她，可她真正想挽留的，卻偏偏是個滿江湖亂跑的野丫頭。人生之大謬，莫過於此。

怔忡間，只聽對面的鈴輕咳一聲：「對了，忘了跟妳說……我不是一個人回來的。」

這下，江離的杏眼瞪得更圓了：「怎麼，妳還帶了男人？」

「呃……不算是……」

準確來說，應該是「男妖」。

畫舫此時已遠離了人潮聚集的河畔，在朦朧的月色籠罩下，宛如江心一點珠。

「大鵬，你們都下來吧。小心點，別把船弄翻了。」

鈴話音未已，上方一口氣落下三道身影：一名蓑衣虯髯的大漢、一名嬌小俏麗的銀髮少女，以及一名臉色陰鬱的跛腿少年。除此之外，還有一團似霧非霧的鬼影，圍著小舟不停打轉。

江離驚得捂住了嘴。

梅梅動作飛快，轉眼便閃至那名艄公面前，伸手輕輕一點，對方旋即倒地睡去。

「少主，此人能吃嗎？」她咯咯笑問。

「不行。」

梅梅聽見這回答，不滿地噘起小嘴。下一刻，又將歪腦筋打到了霍清杭頭上：「那麼，這個醜八怪呢？」

霍清杭肝膽俱裂，險些從舷邊掉下去，嘴裡不斷嚷著：「別、別過來！」

「他也不行。」鈴冷靜地制止梅梅，「今晚是他出的錢。要是餓的話，妳就吃這糕吧。」

梅梅一向嗜吃甜食，轉頭看見桌上那些精緻的點心，眼珠子都亮了，立刻便將霍清杭拋諸腦後：「我就知道，少主最疼我了！」

然而，一旁的瀧兒可就沒這麼好打發了。只見他目光冷冷掃過四下，虎著臉質問：「惡婆娘，不是說要開始修行了嗎？把本大爺叫來這做什麼？」

大鵬聽得皺眉：「小狐兄弟，可不能這麼和少主說話。」

然而，鈴早已預見了這一團混亂的場面。她也沒生氣，只是從盤裡揀起一塊白蓮蓉餡的月餅，咬了一口，淡淡道：「也沒什麼。大夥兒一起過中秋，熱鬧熱鬧。」

是啊，偶爾熱鬧一下也好……餅雖是冷的，吃下肚，胃裡卻有一股暖暖的感覺。

江河之上，眾妖出巡，乘著雲琅的清風，浩浩蕩蕩地朝江心駛去。一路上，梅梅和瀧兒忙著拌嘴，江離則好奇地和大鵬請教妖怪社會的種種，鈴在一旁默默聽著，試圖放空身心，任由自己沉浸在這難得的幸福當中。

待到四更，眾人都已沉沉入夢，只剩下她獨自倚在船頭，眺望著遠處的點點漁火。

神思游弋間，一個軟綿綿的身軀從後方貼了上來，同時還伴隨著一股狡猾的暗香。她望著水中的月亮，懶懶道：「這麼晚了，還不睡？」

梅梅將鈴的長髮拿在手裡把玩，嬌嗔道：「少主，妳已經好久沒有給我編花環，講故事了……既然眼下事情已了，妳為何不回赤燕崖，偏要和這些髒兮兮的人類混在一起？」

「傻瓜。」鈴苦笑，「若是被二叔他們知道我這段時間去了哪裡，肯定會把我皮給扒了……」

梅梅腦袋一歪，似乎在思考這話中的含義，半晌才道：「算了，少主說什麼便是什麼吧。」說完，又笑著跑開了。

鈴望著對方蹦蹦跳跳的背影，恍惚有種回到家的錯覺。

也不知此時此刻，青獲山的桂花都開了沒？二叔、三叔、四叔、薔姨，以及赤燕崖的大夥兒都在做什麼？

一絲微風掃過平靜的河面。江南的夜，這麼廣袤，這麼寬柔，似乎永遠也到不了頭。又或者，是她自己心中畏懼，期盼著朝陽永遠也別從東方升起？

鈴將雙手緊緊環抱腿間，下巴枕在膝上，注視著遠方的水天一色，心中漲滿了一股患得患失的情緒。

畢竟良辰美景難得，世事變換不居，又有什麼是能夠一直完整下去的？此刻的她品嚐著短暫的安寧，卻似乎早已預見了，不遠的將來，一場風暴正朝著幾人迅速逼近。

中秋過後，挹芳院的姊妹們都覺得江離瘋了。

霍清杭此人不僅生得醜陋，還窮苦酸迂，一看就知道沒戲，怎麼一向孤傲矜持的江行首偏偏就被這麼個一無是處的男人給套牢了，整日和對方膩一塊兒？這不是一朵鮮花插在牛糞上嗎？就連鴇母邱嬤嬤都開始著急了，覺得自家女兒該不會中邪了。

然而，外頭的流言傳得風風火火，江離本人卻玩得不亦樂乎。

都說廣陵大鎮，富甲天下。可她在揚州住了這麼多年，卻直到近日和鈴結伴出遊，才真正感受到這座六朝古都的靈秀與風流。兩名少女在金黃色的秋日裡踏浪遊江、策馬城郊，雖說還得帶著霍清杭這個拖油瓶，可對江離而言，已是極大的奢侈了。

來到第六日早晨，她剛從床上醒來，眼睛都還沒睜開便翻身嘟囔：「鈴，我餓了……想吃糖蒸酥酪……」

鈴一向起得特別早，因此這幾日一直都是由她張羅早膳。無論是惠昭寺的素油餅子，還是雲水橋頭的郭家餛飩，她都有本事買回來。可方才這一呼喊，卻半天沒人回應。

江離心頭微驚，倏地坐起。

但見房內空無一人，只有那個叫梅梅的銀髮少女坐在窗邊，兩隻光腳丫在外頭盪呀盪的，彷彿在玩鞦韆。聽見她從床上彈起的動靜，回眸一笑：「妳終於醒啦？少主說，她有事情先出去了。」

江離一顆心吊到了嗓子眼，連忙追問：「她有說何時回來嗎？」

梅梅歪頭想了想：「大約要出去一整天吧……她讓我轉告妳，先用午膳，別等她了。」

此話一出，江離鬆了口氣。

「哈，妳這人真奇怪！」梅梅笑她，「住在這麼漂亮的屋子裡，吃穿用度無不精細，還有人排隊伺候，卻活得提心吊膽。」

江離想，這隻小妖怪說話天真無邪，卻真真戳到了她的心窩上。

她擁衾坐起，打了個哈欠，懶懶回了句：「等妳有天長大了，自然就懂了。」

「哼，本姑娘早就超過百齡了。」

「那我看妳沒救了。」江離無言。

這時，身後傳來綠芙叩門的聲音：「姊姊，我進來了哦。」

梅梅再度格格一笑，從窗口一躍而出。

於此同時，鈴正穿越攤販雲集的運河大街，走過熙來攘往的簞瓢巷口，悄悄跟隨在一名妙齡女子的身後。

此女名叫杜若，和江離一樣，都是挹芳院的姑娘。然而，今日對方並未攜帶丫鬟，身邊也沒跟著龜奴，淡妝素裹，披了件半袖便出了門，抄小徑來到後院，接著輕輕一縱越過高聳的院牆，動作俐落無聲，一看就知是身負武功。

一個武功不弱的女子甘願屈居青樓，雖然怪誕，卻也算不上驚世駭俗。然而，中秋那日，鈴經過杜若房間時，卻注意到裡頭飄散出一股奇特的香氣。

杜若雖不是當家花魁，但這些年，恩客仍是絡繹不絕。歌舞倒是其次，最令男人們神魂顛倒的，是她擅長製香、玩香。這項本領遠近馳名，坊間甚至傳言，杜家娘子所調製出的香料，能使聞者欲仙欲死。

鈴待在挹芳院的這段期間，特別囑咐雲琅將此女盯緊了。什麼西域仙香、迷歡之藥，或許確實存在。但她那日，透過窗口聞到的味道，分明不是尋常人該有的東西。

赤梟手下有一蠍妖名叫薛薔，乃是煉藥使毒的高手，遍識天下珍禽名獸、奇花異草。在她的教導下，鈴從小便對這些毒物特別上心。且縱使她判斷有失，瀧兒的鼻子也不會無的放矢。此刻，他就跟在鈴的身旁，遠遠望著杜若婀娜的背影，說道：「不錯，絕對是『蠱』。」

所謂的「蠱」，就是將毒蟲放入預先施加術法的容器，令其相互咬殺，經過七七四十九天的煉製，最後誕生出來的妖物。這種人為畜養的邪物，吸收了大量死屍的怨氣，比一般自然化靈的妖怪更加的殘暴嗜血，且幾乎沒有自我意識，乃是江湖中最危險禁忌的存在。

「一個武功高強，身上還攜著蠱的煙花女子——這就值得留意了」，鈴心想。

參

杜若在西市上繞了半個時辰，忽然間腳步一轉，拐入一條小巷中。路的盡頭是扇老舊的角門，她閃了進去，頃刻間消失在高牆之內，鈴和瀧兒尾隨在後，卻發現門居然被上了鎖。

瀧兒本想用蠻力將門撬開，卻被鈴阻止了。她指了指上方的屋頂，意思再明顯不過：下面不行，那就走上面。

兩人悄無聲息地翻上屋脊，只見牆的另一邊是一座擁有四進院落的大宅，格局嚴整，前庭站滿了身穿錦袍、腰挎橫刀的男子。鈴瞥見他們官服上的黑色夔龍紋樣，臉色微變。

「——是門徒！」

門徒乃是司天台帶刀侍衛的俗稱。他們隸屬司天台管轄，負責監視各地的江湖勢力，以及六大門和司天台之間的聯絡。近年來，司天台監李延年權傾朝野，門徒橫行鄉里、騷擾良民的劣跡頻傳，簡直要比戍守京城的金吾衛還要大膽。

揭開屋瓦往下看，只見堂上坐著一名肩披金甲，唇留髭鬚的中年漢子。他的身量比常人高出了一尺有餘，腰桿筆直，膚色黎黑，眼神剛硬桀驁，頗有威儀。

屋內的門徒皆如木偶泥胎般侍立著。然而，對面的客席卻還空著。男子低頭懶懶撥弄著案上的香爐，顯然是在等待某人。

瀧兒的脾氣最不耐煩了，堂上的香還未燒到一半，他便坐不住了。起身之際，被一旁的鈴狠狠瞪了一眼：「不准去！你可知他是誰？」

「不過是司天台的一條狗罷了，」瀧兒說著擼起袖子，「管他是誰！我這就去剁下他的狗頭！」

「給我回來！」

鈴一把扯過瀧兒的衣襟，將他拉到面前，指著堂上的男子低喝道：「看清楚了！這傢伙可不是一般的狗官！」

瀧兒掙扎片刻，目光落在對方手裡那條閃閃發亮的金鞭上，瞳孔一縮，脫口道：「金臂黑龍！」

這四個字在江湖上無人不曉，就連瀧兒這種乳臭未乾的小妖都如雷貫耳。此人正是司天台監李延年座下三大高手之一的「御雷使」張迅騎。因其作風果斷狠絕，擅使九節金龍鞭，江湖人送他一個外號，叫金臂黑龍。

「風雷電」三御使不僅是李延年的徒弟，更是掌管伏妖事務的朝廷武官，位同正三品千牛衛將軍。張迅騎身為其中最聲名狼籍的一位，不僅妖族視他如寇讎，就連那些不服司天台的江湖勢力，這些年也紛紛被他壓得抬不起頭來。

然而，鈴之所以對此人如此在意，還有另一層原因。

當年，司天台之變發爆發，第一個發現藏經洞主朱松邈屍體的人，正是張迅騎。也是他告發韓君夜盜竊《白陵辭》，致使她一夕間跌落雲端，從聲名顯赫的塗山掌門，成為千夫所指的朝廷欽犯。

過去十七年來，張迅騎憑著這份功勞，一路青雲直上，不但坐上了御使寶座，還成為了他師父跟前的紅人，可謂是烈火烹油，風頭無兩。

光是這點，鈴就不得不懷疑對方。

然而，再多的懷疑與恩怨，也得暫時擱置一旁。眼下必須先弄清楚，杜若潛入司天台的暗樁，到底想做什麼。

「咱們再等等……」

「魏公公到——」

話音剛落，便看見一名綁著黑色幞頭的男子在門徒的簇擁下走了進來。他在張迅騎對面坐下，並從門徒手中接過一道錦囊，接著，竟從裡頭掏出一團血淋淋的紫色肉塊來！

「如何？此物難得，陛下可還瞧得上眼？」

被稱作魏公公的人聽了張迅騎的話，越發低眉順眼。他手裡抓著那顆形狀奇特的肉塊，揉來聞去半天，模樣極為慎重。

「妖之肝腎又稱『絳果』，是極為罕見的珍品，宮中已多年未得，皇上和貴妃娘娘見了必定大為歡喜。將軍此舉有心了。」

「承公公吉言。」張迅騎說著，笑意更深，「這次的御貢共計七箱，已派人送往瓜洲驛安置妥當。本座的師弟前些日子正好奉命出使交州，回程途中必會借道廣陵。此番就由他負責護送御貢入京，預計十日後啟程。」

魏公公聽完這番話，不動聲色地垂下目光：「將軍好大的氣量。如此美的一樁差事，居然也肯讓他人插上手。」

「這你就不懂了。」張迅騎放下茶盞，眼底閃過一抹得色。

「老奴愚鈍，還請將軍指點。」

「我這個師弟啊……年輕不懂事。不趁現在給他吃點苦頭，讓他多加歷練，往後我司天台還不得門楣掃地？」

魏公公不愧是長年活在宮牆之內之人，心思七竅玲瓏，立即接下話茬：「卑職明白。將軍採集絳果費心竭力，那是有目共睹，任誰也不能占了您的功勞啊。至於離開廣陵郡之後……那就不干將軍的事了。路上的一切，老奴自會安排妥貼。」

「算你不笨。」張迅騎冷笑，「但要記住，這一切都是師父他老人家的意思，本座再盡心，也不過是奉命行事。若是有誰說漏了嘴，就等著人頭落地吧！」

「老奴絕不敢妄議。」

魏公公長揖再拜，退將出去。

但他後腳才出了門，立即便有個不怕死的門徒走上前問：「將軍，一切都已照您的吩咐安排下去了。可過去幾天，『花月爻』的人三番兩次上門搗亂，已有二十多名弟兄中毒病倒……這樣下去，該如何是好？」

張迅騎的臉彷彿雷雨將至的天空，陰得都能擠出水來。他一把抓起那名門徒，正眼沒瞧便扔了出去。

那人撞在角柱上，發出一道可怕的「喀啦」聲，隨即像攤稀泥般滑落在地。

「都是飯桶！白食俸祿這麼多年，本領還不如一個閹人！真不知本座養著你們有何用？」

不過一眨眼的功夫，張迅騎茶碗也砸了，香案也翻了，活像頭被撩起的猛獸。屋內的門徒見狀，紛紛跪倒下去。

「屬下有罪，請將軍饒命！」

張迅騎在一片狼藉中來回踱步，良久才道：「先前落網的那兩名奸細，該吐的可有吐乾淨？」

「這……那兩個娘兒們嘴硬得很，只怕問不出什麼……」

領頭的門徒冷汗涔涔。張迅騎一聽之下，額頭青筋暴起，舉腳踹在對方腹間。

「廢物！」他咆哮，「咱們司天台什麼刑具沒有？再不行，扒光了衣裳餵狗也成！難道連這個都要我教你？就算把整個揚州城翻個底掉，也要將這批宵小給我找到！」

「是……屬、屬下遵命……」門徒磕了幾個頭，連滾帶爬退了下去。

鈴透過屋頂的小洞窺伺著這一幕，心想，「金臂黑龍」果真和傳聞中一樣兇狠殘暴，卻不知被他捉住的兩名女子究竟是何來頭？

沉吟之際，門外驀地飄來一把嫵媚的笑聲：「奴家就在這兒呢，怎敢勞煩將軍去尋？」

眾人回眸，只見一名女子款款走上堂來。她頭上戴著戲曲中常見的蘭陵王面具，羅裙曳地，十指上還塗著豔紅的蔻丹，宛如一道暖風拂過門檻。

此女正是杜若。

下一刻，門徒紛紛擁上，鋒刃出鞘的聲音，「唰」的響成一片。

「好，敢到這兒來，算妳有幾分膽！」張迅騎眉毛一揚，冷笑譏嘲，「本座倒想看看，妳今日備了什麼戲碼給本座觀賞？是一齣『自投羅網』呢，還是一齣『抱頭鼠竄』？」

「將軍好風趣啊。」杜若掩口輕笑。那軟膩的聲音和蘭陵王威武的面具極不相襯，令人聽了渾身不自在，「『黃雀在後』，有沒有聽過？」

「哦，那妳倒是說說看，哪兒來的黃雀？」

「將軍別急，我今日前來，是想和您談一筆交易。」

「放肆！」張迅騎雙眉冷蹙，盛怒中透出桀驁的殺意，「螻蟻之輩，有何資格和我談交易？」

「憑我手上有將軍不想讓別人知曉的事。」

「哦？」

杜若身處敵營，卻絲毫不見慌亂，徐徐道：「將軍方才沒說實話。要進貢到御前的絳果本該有十箱，是將軍費了一年時間，好不容易從民間搜刮而來的。但誰知將軍高興過了頭，竟被我花月爻教徒趁虛而入，一把火燒掉了三箱，這才剩下如今的七箱。將軍為此動了雷霆之怒，還捉去了咱們的教中姊妹，命人嚴刑拷打。但她二人寧死不屈，至今不肯對您吐露半點有用的消息，我說得有錯嗎？」

張迅騎被她當眾揭露醜事，氣得頰邊肌肉一顫：「妳以為這樣虛張聲勢，本座就會有所顧忌？」

「將軍不必著急。」杜若笑，「只要您答應不再為難我教中姐妹，放她們完好無損地歸來，我可以向將軍承諾，花月爻再也不會對您看重的那批御貢出手，您也可以高枕無憂了。」

「小小女子，倒會大放厥詞！」

「想必消息很快便會傳回宮中。屆時，不只司天台監大人，就連聖人和貴妃都會盼著這批絳果盡早送抵京城。如今，東西就在將軍的眼皮底下，萬一有個閃失，後悔可就遲了……」

杜若這番話說得極輕，張迅騎聽了，額角的青筋卻狠狠抽了一抽。

「無恥娼婦，今日便教妳粉身於此！」說完，懷裡射出幾口亮晃晃的飛刀，朝杜若胸前襲到。

但對方也早有準備，大袖合攏間，幾粒小彈丸飛了出去，正好和刀鋒撞個正著。

「霹啪」數聲響徹大堂。黑色的小丸爆裂開來，冒出濃濃黃煙。

張迅騎拔出九節金龍鞭，鞭影如山，將前庭護得潑水不進。

門徒們也紛紛撕下衣襟遮住口鼻，預防吸入毒煙。但待要追上去，卻發現四肢發軟，無法動彈，居然還是中毒了！

混亂間，前方再度傳來杜若銀鈴般爽脆的笑聲。

「奇怪了，我老早就提醒過將軍，要留意『黃雀在後』，怎還如此不當心？」

原來，她早已趁著張迅騎說話的空隙，悄悄將指甲裡的迷藥彈到周圍的地上。此藥無色無味，其中卻有一味金花曼陀羅，能使人頭暈目眩，全身乏力。

張迅騎臉皮紫漲，高聲怒喝：「守緊門窗！本座要抓活的！」

一聲令下，門徒紛紛往門口奔去，整座府邸頓時陷入嘩亂。

鈴居高臨下俯視著這一切，心中飛快地轉過了幾個念頭。

張迅騎固然是赤燕崖的大敵，但從今日對話來看，杜若和她所屬的神祕組織「花月爻」也未必安著什麼好心。眼下最要緊的，應該是盡快弄清楚兩者之間究竟存在著什麼樣的糾葛。

她耳中心潮澎湃，胸內熱血鼓盪，神色一緊，轉頭對瀧兒道：「一會跟緊了，不許亂闖。」說完轉身，朝著杜若逃竄的方向追了上去。

整座宅邸裡外彷彿成了一座大染坊，遍地皆是紅紅綠綠的藥粉，門徒有的扶牆嘔吐，有的倒臥在地，全身痙攣，杜若和張迅騎卻是形影難覓。

鈴用銀針拈起一把藥粉，覺得甜香勾人，不似一般毒物。

瀧兒朝空中嗅了幾嗅。這裡氣味混雜，難以辨認，唯有那一絲「蠱」的味道，卻是怎麼也遮掩不住。半晌，他舉手朝西南方一指：「往那兒去了！」

這一帶清幽僻靜，是許多富貴人家別院的所在地。

師徒倆一路追蹤杜若身上的氣味，途中撞見了不少門徒。他們從四面八方湧出，手持司天台官印，一戶戶地搜過去。遇上不肯配合的民眾，直接拖出來飽打一頓，舉止甚是粗暴。原來寧靜如畫的街坊，經這番折騰，頓時哀聲四起。

「閃開！否則休怪本官不客氣！」

「司天台辦案，反抗者格殺勿論！」

一名白髮皤皤的婦人癱坐在路中央，邊哭還邊痛罵：「造孽啊！」

「老妖婆，嘴裡不乾不淨地念叨什麼！」一名門徒躍馬揚鞭，往老婦頭頂擊落。但劈空之音方打響，鞭梢就給人捉住了。

只見一名少女不知何時擋在了老婦身前，隻手接下了那胳膊粗細的馬鞭。

那門徒先是倒抽了口氣，接著眼底浮現輕視之色：「哪來的刁民！竟敢攔大爺的路！當真活膩了！」

鈴抬眼一笑：「可惜啊，您的命似乎比我更差……」

話音未落，瀧兒從對方身後猛禽似地掠起。那人甚至還來不及回頭，腦袋便和身體分了家。

地上的老嫗見狀，驚聲尖叫，當場暈了過去。

鈴連忙拉上瀧兒就跑，倉促間還不忘橫對方一眼：「你難道就不能溫柔點？」

「殺人還講溫柔啊，婆婆媽媽……」

瀧兒埋怨到一半，雪魄刀忽地從他肩頸之間颼了出去，將後方偷襲的門徒掀了個筋斗，這才堵住了他的嘴。

鈴心想：「這些門徒果真和傳聞中一樣難纏。」

右臂振處，雪魄驀地迸出雪亮的星霜，於瞬息之間連刺了十二下，正是赤燕刀法中的一招「飛蟬」。十二點寒星同時撲出，每一道都對準了一名敵人的手腕。幾聲「咣噹」過後，地下到處都是散落的長刀。

混亂間，鈴瞥見一匹膘壯的胡馬正朝這馳來。她抓住轡頭，一個翻身，順勢將馬背上的門徒給踹了下去。瀧兒反應乖覺，也跟著腳踩懸鐙，躍上鞍來，坐騎便這樣載著兩人大搖大擺地衝出人群。

位於蜀崗中峰的大明寺乃是揚州第一古剎。然而佛門淨地，此刻卻瀰漫著一股肅殺之氣。

巍峨的殿宇在昏光下宛如一條匍匐的巨龍。山門殿前站滿了手持橫刀的門徒。而杜若在重重包圍下，仍昂首屹立，裙裾飄袂間，自有一番凜然之氣，教人不敢輕褻。

鈴和瀧兒趕到時，瞧見的便是這一幕。

鈴心念急轉，吩咐瀧兒：「待在這別動！」隨即身形一幌，飛下屋脊。

待瀧兒反應過來時，她已轉身撲入烏泱泱的人群。

他驚怒交集，衝著對方背影大吼道：「惡婆娘！」

鈴頭也不回，瀧兒一咬牙，也跟著縱身撲下。腳才剛踩沾地，已飛出兩爪，分別襲向兩名門徒的肩頭。

經過這幾個月的密集訓練，他的武功頗有進益，在狄府時意外習得的第四層幻術「沙尾」已到了爐火初青的階段，能夠憑藉狡如飛沙的身法神不知鬼不覺地穿梭敵間。

身影飄閃間，只見他右掌如風，「砰」的擊在一名門徒腰間，將對方震飛老遠，接著又展開鈴所傳授的赤陰掌功夫，左黏右打，幾下便闖到了敵陣中央。

然而，門徒畢竟訓練有素，眼看敵人來勢猛惡，隨即大聲呼哨，變換陣型。很快，兩排門徒分別自左右搶上，結成銅牆鐵壁，後方也有人殺出，像包餃子一樣將瀧兒給裹挾起來。

門徒的橫刀首尾相連，動作齊整，連動之下，威力倍增，猶如一頭狡猾的猛獸，直到此刻才露出獠牙。縱然瀧兒身法精妙，心思活絡，但畢竟雙拳難敵四手，頃刻間迭遇凶險。

他撤招後仰，丹田之氣尚未穩住，整排的刀鋒便緊追而至，眼看便要將他這隻新鮮的小狐狸當白豆腐一樣切碎。就在這千鈞一髮之際，一陣驚風將他高高捲起，落到南邊藏經閣的屋瓦上。

他才著地，又急忙躍起，罵道：「笨風魅，誰讓你插手了啊！」

「少主說，看著汝。」空中傳來雲琅的聲音，語氣呆板，不帶一絲情緒。

然而，瀧兒的耳根子卻倏地紅了，低頭嘟囔：「多管閒事！」也不知是在罵誰。

從兩者所在的高處眺望，正好能看見禪院另一端的情形。

只見杜若手腕抖動，長袖翻飛，兩股銀刺在掌中快速輪轉，擊刺攻拒，令人眼花撩亂。有門徒不甘受制，想趁隙從後偷襲，卻被一記快刀透胸而過，登時血濺三尺。

杜若感覺後頸潮濕，驀地激靈了一下。

目光斜處，只見身後不知何時出現了一名手持短刀的黑衣少女，身姿輕盈如燕，招式大開大闔，幾下騰轉間便在門徒間殺出一條血路。

「快走，這裡交給我就行了。」

杜若被對方那狂得沒邊的口氣給逗樂了，直接在強敵環伺下爆出一串不甚優雅的笑聲：「妳？妳又是誰？」

兩人的背心幾乎快碰到一起了。鈴踢開一旁礙事的門徒，低聲報上師門。

杜若的笑聲陡然斷了，面具後方的眸子閃過一抹詫異。

赤燕崖——赤梟的大本營、六大門的夢魘、百鬼羅剎的聚集地。雖然江湖上常言：有井水處皆有其傳說，可多年來，這三個字卻始終藏於重重迷霧背後，黑白兩道皆不得見其真容。如此神祕人物，難道真讓她給碰上了？

杜若心念一動，長袖急抖，朝天空撒出大把銀針。

此招名為「雪骨醉」，落在青煙裊裊的寺院內，格外美不勝收。中針的門徒們彷彿喝醉一般，手腳不聽使喚，步伐虛浮散亂，紛紛栽倒在地。

然而，就在眾人束手無策之際，身形魁梧的張迅騎著將軍金甲越眾而出，長鞭往地上一甩，喝道：「賤人哪裡走！」

話音初落，面前二人同時動了。杜若纖腰橫擺，宛如隨風揚起的輕羽，掠開數丈之外。鈴則向前跨出一步，直接擋在了男子身前。

步幅不大，卻將她擺在了一個令對手最不舒服的位置，手中銀刀冷光晃眼，充滿了一種挑釁的味道。

張迅騎的臉色登時沉如鍋底。對付一個乳臭未乾的黃毛丫頭，居然還得要他這個御使親自出馬——此事若流傳到江湖上，司天台可就顏面掃地了。

他再不多言，手中金龍鞭一抖，朝鈴面門捲去。

鈴右肩斜讓，雖在間不容髮之際避了開去，勁風掃過，臉上卻仍火辣辣地生疼。她瞳孔驟縮，心想：司天台三大高手成名已久，果然不是浪得虛名。

若說趙拓的殺氣像冰川，那麼張迅騎便是狂肆的龍捲，橫行霸道，根本無從預測！九節金龍鞭乃是司天台打造的神兵利器，看似沉重，實則靈活百變，烏黑的鞭索猶如蛟龍般張狂飛舞，每一節皆布滿細長的尖刺，迸發出金色的厲芒將敵人密密籠住。雙方你來我往，拆了三十多招，鈴依舊看不出對方鞭法中的端倪，卻已不知不覺落入了下風。

呼吸輕顫，殺氣侵膚。只聽得「颼」的一響，雪魄的刀刃穿過重重鞭影，悄然襲向敵人咽喉。張迅騎反應奇快，手裡的軟鞭驀地從中分為兩截，轉過一道詭異的弧角，反朝鈴胸口劈到。

刀短鞭長，鈴只得生生收回自己的攻擊。

這時機抓得可謂險而又險。若是緩半拍，她的小命已然不在。

她心頭暗驚，下瞬，內力一收，身如飛絮揚起，落在殿前一株古松的枯杈間。

「此處乃是菩薩眼皮底下，你這一生多行不義，還是趁早離去吧。」她冷笑，「否則小心神佛降罪，性命不保！」

「放屁！」

張迅騎偉岸的身形立於樹下，濃眉橫豎，宛如一尊怒目金剛，「本座乃堂堂司天台御使，身直口正，豈會受到區區妖女的蠱惑？」

「你若敢稱磊落，天底下豈非沒有小人了？」鈴心想。但她可沒時間在這逞口舌之快。經過了剛才的交手，她已看出對方內功基底深厚，實非己所能及。再打下去，局面只會越來越糟。

她目光一轉，笑道：「既然尊駕不肯移步，那小妖女可就要走啦，免得平白觸了霉頭。」

說完轉身一縱，朝內殿竄去。

張迅騎沒想到對方居然真的說走就走。惱怒之下，大喝一聲，左掌猛地飆出，擊在山門殿前的祭祀大鼎上。

那尊鼎爐少說也有百十來斤，竟被他的掌力震得飛起，如滾石般朝鈴砸去。

眼看大鼎轟隆隆滾來，倖存的門徒紛紛四散潰逃，有幾個動作較慢，被撞倒在地，當場筋斷骨折。

鈴回頭望見，頓時心頭火起。

下一刻，她攀住正殿中央的大樑，借著雲琅的力量，凌空翻身，直接將大鼎原封不動地踹了回去！

這招「物歸原主」完全出乎張迅騎的意料。且不幸的是，他面前正好是一馬平川。銅鼎不偏不倚地朝他砸來。他正欲躍起躲開，腳下的地面卻突然伸出一雙幽靈似的手爪，將他的腳踝死死纏住。他心下一驚，竟沒能掙脫。

就這麼一遲疑，再回過神時，死亡的烈風已經捲至眼前了。龐大的黑影占據了整片視野，壓得日影為之一黯。張迅騎心性再堅，也不禁感到恐懼。而就在這生死一線之際，回憶轟然湧入，他的腦中清楚浮現出一張女人的臉。

下一刻，他振臂咆哮，雄渾的內勁貫透長鞭，竟將那口厚重的銅鼎由下而上硬生生削成了兩半！

鬼門關前走過一遭，張迅騎鼻息粗重，汗出如漿，一連退了四、五步才站穩。他這一生中殺伐無數，卻從未有過這種感覺，彷彿被一張死亡的大網緊緊罩住，不禁狠狠打了個寒噤。

好不容易喘勻了氣，目光往下一掃，只看見幾塊殘破的石磚，混合著香灰和塵埃，哪裡有什麼鬼手？而再抬起頭時，兩名少女也已逃逸得無影無蹤。

寺廟南面的棲靈塔颳來陣陣陰風，將窗前的燭火吹得搖曳不定。斑駁的牆上刻著四大天王的肖像，赤面披髮，在昏光下顯得格外妖異。

這座寶塔乃是前朝文帝所建，共悉九層，平時戒備十分森嚴。但今日張迅騎不分青紅皂白地闖進來，將寺中所有的沙門全關到了南邊的寮房，就連此處也只剩下一名年邁的僧值把守。

那老僧被杜若點了啞穴，忽然間看見一名少年從窗洞閃入，嚇得魂不附體，一口氣沒轉上來，當場昏死過去。

鈴接住老人家，將對方小心地放到地上，接著清淡地挑了一下眉：「裝神弄鬼的還沒玩夠？」

對面的瀧兒抹抹鼻子，露出一絲得意的笑容。

原來，方才他趁著戰局混亂，使出遁地術，一路挖溝來到張迅騎身下。正在此時，那方大鼎恰好飛來，這等天賜良機，他又豈會放過？

在他心目中，比武便是生死搏殺，從來就沒有所謂光明正大和卑鄙無恥的區別。反正虎豹相爭，本就不公平，只要能贏，就算陰招盡出又如何？

但他要炫耀的還不只這個。

「妳瞧這是什麼？」說著從袖裡摸出一樣東西來，在鈴眼前晃了幾晃。

鈴伸手去接，只見那是一塊散發淡淡亮澤的翡翠玉佩，表面潔淨透光，成色極好，形狀宛若一隻展翅欲飛的翠鳥，不禁微愣。

「你這是從哪弄來的？」

「黑狗身上掉出來的玩意，瞅著挺值錢的，我就順手牽了。」

對面的杜若聞言噗哧一笑：「你這小子倒有趣。」

此時的她已摘下了蘭陵王的面具，露出一張俏顏。雖不及江離容貌驚豔，可眼神如鉤，一雙籠煙的眸子彷彿掖著不為人知的祕密，使她看上去比同齡的女子生生多出了幾分熟媚。

「妳真的是赤梟的弟子？」

「妳怎麼不問我為何幫妳？」鈴反問對方。

杜若眼波含韵，抿嘴笑道：「張迅騎作惡多端，就算仇人再多也不足為奇。」

「那麼花月爻和司天台之間又有何仇怨？」鈴追問，「打劫御貢、刺殺御使，一旦被抓，可樣樣都是死罪。」

「流落江湖的亡命之徒，豈有怕死之理？」

「可妳在挹芳院養蠱，遲早會被露出破綻。屆時，妳的身分就瞞不住了。」

「妳想要挾我？」

鈴沉默不語。

半晌，杜若眸底掠過一絲寒鋒，道：「好啊……既然如此，我倒想聽一聽，妳想從我這得到什麼。」

鈴倒也坦然。她將自己所知關於司天台之變的情報全都告訴了對方，只是略去了韓君夜墜崖失蹤一事，以及她和赤燕崖之間的關係。

「韓大俠與我有大恩，他當年是如何遇害，朱松邈是被誰所殺，《白陵辭》又去了何處，這一切的真相，我定要查個水落石出。」

一番話講下來，杜若未見半分驚詫，只是露出了不以為然的神色。

「虧我還當妳是個聰明人呢。」她冷笑，「這江湖上，知道得越多，死得越快。何況此事早已成為定局，妳就算查出了真相，又能如何？」

「將司天台的罪行公諸於世，還天下一個公道。」

鈴的語氣很認真。杜若聽得一怔，接著仰頭駭笑起來。那笑聲在塔內激起幾重回音，宛如梟鳥夜啼，刺人耳鼓。

「妳們赤燕崖的人，原來都這麼天真？」

鈴臉上微紅，沒有答話。

「公道對於每個人來說都不一樣，其中的對錯該由誰判定？何況，妳以為擒住了張迅騎，他就會把一切告訴妳？若是他信口雌黃呢？」

「凡事總要試過才知道結果。」鈴烏亮的眼神透出一股倔強，「我不求生死共擔，只希望妳能助我一臂之力。」

她對眼前這名女子一無所知，也不清楚花月爻的底細，只知道眼下正是扳倒張迅騎的良機，自己絕不能輕易放過。

杜若似乎看出了她的決心，不再出言譏諷。

「妳救了我的命，我無話可說。」她沉默了片刻，轉道：「但本教規矩極嚴，等閒外人不得涉足，必要通過生死考驗才行……妳若有那膽量，不如咱們做個交易。」

鈴心下一動，正想開口追問，卻被瀧兒打斷了。

「等等！我們為什麼非得和這個濃妝豔抹的女人合作？」他指著杜若，大聲質問，「她可是養蠱人吶！」

杜若唇邊凝起冷笑：「小郎君說笑了。我若想害你們，多的是法子，可不必如此拐彎抹角。」說到這，再次看向鈴，聲音愈發婉轉，「我倒想看看，妳口中的真相到底價值幾何……」

說著，從懷裡掏出一只金線匣，解下耳邊的吊墜，插入金盒表面的凹槽，輕輕一旋。隨著「咔」一聲輕響，匣子開啟，濃郁的香氣撲鼻而來。只見金盒底部蹲著一隻腿長軀細的蟲子，乍看之下和螽斯有幾分相似，但全身卻散發出寶石般的晶瑩光澤。

「這是珠光蠱，又名『一片冰心』。中蠱者言辭中若有半分虛假，立會肝腸寸斷而死……有了牠，就算張迅騎城府再深，也只能乖乖束手。」

鈴和瀧兒聽到這裡，都覺得背心涼颼颼的。

「十天，我給妳十天的時間。若妳有本事通過教主的考驗，我就把牠交給妳，如何？」

杜若的聲音低沉魅惑。鈴聽了，內心不由得騷動起來。

若說妖是天地靈氣催生的產物，是大自然的願望，那麼蠱就是人性醜惡面的具象，是因詛咒而生的真正邪物。

多年前，薔姨為了讓鈴親眼見識這種毒物的厲害，曾經從天牢裡抓來一名惡名昭彰的煉蠱師，逼他當場將自己煉製的毒蠱吃下去。鈴永遠也忘不了，那人最後的死狀有多慘烈，叫聲有多悽厲。

此刻，她望著盒底那隻沙沙作響的蟲子，只覺得胸中煩悶欲嘔，卻又偏偏移不開視線……

她此番重入江湖，本是為了揭開真相、撥亂反正，沒想到卻引出了更多謎團——夢悟大師之死、血鬼棺的來歷、藍敏的身分、趙拓的陰謀……樁樁件件都教人心驚，彷彿一條洶湧的暗流，將她帶往預期之外的方向。然而，若不孤注一擲，她如何對得起師父，如何對得起那些九泉之下的故人？

昏光下，少女清秀的眉宇皺如亂麻，塔外的天色疾疾暗下來，越發襯出她肌膚的白。沉吟片刻，終是拿定了主意，暗暗咬牙：「我答應妳。」

「那就一言為定。」

杜若眼波微漾，朝鈴伸出手來。兩人擊掌為誓。

肆

這日秋高氣爽，江離的心間卻淅瀝瀝下著冷雨。

她一早醒來便覺得身上懶怠，連起身梳妝的心思都沒有，軟綿綿地靠在榻上，手裡捧著一卷醫書，雙眼卻是空滯的。

這時節，江邊全是策馬賞菊的遊人。琅琅的笑語聲從窗口飄入，搔磨著她的心。

「姊姊，妳好歹吃點東西吧。」

綠芙端了一盤剝好的核桃進來，語氣半是埋怨，半是撒嬌。

江離隨手拾起一粒核桃放入嘴中。但才剛含住，便整顆吐了出來。

「真苦！」

綠芙嚇了一跳，手忙腳亂地收拾地面。冤枉啊！江離素日最愛吃核桃了，這點她是知道的，可從沒叫過苦啊！

「我去拿蜜餞來……哎喲！」

綠芙走得太急，一不小心撞上了門外一條高瘦的身影。

她看清來人是誰，連忙低下頭，滿臉臊紅地退開。

「奴婢莽撞了，郎君莫怪……」

「唔……無妨、無妨。」

江離聽見騷動，抬頭望去，瞥見杵在門口的男子，頓時心頭火起：「你來做甚？」

霍清杭被撂在那，進也不是，退也不是，尷尬極了，半天才唯唯道：「是娘子讓在下每日都來的啊。」

連江離自己都忘了，她確實這樣說過。

但那不過是為了瞞人耳目的權宜之計。今日鈴既不在，對方的利用價值也就沒了。

她眉頭一皺，索性耍起賴來：「我病了。」

「可是夜裡著了風寒？」霍清杭關切地問。

「……一見到你就病了。」

「既然如此，我給姑娘請大夫去。」

江離從未遇過如此蠢鈍如驢的人。

她氣得拋開書本，柳眉斜豎道：「我的事不用你管！你走就是了，莫在這囉唆，惹人厭煩。」

霍清杭的表情瞬間垮了下去，宛如喪家之犬。就連一旁的綠芙見了都感到於心不忍，暗想：「阿離姊姊這次真的有些過分了……」

「郎君瞧，河對岸的金燈花都盛開了呢。」下一刻，她一邊撿起掉落的木盤，一邊看似不經意地說道，「金燈花是姊姊最喜歡的花了，其莖有祛痰、止痛的效用，姊姊前兩日才在說，想採幾株回來，既能觀賞，又能入藥。這會兒天氣正好，若不是病了，定要親自走一趟……」

霍清杭聽了這番話，黯淡的目光陡地亮起。

「原來如此……那在下便先行告辭了。」說完腳步一轉，匆匆去了，江離想阻止都來不及。

她轉向綠芙，怒道：「鬼丫頭，越發會挑事了！妳說的那地方靠近觀音山，陰冷偏僻，少有人煙，況且金燈花的莖部有毒，採集不易，妳叫那傻子去，究竟想幹什麼？」

「姊姊不是不在意此人嗎？」綠芙小嘴一扁，嘟囔道。

但江離一道眼風射去，她馬上乖乖住嘴。

「我趕他走是為了他好，妳這是在害他！去，取我的披風來。下次再敢搬弄是非，小心我撕爛妳的嘴！」

霍清杭簡直不敢相信自己的福氣。

他出身貧寒，從小寄人籬下，長大後更是屢試不第，早已習慣了命運的敲打和世人的白眼，不承想，如此坎坷卑微的自己，竟也有心想事成的時候。

午後，他和江離各騎了一匹馬，經過九曲橋，出了羅城*，往蜀岡的方向馳去。沿路上酒旗招展，還有遊人直接在江邊搭起帳棚，圍坐飲宴，熱鬧得很。但霍清杭耳中盡是自己心跳的聲音，對外物一概不聞，直到江離出聲叫喚，方才回過神來。

抬頭，只見對方換了一襲雪青色窄袖翻領長袍，腰繫蹀躞，足履皂靴，十足英姿颯爽。霍清杭頭一次發現，原來女子穿男裝也能如此好看。

她轉身清冷冷掃他一眼，道：「發什麼愣，小心一會兒翻溝裡。」說完，逕自揚塵而去。霍清杭連忙縱馬跟上。

到了郊外，江離專挑冷僻無人的路徑走，兩人並轡而騎，空氣越發安靜起來。霍清杭想打破這尷尬的沉默，卻不知該說什麼。江離更是一副冷若冰霜的神情，和前幾日愛說愛笑的模樣簡直判若兩人。

若此時鈴在就好了。

霍清杭想到這，忽然間靈機一動，道出了久藏在心中的疑問：「鈴姑娘久歷江湖，行蹤不定，妳倆是如何結識的？」

---

* 羅城：外郭城，包含了商業區和住宅區。

「九年前，一座道觀……」

霍清杭還以為自己聽錯了。然而，江離的表情卻一點也不像開玩笑。

隨著對話徐徐展開，童年的往事再次浮上她的心頭。

那時的她剛到寒光觀不久，每日不是挨打便是受凍，上街要飯時還得看人臉色，連隻野狗也能隨意欺負她。對於一個從小養尊處優的千金來說，這樣的日子簡直不堪忍受。

某日，她又躲在柴房一角獨自哭泣，忽然感覺有人從背後拍了拍自己的肩。

「別哭了。」

轉頭，只見身後站著一個女孩，髒兮兮的小臉上鑲著一雙烏圓的大眼睛，定定地注視著自己。

「誰要妳管！」江離抹去臉上的淚水，賭氣道。

對方也不反駁，嘴角抿成倔強的弧角，冷冷一哼走開了。

那會兒，江離已經好幾天沒吃東西了，哭到最後，只覺得兩眼發黑，喉嚨乾澀得說不出話來。起身離開時，卻發現身後的地上不知何時多了一個油紙包，裡面包了一個米糕和半塊饅頭。

從那時起，那女孩每日都會偷偷將食物塞給她，有時是發餿的胡麻餅，有時是柿子、蘿蔔之類的野菜，就這樣過了整整一個月。終於有一天，江離主動找到了對方。

「聽好了，我叫秦襄離。」她走到對方面前，趾高氣昂道，「我和妳這小花子不一樣，我阿爺是鴻仁藥舖的當家，他馬上就會來接我回家！」

對方抬頭看她，彷彿在看一個傻子。

「怎麼，妳不信我？」江離惱道。

女孩左右張望了一下，接著一把抓住江離的衣角，將她扯到屋外一個無人的角落。

江離想掙扎，卻被捂住了嘴。

對方粗魯地將她推到牆上，低喝道：「想活命的話，就別再提從前的事。若被獨眼龍他們發現妳是有錢人家的女兒，他們會把妳賣掉的。」

「賣掉……」江離不禁打了個哆嗦，「賣去哪裡？」

對方彷彿沒聽見她的話。

「妳這脾氣若不改，將來可有苦頭吃。聽好了，我叫鈴。妳的名字太花哨了，從今以後，就改叫阿離吧。」

霍清杭聽完了江離的敘述，眼神益發溫柔起來。

「娘子真是性情中人。」他說道。

呵……以色侍人也算得上性情中人嗎？江離苦澀地想。這男人果真是個傻瓜。自己今日也不曉得是怎麼了，竟和他說了這麼多，簡直就是對牛彈琴。

來到蜀岡東峰腳下，兩人將馬匹栓在樹上，徒步而行。

遠遠地，江離便瞥見了那片火燒般的赤色，無葉的花蕊在秋風中卓然挺立，如趾高氣昂的女王。

「此花喚做金燈花啊。」霍清杭喃喃道，「當真是名副其實，高貴華麗。」

「是嗎？」江離摘下一朵花芯，低眉欣賞那恣意伸展的豔紅，「但你可知，這花還有另一個名稱，叫無義草。」

「無義草？」

「花開葉落，雖然根莖相連，卻注定葉不見花，花不見葉，被視為無情無義的花朵。兼之豔麗妖嬈，有狐媚之嫌，因此常為世人詬病，不比牡丹、芙蓉能登大雅之堂。」

江離蹲下身，拔出匕首，開始俐落的刨土，直到翻出金燈花球狀的莖，小心捏在指間。

「知我者，謂我心憂；不知我者，謂我何求。此地雖然冷僻，卻也自由自在。牡丹芙蓉受人豢養，任人剪摘，可沒有這樣的福分。」興許是因為風的關係，霍清杭的語氣聽起來分外恬然。

江離突然感覺心中有點堵，冷冷道：「採花就採花，哪來這麼多廢話……」

霍清杭望著她優雅的背影穿梭在花叢之間，忽然有股衝動，想摘下外衣，加於對方纖弱的肩上，替她擋住冷風的侵襲。

然而，他卻怎麼也動不了。就連實話也說不出口，儘管這一路上他已在心中反覆練習了無數遍。

「妳和鈴打小相識，因此認定她最懂妳心。但妳可知道，早在妳與她相遇之前，我就已經深深愛上妳了？」

但或許上天真的被他的誠意給打動了。

在回程的路上，天空忽地下起了暴雨。馬兒被雷聲所驚，不安地噴著響鼻。

江離所乘的那匹「秋子」是一名江湖俠少所贈，十分具有靈性，在她的安撫下很快鎮靜下來。但霍清杭平時不騎馬，只騎驢，遇此情形難免有些手忙腳亂。他胯下那匹黃馬不滿他頻頻拉扯轡繩，奔行到半路，居然前蹄揚起，一個蹶子將他甩到了道旁的溝中。

所幸這場雨造成土溝水位暴漲，霍清杭跌下去，僅僅是擦破了幾塊皮。但下半身陷入泥濘，模樣狼狽已極。

他站起身，臉色紅得像是要滴出血來。

江離卻忍不住噗嗤笑了。

她想將霍清杭從溝裡拉出來。但土坡濕滑，她力氣又不夠，連試了幾次都失敗。最後，她將韁繩的一端繫在霍清杭腰上，靠著秋子使勁一拽，這才將人給拖上岸。

霍清杭獲救後，又是感激，又是羞慚，不知該說些什麼。

尷尬無言之際，又是一道閃電劃破天空，照亮了他臉上的淚痕。江離看見不禁一呆，心想：「不過輕輕一摔就哭成這副德性，此人也太沒出息。」

「咱們先回去換身衣裳再說吧……」她說著，轉身就要去牽馬。

然而，才剛踏出半步，身後傳來霍清杭的話，將她狠狠釘在原地。

「小的時候，我從惡犬坡上滾下去，摔成重傷。叔父、叔母他們都不管我，也是妳救了我。妳還記得嗎？」

雷聲陣陣，直打在江離的心上。她回頭，顫聲道：「……你說什麼？」

惡犬坡是她老家附近的一道山崖，亂石叢生，宛如犬牙，若不慎跌落，定會磕得頭破血流。因此，附近的小孩子都管它叫「惡犬坡」。

霍清杭憶起往事，觸動情腸，終於忍不住脫口而出。

而經他這一提醒，江離也想起來了。她七歲那年，的確曾在惡犬坡下撿到一個小孩。那是負責給家裡送菜的楊大娘的姪子，從坡上滾下來，牙也斷了，臉也腫了，還崴了腳，連站都站不起來。

江離雖然面冷，但從小父親就教她，做一名醫者最重要的就是要有一顆仁心，對病家視如己出。因此，當年的她不僅出手救了那男孩，還將他帶回家細心照看。

他記得對方身材瘦小，性格靜默，但食量很大，一口氣能吃兩碗麥粥。寄住在她們家的那幾個月，阿娘總是開玩笑，說家裡來了一頭小牛，一頓飯要多燒好幾道菜。天氣好的時候，兩人還會一起在院子裡打陀螺、放紙鳶。另外，江離還記得，對方身上大大小小的傷都順利癒合了，唯有左手被尖石劃破的地方留下了疤。

她感覺自己的胸口彷彿被人撕開了一道裂口，冷風冷雨直直灌入。

她一把扯過霍清杭的左手，撩起他的袖袍。只見瘦削的手腕下方果真有道新月形的傷疤。

見到那疤痕，江離終於忍不住了。她顫巍巍地抬起目光，問道：「你是……六郎？」

霍清杭在族中排行第六，因此小時候大家都喚他六兒。

「秦淮雨折桂，襄邑桑開晚。」他緩緩唸出這首藏著對方真名的詩，哀傷的眼神更流露出一股堅決，「二娘子的恩德，在下一直銘記在心，不敢遺忘。」

這聲「二娘子」雖然很輕，卻叫得江離五臟六腑都擰成了麻花。

她簡直不敢相信這是真的。她覺得對方好似涉過稀碎的時光而來的幻影，忍不住張口呼喚他的名字：「六郎，真的是你……」

結果，原本只有霍清杭在哭，到後來卻演變成兩人在雨中相對而泣。這一幕感人至深，卻又顯得荒謬，不知情的路人看在眼裡，還以為是小夫妻在鬧彆扭呢。

此情此景，霍清杭心頭的震撼，不比江離來得小。

在他眼中，秦家二娘子一直是天仙般的存在。第一次見到對方時，他才八歲，和叔母一起到秦家送菜，路過中庭時，無意間瞥見一名穿著緗紫色襦裙的女孩獨自坐在杏花樹下的秋千架上，一邊盪秋千一邊背詩。

他聽不懂對方唸的是什麼，只覺得她嗓音脆若銀鈴，一雙眸子顧盼生輝，僅僅是驚鴻一瞥，便教人念念不忘。

隔年，他和朋友與幾個頑童約在惡犬坡打架，拉扯間，一不小心從崖上摔了下去。其他的孩子嚇破了膽，紛紛掉頭就跑，最後還是二娘子路過，好心救了他。那一次，他總算和對方說上話了，還知道原來她有一個十分好聽的名字，叫秦裏離。

秦裏離不僅心地善良，天資聰穎，還懂得替人診病。她成天埋頭看的那些書，都是祖上留傳下來的珍貴醫學典籍。秦家四代行醫，到裏離父親這一輩，除了經營醫館，還開起了藥鋪，生意越做越興旺，逐漸成為一方富紳。

反觀霍家，卻是赤貧如洗。霍清杭的父母在他出生沒多久便相繼病逝，置辦壽材的費用還是秦老太爺幫忙出的。後來霍清杭被叔父收養，日子更是過得戰戰兢兢。

十歲那年，他好不容易上了私塾，識得了幾個字，便興沖沖地跑去秦家找二娘子，希望能和她多聊聊書中的內容。

不承想，剛到門口便得知了一個驚人的噩耗。

原來，幾天前的上元節，秦襄離在侍女的陪同下出門賞燈，卻從此下落不明。由於她的失蹤，整個秦家上下都亂了套，秦老太爺更是一病不起。

霍清杭聽聞這消息，瞳孔劇震，呆立當場。

一個小女孩孤身流離在外，下場可想而知。就算得遇好心人收留，這輩子多半也無法歸家，再也見不到爺娘的面。當時，叔母便是這樣對他說的，最後還不忘加上一句：「呵，生得千金軀，到頭來也不過是奴婢命，可憐啊……」

但霍清杭不敢相信。他才十歲啊，如何能想像一輩子有多長？像二娘子那樣美麗溫柔的人，又怎會落得如此不幸？

之後的每天晚上，他躺在床上，腦海裡總是浮現那張清麗絕俗的容顏。一想到對方或許此刻正在外頭受苦，他便覺得心痛如絞，連睡覺也睡不安穩。

但霍清杭自己的境遇也好不到哪去。他出身貧寒，又是養子，剛滿十四歲便被趕出家門。幸好曾教他讀過幾年書的陳夫子頗有善心，收了他做書僮。

他隨著對方四處遊歷，有時擺攤兜售字畫，有時開設學堂，最潦倒時甚至還到寺廟當過苦力。

這期間，陳夫子也曾鼓勵他去報考鄉試，但他日夜苦讀，卻屢次落第。後來他索性不考了，一個人隨波逐流，直到兩年前，再次行經江南時，他偶然在書畫攤上見到了一幅「揚州第一名妓」的繪像。

這些年，他從未忘記過二娘子。她的眼，她的笑，總是在他的夢裡徘徊。或許正是因為這樣，即使隔著萬丈紅塵，他仍一眼就認出了對方，後又靠著鍥而不捨的努力，再次回到了她的身邊。

伍

鈴再睜開眼時，發現自己躺在一艘簡陋的小舢板上。

她驚得從地上跳起，匆忙間，被一個軟呼呼的東西絆了一下，低頭望去，原來是瀧兒的肚皮。

她連忙將腳移開，喃喃道：「怎麼回事……」。

只見兩人搭乘的小舟正平穩的行駛在河道之上，船頭站著一名頭戴斗笠的中年男子，一邊熟練地搖櫓，一邊哼著南方曲。不遠處，一輪血紅的落日正緩緩自江面落下。

「妳醒啦？」船家回頭衝她露齒一笑，汗涔涔的臉龐被落日餘暉照得珠光紅潤。

「伯伯，您這是要帶我們去哪？」

「春去秋來苦晝短，江河盡處有芙蕖。花無百日可憐宵，恩怨不渡奈何橋……」

隨著船夫放聲吟誦，回憶轟然湧入鈴的腦海。棲靈塔中發生的事，她全都想起來了。

下一刻，她急忙探手入懷，直到摸到雪魄冰涼的刀鞘，一顆咚咚亂撞的心才緩和下來。

這一切想必都是杜若搞的鬼。她先是將自己和瀧兒給迷昏，後又不知用了什麼方法將兩人弄到了這裡。

但眼前這名船夫看上去並無惡意。

「您是花月爻的人？」鈴試探性地問他。

對方卻只是微微一笑：「馬上就要到渡口了，接下來的路會有些顛簸。妳可要把妳的同伴叫醒？」

鈴回頭掃了一眼睡得四仰八叉的瀧兒，道：「不要緊，讓他睡吧。」

河的兩岸皆是白釉黑瓦的低矮民房。像這樣蜿蜒的水巷，如阡陌般覆蓋了整座揚州城，乍看之下，並無任何特異之處。但對方到底要將他們帶往哪去？

「就是這了。」

船夫指向前方一道突然岔出的水道。奇怪的是，那裡明明沒有險灘，小船划進去後，四周的水流卻突然湍急起來。

難不成水底下有什麼東西？這念頭才剛閃過鈴的腦際，下瞬，船身突然猛地左傾，她一個重心不穩，連忙抓住船舷。

小舟順著水流漂到一座廢棄的石橋底下。殘破的橋墩中間有個被水草掩蓋的洞穴。男子用槳撥開垂下的枝條，下一刻，船自洞口划入，四周陷入昏暗。

船家不慌不忙的取出火折，點燃船頭的風燈。只見燈上繡著一朵紅色的罌粟花，下方則是一彎明月，暖黃的火光映照著幽幽的河面。

這條地下水渠甚至比地上的河道還來得更加寬廣。洞窟四周繪滿了稀奇古怪的壁畫，有張牙舞爪的妖魔，也有慈眉善目的菩薩。小船就在這樣詭異的氛圍下搖啊搖的，向前駛去。

鈴回想起來，早在隋煬帝開鑿運河時，江湖上便充斥著各種流言，甚至有傳言說，煬帝在河道下建造了一座巨大的地宮。雖說只是些市井軼聞，但運河之下藏有暗渠一事，如今看來也非空穴來風。只是百年之後，此地竟會淪為亡命之徒聚集的匪窟，這點恐怕誰也沒料到。

鈴正望著漆黑的水面怔怔出神，前方忽然飄來一道甕生甕氣的嗓音。

「聽杜若說，妳在追查司天台之變的事？」

四周一片靜謐，唯有木槳划過水面的聲響。鈴將目光投向搖船的男子，不置可否。

「既然如此，我給妳講個故事吧。」對方露出溫煦的微笑，「幾年前，荊州有一鏢局，名為添勝鏢局，在地方上聲望頗高。這座鏢局的總鏢頭有一獨子，名叫李瓊風。十七年前的秋天，李少鏢頭奉命率領一支鏢隊押貨前往司天台位於嵩山的總壇。抵達時天色已晚，於是眾人便在司天台借宿一宿，打算隔天再上路。可孰料，當夜負責看守《白陵辭》的藏經洞主朱松邈遭人殺害，而那支押鏢的隊伍，雖然安全離開了嵩山，卻在回程的路上遭到暴匪襲擊，全員喪命。」

鈴心頭一怵：「你是想說，他們是被司天台滅口所殺？」

「李瓊風當時已有一名未過門的妻子。臨死前，他以鮮血留下暗號，告訴對方，截殺他們的正是司天台的人馬。另外，除了他，下落不明的還有一名叫薛邵的門徒。《白陵辭》失竊那晚，他突然失蹤，司天台對此卻沒有任何的解釋。多年來，他的妻女遍尋不著他的屍身，四處打探消息，卻反倒引來死士追殺，妳說這奇不奇怪？」

船家說完，又低頭哼起了曲，一副毫不在意的樣子。而鈴卻陷入了沉思。

一名年輕有為的少鏢頭，一介司天台門徒，兩者同時遭人毒手……這背後到底藏著什麼隱情？

「難不成，此二人和花月爻皆有關係？」她喃喃道。

但那舟子仍是笑而不語。

鈴覺得自己的耐心已經快被耗盡了。她沒想到，對方生得一副老實模樣，說話卻跟打禪機沒兩樣。

須臾，小舟在一座彎月橋頭停了下來。虹橋的另一端是一片燈火通明的樓閣，朱欄碧瓦在混沌的地窟中顯得既華麗又陰森，彷彿傳說中的陰曹地府。

「俗話說得好：解鈴還需繫鈴人。這些問題，不該由我來答。妳把這個拿去吧。」船夫說罷，從懷裡摸出一塊繪有紅花的令牌遞給鈴。

鈴想開口詢問，前方卻驀地出現兩團幽幽的鬼火，朝幾人的方向飄來。

定睛望去，原來是一對穿著藕色襦裙的少女，手裡掌著碧紗燈籠，粉頰笑靨如花，一路跑跑跳跳地來到船邊。

「客人，快上來吧！」她們熱情地喊道。

瀧兒從船艙裡鑽出來，一手扶著腦袋，問道：「這是哪啊？」

「這兒是花月樓。」其中一名少女搶著回答，「小郎君，快快裡邊請。」

瀧兒盯著眼前那片亭台交錯的空中樓閣，下巴咯噠了半天，愣沒說出一個字來，心想：「他奶奶的，莫不是一覺醒來，便到了閻羅殿前？」

但更怵人的還在後頭。

那名少女伸手來挽他。下一刻，寬袖滑落，竟露出一截森森白骨來！

瀧兒被那冰涼的觸感驚了一跳，本能地退了半步。

那少女還想上來拉扯，卻忽然打了個哆嗦。低頭一看，一柄雪亮的刀刃不知何時抵在了喉前。

「把手拿開。」鈴語氣平淡，話裡的寒意卻彷彿能鑽進骨頭縫裡。

「這位客人好凶啊！」少女鬆開瀧兒，一臉委屈：「不碰就不碰嘛……小氣！」

「就是說啊！」她的同伴也在一旁撅嘴附和，「同樣是妖，又有什麼關係！」說完，兩人再次拉起手，咯咯亂笑著跑開了。

瀧兒盯著對方的背影，一副傻乎乎還沒醒來的表情，說道：「惡婆娘，妳倒是解釋一下啊……」

路上碰到的人和妖一個比一個奇怪。鈴就算這會兒有心解釋，也解釋不來的。她眉頭攏起，收刀走上岸去。

「先去看看再說吧。」

一不注意，船夫便悶聲不響地划走了，將兩人撂在原地。提燈的白骨精也不知跑去了哪。幸好鈴和瀧兒皆能在黑暗中目視如常，這便沿著蜿蜒的道路，朝盡頭的畫樓走去。

高高的朱門上掛著兩排青熒的宮燈，才跨過門檻，裡頭便傳來一陣不小的騷動。兩團狡黠的火球從鈴身畔飛過，撩起她的髮絲。

「火魅……」她喃喃道，不自覺地伸出手。

中庭裡候立著一名醜陋的青衣婆子，見二人走來，緩緩清了清嗓：「鈴姑娘，小郎君。教主已恭候多時，請二位隨我來。」

整個花月樓就彷彿一座浮在空中的巨型迷宮，其中的一半楔在後方的石崖中。醜婆子人雖矮小，步子卻快，領著二人在狹窄的甬道間左彎右拐，最後走過木棧橋，進入一間華麗的宮殿。

殿內燈火如畫，氈毯鋪地，盡頭是座寬闊的三級階梯，頂端設著一張象牙坐榻，後方的牆上則是一幅巨大斑斕的彩畫。畫中百花爭奇鬥豔，更有人頭蛇身的仙女穿梭其間。

「如何？是不是很美？」

前方飄來一道慵懶的聲音。只見象牙榻上的女子豐腴盈潤，潔白的臉龐被前方倒掛垂下的水晶簾所遮蔽，彷彿近在眼前，卻又看不真切。

鈴目光一滯，心想：「此人想必就是花月夋的教主」。

除此之外，長殿兩側還站滿了打扮各異的男男女女，數十雙眼睛好奇地打量她和瀧兒。

「聽說妳是來獻策的。妳有辦法除掉張迅騎？」

雖不知杜若到底都和對方說了些什麼，但鈴心想，既然都來到了這裡，那便是騎虎難下了，於是答道：「是。」

話音剛落，群眾裡旋即有人發出嗤笑：「我看，是來送死的吧！」

廳上頓時一片譁然。哄鬧間，一名胡姬款款走到教主身畔，俯身在對方耳邊吹了幾下。簾後的女子微微抬手，整個房間霎時安靜了下來。

「看來，妳確實挺有本事。」她說。「可若我真將如此重要的任務託付給一個外人，恐怕難以服眾。」

鈴感覺到隔壁的瀧兒身子一凜，吐出的熱息從她臉側劃過。

「別衝動。」她低聲告誡對方，隨即將目光轉向那名高踞簾後的女子。

「前輩有話儘管直說。」

「其實，此事倒也容易得很。」那教主撥弄著腕上的珊瑚手釧，莞爾一笑，「你們只須投入我教便行了。自家人辦事，自然不必講那麼多規矩。」

鈴聞言不禁一呆，心想，對方莫不是認真的吧？先別說她自己，以瀧兒的脾氣，恐怕就算是上刀山、下油鍋，也不會願意對眼前這個來路不明的女人跪拜行禮。何況，天底下哪有擺出如此大陣仗，逼迫他人入教的道理啊？

「這種事講求的是真心實意。如此安排，請恕晚輩不能從命。」

此話出，圍觀群眾又是一陣機喳亂跳。

「臭丫頭，竟敢耍我們！」

「妳以為這是哪？這裡可是花月樓！」

「賞她一把胭脂淚！」

「春城飛花！」

「不，還是來一曲恨歡遲！」

「弱水三千最好！」

鈴的瞳孔微微一縮。這些人在說什麼鬼，她一個字都聽不懂。看來，定是花月爻成員彼此間溝通的暗語了。

「放肆！通通住口！」教主身旁的胡姬斥道。奇妙的是，她明明聲音不大，一字一句卻依舊穿過大殿，清晰地傳入諸人耳中。

眾人這才紛紛閉上嘴巴。

「妳有骨氣，很好。」那教主看著鈴，曼聲道，「可死人是不需要骨氣的。」

鈴心裡喀噔一下，說道：「只要您肯出借人手，我確實能替你們除掉張迅騎。」

「哦？但妳不肯入教，奴家又如何相信妳說的話？」

鈴想起杜若曾提過的「生死考驗」，一咬牙道：「晚輩願受任何考校。」

「好，既然如此。」那教主一招手，「去，把雲氏兄妹帶上來。」

少頃，通往後殿的大門打開，走進一男一女，皆是高目深鼻，鬈曲的長髮繫成辮子掛在腦後。那漢子身材高大，光是往那一站，便給人一股寧如淵岳之感。那女子雖然略矮了些，卻同樣勇武健壯，一看就知是外家高手。另外，她的十指都戴著亮澄澄的金色指套，也不知是何方兵刃。

兩人走上前，朝簾幕後的女子躬身行禮，道：「屬下參見教主。」

原來這對兄妹，妹妹叫雲霜，哥哥叫雲虎，來自焉耆國。

「起來吧。」教主說著，將目光投向鈴，「咱們花月爻的規矩，向來是不問出身，只論實力。妳二人若是能勝過我教高手，奴家就姑且答應你們的請求。」

陸

雲虎走上前，抱拳冷冷道：「賜教。」不等對手反應，直接發起攻勢。

他手中那把銅棍看著普通，卻異常靈活。只聽得勁風颯然，棍身斜掃而上，剛沾到鈴的一截衣角，又迅速轉向，朝她腿側的風市穴點去。

這下變招又快又準，鈴自知遇上了高手，連忙縱起閃避。後頭的瀧兒瞅準時機竄了上來，雙掌翻出，結實地捶在男子的雙耳上，正是鈴教他的一招「夜叉探海」。

這招出其不意，照理說應能發揮奇效，可誰知雲虎筋骨似鐵，雷吼一聲，竟然沒有後退，反而來勢更凶，銅棍高舞過頭，直上直下的強攻，轉眼間便將師徒倆逼至一隅。

三人翻翻滾滾鬥了十多回合。雲虎忽然左肘橫出，猛地撞在瀧兒額角上。瀧兒被震得眼前一黑，仰跌出去。

同時，斜刺掠來一陣驚風，正是雲霜出手了。

她忽地搶到右側，右手急縮迅伸，抓向鈴面門。鈴雖仰頭避過了攻擊，眉梢卻被對方指套上的金錐狠狠擦出一道血痕，兇險處可謂間不容髮。且雲氏兄妹默契極佳，左右連擊，配合無間。雲霜拳風未歇，雲虎的長棍已當頭猛砸下來。鈴無可迴避，只得舉手硬接此招。

「噹」的一聲，刀棍相接，她感覺對面一股大力迫來，震得她胸口發疼，不由踉蹌倒退了數步，喉間湧現一陣腥甜。

四周圍觀的花月爻教眾看得騷動不安，有人出言譏嘲，也有人拍手叫好。鈴的一顆心倏地沉落，腦中思緒急轉，暗想：「這算哪門子的考驗？分明就是存心要置她二人於死地！」

然而，此時後悔已然太遲。

正在徬徨無計間，身後突然傳來瀧兒的聲音。只見他一個鯉魚打挺從地上躍起，叫道：「惡婆娘，妳專心鬥那傻大個，這女人就交給我！」

「小孩子不知死活，儘管上吧！」雲霜道。

說完，她唇邊噙起一絲冷笑，雙拳相錯，施展家傳功夫「鷹搏手」朝瀧兒展開猛攻。

她自幼生長於大漠，每日策馬射箭，打獵熬鷹，對於猛禽流暢的動作自是熟悉無比。雙袖翻動間，十指戳拿刺削，端的是狠辣凌厲，再加上她手上戴著金剛指套，每一招都足以摧筋破骨。

然而，此時的瀧兒早已不是那個和青穹四劍比武時只曉得用強的小狐狸了。過去數月，他在北海潛心修練，受了大鵬不少點撥，逐漸領略到了赤陰掌法的精髓，尤其是他最擅長的那招「靈狐出穴」，如今使將出來，更是多了幾分詭譎難測的意思。

觀戰的群眾中不曉得其中內情，只覺兩者均是招式怪異，攻多守少，到最後幾乎化成了兩團殘影，比起那頭鈴和雲虎全憑內力相拼的局面，可謂精彩刺激許多，紛紛轉頭來看。

鬥到緊處，雲霜突然清嘯一聲，左手刁腕疾探，抓向對方頸項。

瀧兒感覺脖子一涼，連忙提氣後竄，但避過了這一抓，仍被緊接而來的右拳掃中小腹。這下痛得他差點連眼淚都迸了出來，不由得大怒，暗道：「好呀！我倒要看看，到底誰的爪子厲害！」

身形幌動，左掌呼的揮出，暴長的尖爪竟然直接擊碎了對方的金剛指套，將她胸口衣襟撕下一大片來。

雲霜不由大驚——她萬萬沒想到，眼前這武功詭異的瘸腿少年居然還是隻狐妖！

一般人遇上這種情形，勢必心神大亂。但雲霜來自遙遠的焉耆，身處的花月爻又是江湖幫派中的一個異數，教徒不拘出身，不分貴賤，不僅有來自異域的好手，還有形形色色的山精野怪。因此，此刻的她雖然詫異，卻不害怕。

她深恨對方毀了自己心愛的兵刃，猱身直上，連施殺招，忽然間，雙腿岔開，一記旋踢砸在對手肩頸之間，喝道：「下去！」

瀧兒腳下一個趔趄，感覺自己的右側身體彷彿要燃燒起來。一抬眼，只見雲霜右手五指箕張，就要往他腦門插落。他意識清醒，四肢卻動彈不得，不禁魂飛天外。

然而，正當他以為自己小命休矣時，背上的壓力卻突然消失了，取而代之的是一道熟悉的背影，義無反顧地攔在身前。

碧寒的刀光在空中乍隱而落，宛如翩躚的雪花。雲霜身法雖快，仍被雪魄刺中肩膀，向後退了兩步。下一刻，她眉間煞氣湧現，袖底青影晃動，竟鑽出一隻外型宛如黃蜂的怪蟲來！

那隻怪蟲擁有四隻眼睛，八隻長腳，尾端的毒針在燈火下閃著瘮人的寒芒，薄翅嗡嗡怒響，朝著鈴和瀧兒撲來。

一切均發生在瞬息之間，鈴根本無暇思考。

她心一橫，揚手將刀擲了出去。雪魄在空中打了個旋，掀起的勁風將那隻惡蟲剮成了片。

但幾乎是同時，雲虎的內力也已透過長棍傳遞過來，將她狠狠擊飛了出去。

瀧兒眼睜睜瞧著這一幕，渾身如遭雷殛。

「——動啊！」他在心底咆哮，「快動啊！」

就在他覺得自己即將發瘋之際，一股滾燙的天然真氣如巨浪般席捲丹田，衝開筋脈，解除了他手腳的封印。

周圍的群眾尚未反應過來發生了何事，他已飛步搶上，將鈴接了個滿懷，兩人一齊從半空摔落下去。

鈴吃了雲虎一棍，疼得腸子都打結了，一口瘀血卡在喉中，好不容易才緩過氣來。而瀧兒落地後，仍然渾身顫抖，氣喘不定。或許這一切不過是錯覺吧……可就在剛剛，他感覺自己體內的每一寸血液都要沸騰起來，妖靈中聚滿了前所未有的力量……

他鬆開鈴，撿起掉落的雪魄刀，一面喘著粗氣，一面搖搖晃晃地站了起來。

或許是他眼神太過肅殺的緣故，周圍的群眾紛紛向後退避。整座大殿頓時陷入死寂。

緊接著，前方傳來玎玎幾響，水晶簾後的女子站了起來，叫道：「住手！」

女子在胡姬的攙扶下，從水晶簾後緩緩走出。她有一張貴氣天然的臉蛋，豐盈的曲線，和深邃的雙眼。

只見她俯身從地上拾起一樣東西。

「此物，妳們是從何處得來的？」

鈴狼狽地爬起，半含著眼答道：「那是一位朋友所贈。請還給我。」

原來，女子手中拿的正是先前那名船家給的腰牌。定是在剛剛的打鬥中從她身上掉出的。

女子挑起眉，深深瞧了鈴一眼，這才道：「隨我來。」

鈴和瀧兒跟著教主和胡姬，以及方才為他們領路的那位醜婆婆，穿過藏在水晶簾後方的木門，來到一間布置精緻的臥房小室。比起燈火幽森的長殿，這裡明亮許多，案上放著蓮花形狀的博山爐，將屋內熏得溫暖馥郁。

「妳現在可以還給我了嗎？」鈴問道。

那女子微微一笑，將令牌交給了胡姬，再轉交回鈴的手上。

「奴家姓姬，小字雪天，忝領花月爻教主之位。」她手指胡姬，「這位是素蘭。送你們腰牌的那位，是舍弟雪桐。」

「弟弟？」

鈴心想，這自稱姬雪天的女人，看上去可比那位船夫年輕許多。

那婆婆似乎猜到了她的心思。只見她清了清嗓，從容地往雲母屏風後面走去，「你們可不要小看咱們花月爻的人。」她一邊說，一邊從屏風的另端繞了出來，但此時的她不僅背脊挺直了，臉上的溝壑也消失了，居然搖身一變，成了一名嬌俏女郎。

「如何？」杜若走到鈴和瀧兒面前，咯咯笑道，「是不是嚇了一跳？」

鈴微微一怔。難道這就是江湖上有名的易容術？

瀧兒最恨被人戲弄了。他心底的憋屈一下子爆發了，雙目似要噴出火來。

「好啊，原來是妳這臭婆娘！再笑，信不信我把妳的牙拔光，讓妳連婊子都做不成？」

「小狐狸精，消消氣啊。」杜若笑得花枝亂顫，「再亂動，仔細把傷口弄疼了。」

「呸！」瀧兒朝她吐了口唾沫，卻由於傷後無力的緣故，被對方輕易避了開去。

「好了。」姬雪天道，平靜的臉上依舊不露端倪，語氣卻透出一股屬於上位者的威儀。鈴心想，此女能夠號召這麼多江湖異人為她效力，想必絕非等閒之輩。

「這到底是什麼地方？」她問。

「妳自己也看見了。」姬雪天笑笑，「咱們不過是一群流落江湖的亡命之徒，為了生存而集結在一起罷了。」

「那麼李瓊風和薛邵的事又該如何解釋？你們是如何得知司天台的隱密的？」

姬雪天眸中閃過一絲不快：「看來……我那個遊手好閒的弟弟，還是和從前一樣，專喜歡插手別人家的事兒呢。」她低哼一聲，「不過算了，看在他的面上，我就給妳們一次機會。」

這時，一隻三尾貓咪從桌子和牆壁之間的旮旯一溜煙地鑽了出來，輕巧地躍到了她的膝上。這隻貓擁有一雙美麗的翡色眼睛。姬雪天伸手撫摩牠滋潤亮滑的黑色毛皮，柔柔一笑。

「花月樓向來只收錢辦事，從不過問江湖恩怨。在這裡，別說殺人了，只要付得起價碼，就是讓鬼給你推磨也行。可唯有張迅騎不一樣……」

鈴沒有答話。她無意中發覺，對方手裡不斷摩挲的那幅絲絹，上頭用白線繡滿了密密匝匝的小花。

此刻的她回想起姬雪桐說過的故事，以及那句意味深長的「解鈴還需繫鈴人」，心中一動，彷彿明白了什麼。

「妳就是那個李瓊風的未婚妻……」

話一出口，姬雪天不再低頭逗貓，幽藍的目光攝住了鈴，猶如兩道冰刀。

可率先開口的卻是她身邊的胡姬素蘭。她向前一步，聲音有淡淡的悽婉：「妳猜得不錯。李公子和先夫薛邵一樣，都是遭了張迅騎的毒手。」

瀧兒聽到這裡，簡直是丈二金剛摸不著頭腦。什麼李瓊風？什麼薛邵？這些人到底是從哪個地洞裡冒出來的？

他悄悄瞟了鈴一眼，後者卻沒有理他。謎底揭曉的剎那，她覺得眼前彷彿出現了一脈清澈亮晃的靈光，就連內傷也不再作疼了。

直到姬雪天再度開口，才將她的思緒拉回現實。

「十天後，九月初一，張迅騎準備獻給朝廷的絳果就會被送出廣陵。妳必須在那之前將他除去，否則，就再沒有機會了。」

鈴瞥了杜若一眼，心想：「十天，不正好是兩人當初約定好的日子？」看來，對方一開始就猜到教主會給她出這個難題。恐怕那位姬雪桐，也是受了她的暗示，才會和自己說這麼多的。

「行。我答應妳。」

「如此甚好。」姬雪天嘴角微微一提，「碧藥，帶二位客人下去，替他們好生療傷。」

鈴原本心裡還有點奇怪，對方這是在和誰說話。但隨後，姬雪天懷裡的那隻黑貓跳下地，化成了一個十七、八歲的少女。她凝綠的長眸掃過鈴和瀧兒，眼裡充滿了赤裸的不信任，嘴上卻道：「遵命。」

同時，姬雪天也跟著斂衣起身。離開前，她最後又回頭望了一眼鈴，眸色微微冷冽。

「奴家將此事託付於妳，妳可千萬別讓奴家失望呵。」

第拾壹章、風雷變

壹

接連幾日的瓢潑大雨，江離陷入了怔忡。不僅是因為鈴遲遲未歸，更是因為霍清杭的告白揭開了她心底最不願意被人觸碰的那塊傷疤。

自打那日從城外回來後，兩人便達成了一種無言的默契，誰也沒有再主動提起那些前塵往事。但不言不語不代表就能拋諸腦後。如今，江離一見到霍清杭，腦中便不自覺地浮現童年的種種溫存場景，一顆心好像被豁開來似的。

她恨這個男人。

但恨歸恨，偏又捨不得攆他走。

在她的心中，對方的身影已經不可避免地和家鄉的一切錯綜膠合在一起，宛如一張華麗的錦繡，上頭的一絲一線都是由她的鮮血和遺憾所織就。

悲傷和羞愧令她不敢直視那雙清澈過了頭的眼睛。

但霍清杭卻是少數極富耐心的男人。在他看來，今日不成，尚有明日，明日不成，還有後日。他既已下定決心要帶江離離開這裡，就會無限期地等下去，直到對方接受他的那一天。

接下來的幾日，他將這些年好不容易攢下的錢，一口氣撒了個精光，寸步不離地守在江離身邊。

原本，其他歌妓都笑話他，說他是癩蛤蟆想吃天鵝肉。但漸漸地，她們也被他這份鐵杵磨成繡花針的毅力感動了，紛紛改口，說自己從未見過這樣癡心的情種。

這日，兩人坐在挹芳院南面的花閣裡聽雨，聊到了宮廷樂師雷海青近來新譜的曲。江離意外發現，對方雖然在詩書上的造詣遠不及己，可兩人對音律的見解居然相當投契。

據霍清杭所說，幾年前，當他還在準備科考時，有段時間太過潦倒，只能躋身在一個狹小破落的巷弄裡，而當時，隔壁就住著一名輓歌郎。他十分欣賞此人的才華，兩人因此結緣，對方還教會了他識譜彈琴，這才開啟了他對音樂的興趣。

須知，輓歌郎在當時被視為一種很低賤的職業，連妓女都不如，霍清杭一介讀書人，居然可以不顧旁人的眼光與其交游，足可見其與眾不同的心胸。

江離以琵琶彈奏《陽關三疊》，霍清杭凝神諦聽，當彈到第四聲的「勸君更進一杯酒」時，忽道：「這裡，從第三音到第四音之間的轉換若能再拖長，並搭配上一句的撚弦，想必會更有意境。」

「何以見得？」

「王摩詰這首詩講述的乃是送別，若是彈得太順暢，反倒顯得索然無味了，不如略帶塞滯，才顯得情真意切。」

江離聽得半信半疑，卻仍照著對方的說法重新彈奏了一遍。經此一改，整首曲子聽起來果真更加婉轉幽咽。她不由面露欣喜。

「沒想到，你居然還懂音律。」

「姑娘謬讚了。」霍清杭苦笑，「在下不過是懂得離人心中的躊躇。」

「你總是這樣指正我，就不怕我哪天惱了？」江離挑眉看他。

霍清杭臉上微微一紅：「在下家裡還有幾張琴譜，乃是出自那位故友之手，姑娘若喜歡，明兒我就拿來贈與妳。」

江離笑道：「郎君肯割愛，我卻不敢收。你沒聽外面的人都說，我在欺負你呢。」

望著對方臉上的笑靨，霍清杭感到一種近乎不可思議的幸福——她居然對自己笑了！

兩人又說了一會子話，霍清杭終於鼓起勇氣喚了對方一聲：「二娘子……」

但江離的回答卻宛如一根冰刺，深深扎入他的心底。

「我早就不是什麼二娘子了，和秦家也沒有關係了。你這稱呼須得改改。」

霍清杭沒有答腔，垂眸的模樣像極了犯錯的孩子。江離見了，心又狠揪起來。

老實說，事情發展到如今這個地步，她自己也不清楚怎麼辦才好。且最荒謬的是，眼前此人直到現在仍深信自己還是從前那個天真純潔的秦裏離……

世上居然有這種傻子，莫不是當年摔下惡犬坡時把腦子給碰壞了吧？

「我不會和你走的。」她冷冷道。

「別擔心，錢我會想辦法湊的……」

「不是錢的問題。」江離嘆口氣，緩緩閉上眼睛

她說的是實話。她知道，如今，自己只需和鈴說上一聲，就能永遠離開挹芳院，和霍清杭遠走高飛，去過自由自在的日子。

易得無價寶，難得有情郎——這樣的結局，是多少青樓女子可望不可及的夢想？就連她自己想到此處，也不覺怦然心動。

然而……

「你到底知不知道這裡是何處？知不知道自己在說什麼？」她眉間如聚霜雪，低聲質問。

「我對二娘子是真心的。」霍清杭想也不想便道。他還想再多說點什麼，可無奈口才拙劣，縱然心中有千言萬語，也不知該如何表述，只得將話吞回肚裡，如定樁般呆立原地。

不知何時，窗外的雨已經停了，整座花閣裡安靜得落針可聞，唯有兩人各自微亂的呼吸。

江離忽然覺得，面前的男人望上去刺眼極了。

那眼底眉梢流露出的堅定，那煢煢孑立的身影，在雨後初霽的陽光照耀之下，顯得清潤如玉，甚至就連他身上那件洗得泛白失色的舊布長袍也成了出泥不染的白蓮。

她被灼得有些刺痛，微微轉身，嘴角一撇道：「我可不是清倌人。」

「二娘子……」

「──夠了！到底要說上幾遍你才懂啊！我不想聽！」

江離打斷對方。她很少這麼大聲說話的，就連門外的綠芙都好奇地探頭進來。

「姊姊，發生了何事？」

「送客！」

江離霍地站起，赤色描金的披帛拖在身後，握著琵琶的指節微微顫抖。又過半晌，她見霍清杭愣在那不動，眸底浮現一抹厲色：「好……你不走，我走！」說完撂下琵琶，轉身闖出門去。

江離從來不是優柔寡斷之人，可即使是像她這樣的女子，依然沒辦法超脫塵俗，依然會有為情所困，選擇逃避的時候。

她一邊跑，一邊為自己的平庸與卑懦感到羞恥。

但此刻的她尚不曉得，自己在挹芳院的時光，已然走到了頭。而將她安逸的生活給碾碎的，正是司天台的鐵蹄。

剛從花閣裡奔出來，便聽見街上傳來一陣騷動，已有不少人聚集在遊廊上觀望。樓下傳來一陣狂肆的馬蹄聲，接著便是男子高聲的呵斥。

「司天台侍衛奉御雷使張將軍之命查封挹芳院妓館，一應人等全部羈押，帶回府衙看管，不得抗命！」

江離怔住了：「到底出了何事？門徒為何會來搜查青樓？」

院內所有人都慌了，嫖客紛紛急著想逃，妓女們髮髻不整地從房裡魚貫而出，人群相互推搡。混亂間，江離驀地想起來，此時此刻，鈴給她的飛鳥符，還擺在自己的床頭！

她想也沒想，立刻轉身往原路奔。進了房間，匆匆將符紙往懷裡一兜，轉身便看見七、八名煞氣凜凜的門徒朝自己直奔而來。

看著那排亮閃閃的刀鋒，江離的一顆心都要跳到嗓子眼了。

她直覺這件事不簡單，且恐怕和鈴脫不了干係，正想開口辯解，一轉眼，卻發現追兵在杜若的房門前停了下來。

帶頭的門徒用靴子踹了兩下門，沒想到那扇木門居然紋絲不動。

江離思緒急轉，心想：「怎會是她？」

杜若在挹芳院的資歷比她深，性格也頗對她的脾胃，算是樓裡少數和她走得近的姐妹。

這些年，兩人雖談不上親厚，卻也算是君子之交。無緣無故地，對方怎麼會招惹上司天台？

眼看帶頭的門徒舉刀朝杜若的房門猛刺，江離故意緩緩走上前，並在經過時，假裝跌倒，往那人身上撲去。

對方感覺有個嬌軟的身軀往自己懷裡扎來，轉頭，卻見一對白藕般的胸脯在眼前晃蕩。

兩人目光相接，江離嚶嚀一聲，慌忙跪下。

「奴家並非有意衝撞官人……奴家罪該萬死。」

「司天台奉旨拿人，妳又是誰？」後面的人呼喝。

江離眼眸低垂，唯唯道：「奴家賤名，不敢汙了官爺尊耳。」

「居然敢阻撓司天台辦案，莫不是那妖女的同黨？這就抓起來，回頭一併審問！」

話音未歇，好幾雙手同時往江離伸過去，要把她從地上拖起來，卻被帶頭的門徒給制止了。

「慢著！」他用刀尖挑起江離的下頷，一雙垂涎的小眼睛在她身上亂竄，「區區一個歌女，能翻出什麼花樣？要治妳之罪，還不容易？老子這就——」

但淫褻的話尚未來得及出口，便化作一聲厲號。

原來，就在剛剛，江離乘著對方分神之際，提足奮力朝他腿上踹去。那裡是中都穴的所在位置，男子吃痛，忍不住哇哇大叫起來。

下一刻，江離被人扯住頭髮，重重摔倒在地。

「——下賤粉頭！敢動老子！把她的舌頭給我割了！」

就連江離也不曉得自己今日是怎麼搞的，彷彿吃了熊心豹子膽。直到嘴巴被人撬開，亮晃晃的鋒刃塞進來，她才害怕起來，心想：「鈴，妳這殺千刀的混蛋！快來救我啊！」

然而，就在此時，有人從後面狠狠推開抓著江離的門徒，叫道：「別碰她！」

來者正是霍清杭。

淚花簌簌間，江離抬起頭，看見霍清杭伏在自己身前，朝那群門徒不斷磕頭。

「求官人發發慈悲，她不是存心冒犯的。您若是要找人治罪，儘管衝著草民來吧……」

「你就是她的姘頭？」帶頭的門徒瞪住霍清杭。接著，朝著後方的人打了個眼色，狠聲道：「宰了！」

江離根本沒有反應的機會。不過一眨眼的事，霍清杭便在她的眼前倒了下去。五、六名壯碩的門徒將他團團包圍，又是拳打又是腳踢。他們都是練家子，霍清杭不過一介白衣書生，連自保的能力都沒有，更遑論還手。

江離撲在對方背上，打算以身相護，但下一刻，卻被人推開，踉跌至一旁。混亂中，她只聽自己大叫著：「別打了！求求你們！我跟你們走！別再打了！」喉嚨都要叫破了，眼淚更是如決堤的洪水一樣洶湧而出，扯破的衣裙上斑斑點點全是血淚。

「哼！先弄死妳的男人，回頭再來料理妳！」

「快住手！這不干他的事啊！」

就在江離以為霍清杭要在自己面前被活活打死之際，幾個離她倆最近的門徒忽然發出悶哼，向後栽倒。

隨後，空中飛來一串銀鈴似的笑聲。

「哎呀，這裡好生熱鬧呀！本姑娘最喜歡熱鬧了，就讓我來陪你們玩玩！」

一名手握短劍的銀髮少女從窗外閃了進來，顧盼巧笑間，又擲出一把梅花鏢，放倒了數名門徒。

江離不由得一怔：「是妳！」

「——有妖！」門徒發出怪叫，「快擺降魔陣！」

但無奈，一大群人擠在狹長的甬道裡，饒是再厲害的陣型也施展不出威力。倒是梅梅，憑著靈巧的身法，一雙短劍揮舞成幕，幾進幾出，已把敵人砍得潰不成軍。

殘餘的門徒中，有人試圖祭出符籙反擊，卻被一陣襲來的狂風吹得飛了出去。不僅如此，隨後，幾人腳下的木地板竟然「霹呀」一聲裂了開來。門徒像下鍋的餃子一樣，一個個噗通噗通地墜下樓，在大廳中央摔成了絞肉。這驚心動魄的一幕把整座院子的妓女嚇得不斷尖叫。

最後，梅梅提起燭台，砸向杜若的房門。在雲琅的煽風點火之下，火勢迅速延燒起來。邱嬤嬤見了不覺大驚失色：「走水啦！別走——快幫忙滅火啊！」但事已至此，眾人紛紛急著奪門逃命，誰還理她？

同時，距離火舌最近的江離卻感覺自己輕飄飄的，身體在暖風的托浮下，逐漸向上飄升，穿過豁開的屋頂，朝天空飛去。

出了戶外，血腥之氣略散，她雙手緊緊抱著霍清杭，望著底下熊熊燃燒的挹芳院，那個囚禁了自己九年的牢籠，變得越來越遠，覺得自己彷彿在做夢。

這一切，是幻是真？

「這麼快就後悔了？」

她轉頭望去，看見梅梅若無其事地飛在自己身邊，忙眨去眼中淚光。

「沒想到妳這人還挺硬氣的。明明半點本事也沒有，還敢跟人動手？」

「妳都看到了？」江離微愕，「既然如此，何不阻止他們？」

梅梅睨她一眼，嘴角勾起戲謔的笑容：「我讓妳的情郎在妳面前出盡了風頭，妳還不感激我？」

經對方這一提醒，江離才意識到此時的自己仍緊緊摟著霍清杭的脖子，力道之大，彷佛要將對方揉進自己的身體裡一樣。她羞得滿臉通紅，卻沒有鬆手。

「妳要帶我們去何處？」

「到一個妳們能長相廝守的地方。」梅梅嘻嘻道。

東水門邊有座紫竹庵，杜若正是在此處等候她們。

原來，今晨，她一出門便看見兩名女子的屍體全身赤裸地被掛在城頭。她認出兩人便是前陣子被張迅騎抓住的花月爻探子，立刻明白自己的身分暴露了，再也不能回挹芳院去，只能趕緊躲藏起來。

此時的她扮成了一名黃臉垂眉的中年村姑，上前表明身分時，江離簡直不敢置信。在江離的印象中，杜若雖然平時為人疏淡了一些，卻也並無可疑之處。她怎麼也猜不到，對方居然有這麼高明的易容術，還是司天台追殺的通緝犯。

「妳究竟是誰？」

「娘子很快就會知道了。」

杜若說完，領著一行人邁過低矮的門檻，來到草廬之中。

屋子的角落裡結滿了蛛網，似乎已有許久未見人煙。一隻翡色眼睛的黑貓從供桌上躍了下來，繞著幾人低叫。神龕中央則掛著一幅仙女下凡圖，圖紙表面沾了不少灰塵，一筆一畫卻栩栩如生。畫中的女子紅裙似火，嘴角噙笑，彷彿藏著不可告人的祕密。

「鉤吻花*……」江離望著女子右手中捏著的蔓藤，喃喃道。

杜若的眼神微微一閃：「沒想到妳連這個都認得。」

「妳把我帶來這裡是什麼意思？」江離轉身質問對方，「是鈴讓妳來找我的吧？她人在哪？」

杜若沒有回答，走到神女像前盈盈拜倒，恭敬地磕了三個響頭。磕到第三下時，身下的地面居然動了起來，青磚鋪就的地板一路退縮到了神龕底下，露出一個兩尺見方的洞口——原來這座草庵的下面竟藏著一條密道！

一旁的黑貓像陣風似的竄了進去，消失在黑暗裡，杜若則從懷裡掏出火折子，示意梅和江離跟自己走。

江離望了眼懷裡昏迷不醒的霍清杭，猶豫了半晌，終於還是一咬牙，攙起對方，跟在杜若的身後步入了密道。

甬道底端乃是和上方草廬格局一模一樣的石屋。杜若領著幾人進入一間石室，將霍清

---

* 鉤吻花：又稱斷腸草，劇毒草本。

杭安置在臥塌上。

昏光下，江離剪開對方的血衣，發現左手手臂脫臼了，肋骨也斷了幾根，不過幸好都只是些皮肉傷。秘屋裡食物、藥品樣樣齊全，她向杜若要了金瘡藥，開始著手為霍清杭清理傷口。

自從離開挹芳院後，江離一直處在一種恍惚的狀態，直到雙手沾滿血腥，才頓時有了實感。在上藥的過程中，她將個人情感暫時拋諸腦後，只是全神貫注在眼前的工作上，這才勉強保持內心的平靜。杜若則在一旁替她打下手，幫忙遞水和毛巾。

忙了小半個時辰，確認對方傷勢無虞後，江離這才停下來歇口氣。地下的空氣很涼，她卻出了一身大汗。

然而，剛剛坐下，便瞥見一道白色的纖影從門外一閃而過。江離詫異地發現，梅梅的俏顏上居然出現了兩條淚痕，一雙眼睛更是腫得和桃子一樣。

這個剎那，她心底生出一股極為不祥的預感。

她立刻又站了起來，朝對方剛才所在的房間走去。

推門而入，只見鈴躺在榻上，看似正睡得安詳，左邊肩膀的袖子卻被撕開了，露出衣衫下一圈圈妖異的紫色暗紋。傷口周圍插滿了一根根寸長的銀針，將凸起的疤痕襯得更加醜陋猙獰。一名擁有翡翠色貓眼的陌生少女侍立在旁。

只見她咬破自己的手，將鮮血滴入碗中，接著將那暗綠色的濃稠液體餵入鈴的口中。

江離望見這一幕，胸口霎時一片冰涼，顫聲問：「她的黃泉之毒又發作了嗎？」

「別慌，我剛剛已經給她扎過針了。」貓眼少女聽見她的問題，連眼皮也沒抬一下。

這話乍聽起來是安慰，但江離身為醫家，自然知道麻痺穴位所帶來的副作用。她臉色一變，急問：「她什麼時候能醒？」

「妳問我，我問誰去啊？」碧眼少女不耐煩道。

這惡劣的態度徹底惹惱了江離。她正想上前和對方理論，杜若卻突然從背後插了進來，打斷了她的話。

「我們已經沒有時間了，碧藥。」她說，臉上的神情異常嚴肅。

江離聽到這，心跳再次漏了半拍：「什麼叫沒有時間？」

隔壁的碧藥放下空碗，搖了搖頭：「這個蠢丫頭……」說著，目光鄙夷地掃過鈴蒼白的臉龐，「居然蠢到和教主訂下十日之約。張迅騎那廝武功高強，又有司天台撐腰，要想輕易扳倒，簡直是癡人說夢！不過話說回來，她自己作死，與我們何干？」

「妳以為事情真有這麼簡單？」杜若冷冷反問，「再過五天，張迅騎就會將那匹絳果送出揚州。教主既派妳我來協助這次的任務，到時計畫失敗，她老人家怪罪下來，妳我都逃不了！妳難道忘了石英的下場嗎？」

一根細細的銀針從碧藥春蔥似的指尖滑落，掉到了地上。她不再接話，默默將東西撿起，扭頭走了出去。

江離望著她緊繃的背影，心頭一沉。她雖不知兩人方才的對話所云何意，卻也猜得出，事態已經發展到很嚴重的地步了。

貳

又是一個黎明，一個新的開始。

挹芳院那場大火燒了整整一夜，待到東方泛起瑰色的朝霞，整條煙花水巷已經面目全非了。

張迅騎在一片焦黑的廢墟中不斷徘徊，幾乎要陷入瘋狂。

他面前的地上躺著七具屍體。從身材和衣裳可以看出，其中有男有女，但這些人的臉部都已經焦爛到無法辨識了。當中的四具女屍，他雖已一一檢查過，卻仍無法確定是否就是他在找的人。

「將軍，仵作來了。」

張迅騎聞言，停下腳步回頭：「讓他進來。」

仵作道了聲「將軍辛苦了」，接著便指揮底下人七手八腳地將屍體裹上白布，抬上車子運走。

「給本座仔細查查，看這些人的死因到底是什麼，是不是真的被燒死的。」張迅騎交代對方，「若發現其他可疑之處，也要立即稟報，懂了嗎？」

那仵作聽得冷汗頻流，暗想：「自己真是倒霉。好好的一座妓院，怎麼忽然一夜之間就變成兇案現場了？若是普通的案子也就罷了，畢竟妓女的命本就不值幾個錢，主審官也經常草草了事，但這回卻偏偏把司天台給扯了進來……這可是個辦不好就會被革職下獄，甚至丟掉腦袋的差事啊！」張迅騎的每句話都像千鈞重岩般壓在他的心上，壓得他差點沒暈過去。

屍體抬走後，又有門徒匆匆來報，說是在餘燼中發現了線索，請張迅騎前去鑑定。屋子的另一端有一小塊地被繩子繞起來。門徒從焦土中撮起一培灰燼放在碗中，並用銀針的一端小心翼翼地試探。

針尖一碰到那細粉，立刻化為黑色。

「錯不了。這和我們當日在府邸中採集到的毒粉是同樣的成分。」

「好啊，那兩名探子死前吐露的消息果然沒錯。」張迅騎心想。挹芳院的確和花月爻有所勾連。這下子更是罪證確鑿了。可惜的是，最後還是沒逮到那位名叫杜若的妓女，其他的線索也全部燒得一乾二淨。這令他十分焦躁。

「另外還有一件事，卑職不知當講不當講……」

「說！」張迅騎狠狠瞪住眼前的門徒，「不許有半絲的隱瞞！」

對方道：「那日起火前，聽說有名女子和兄弟們動了手。」

「她人呢？」

「下官不知……」

張迅騎濃眉一豎：「起火點是在三樓。當時整座院子都是咱們的人，天羅地網，能逃到哪去？難道她還會飛天不成？」

「是……下官也覺得可疑。但那日有好幾名弟兄看見，都是這麼說的。」

張迅騎深吸口氣，鼻翼微微曲張，轉身大步朝外走。

「備馬，回府！」

司天台在揚州的樁點從外頭看上去，和一般的大戶人家幾乎沒有分別，平時留守的門徒也不多，但像這樣的府第卻零星分布在全國各個州郡，隨時監視著各地的江湖勢力。

張迅騎剛回府，立刻準備提審案犯。

首先被帶上來的是一名衣衫不整的中年婦人。她見到張迅騎就像見到閻羅王一樣，連頭都不敢抬，只是一味的磕頭。

「民女叩見將軍。」

「妳就是挹芳院的鴇母？」張迅騎冷冷問道。

邱嬤嬤哆嗦得跟隻鵪鶉似的，臉上雖塗著厚厚的胭脂，卻仍掩不住蠟黃的顏色。

「將軍饒命啊！民女什麼都不知道。杜若那野丫頭從前日起便不知所蹤，我也不曉得她去哪兒了啊。」

張迅騎黝黑的臉上沒有一絲表情。他從案頭拿起一張紙，遞到對方面前：「妳可認得這是什麼？」

邱嬤嬤抬頭望去，只見紙上寫著短短八個字：「十日之內，必來取物。」

「沒見過……」

「放肆！」張迅騎猛地一拍桌，「來人！把這刁婦押下去，打到她說實話為止！」

話音剛落，鴇兒便被門徒拖了出去，路上還不斷哭喊著「冤枉」。張迅騎聽見那惱人的聲音，太陽穴就疼。

「今日還是沒有動靜？」他問身旁的門徒。

「回將軍的話，兄弟們一直在後廳守著呢。沒有異樣。」

「好你個花月爻……」張迅騎攥緊拳頭，咬牙恨恨道。

那日，他在大明寺中和花月爻的人交手，遭遇了生平罕有之重挫，那份屈辱的感覺，至今都無法從腦中抹去。

敵人甚至比他想的更加大膽。

事發後隔天，他便在自己的案頭找到了方才拿給鴇兒看的那張信箋，信上還附著一朵白色的杜若花，彷彿在嘲諷他似的。

他知道，這定是花月爻寄出的挑戰——如此明目張膽的預告，簡直絲毫沒將他放在眼裡！

然而，再多的憤怒也只是暫時的，戒不掉的，是纏繞心頭的恐懼。

自從十七年前的司天台之變後，他被破格拔擢為御雷使，從此便青雲直上，享盡富貴榮華。但風光的背後，卻是夜夜夢魂難安。

踩著屍體上位的人，自然明白登高跌重的道理。而當今司天台的局勢，張迅騎心裡更是一清二楚——自己若不能趁機再進一步，就注定摔得粉身碎骨。

正因如此，他才會一直戰戰兢兢。討好年邁昏庸的皇帝，替師父李延年排除異己，設局陷害身為勁敵的師弟胡丰——所有的一切都是為了讓自己接任司天台監更加順理成章。就連之前他親口對魏公公說，已將絳果送至瓜洲渡的那番話，其實也是騙人的。

畢竟，這批寶物如此珍貴，不在自己眼皮底下，他又怎能安心呢？

但一轉眼，六天過去了，張迅騎日夜寢食難安，敵人卻半點動靜也沒有。

「多半是我們守得太緊了，對方找不到機會出手吧。」

負責看守的門徒如此說，可張迅騎卻不信。

「本座還不懂這批逆賊嗎？她們既說會來取，就一定會來！」

話說完，他又開始低頭踱步，那焦躁的模樣像極了一頭受困囚籠的猛獸。

「繼續封鎖消息，沒有我的允許，誰也不准擅自出府！」

「將軍，」此時，一名跟隨張迅騎二十年的老書記突然開口了，「恕某多言，您是懷疑我們當中有內鬼？」

張迅騎目光掃向對方，眼中含了一絲殘忍的意味。

「怎麼，陳書記莫非是有什麼線索要提供給本座？」

「賊子不過是烏合之眾。為了他們，何須做到這種地步，甚至還懷疑到自己身後？老奴以為，如此草木皆兵，不值啊！」

張迅騎的臉色越來越陰沉，終於扭曲成一道猙獰的冷笑：「這麼說，你是不相信本座的判斷了？」

「卑職不敢……只是不願見到將軍變得理智盡喪啊！」

「大膽！」張迅騎頰邊肌肉一跳，氣得拍桌而起，「來人，把他拖下去，和那些疑犯關在一起！什麼時候腦子清醒了，再來見本座！」

大門「砰」地關上，淹沒了陳書記的叫喊，除了張迅騎衣袂挾風的聲音外，屋內唯餘一片死寂。

張迅騎走到香几旁，用銀勺從博山爐的餘燼中挑起一粒黑色藥丸，湊到鼻端用力嗅了幾嗅。清涼馥郁的香氣鑽入鼻腔，沖緩了他胸中的躁鬱之氣。然而下一刻，他低頭望去，卻正好看見自己寬袖底下露出一截深色肌膚。青筋暴露的手腕上印著一道猙獰的黑線，宛如長蟲般一路朝著心臟的方向爬伸而去。

這景象再次令張迅騎面色一變。他首先感到的是憤怒，緊接著是深深的恐懼。他的胸口劇烈起伏，粗喘了片刻，終於忍不住大袖一揮，將面前的香爐狠狠掃落地面。

與此同時，花月爻那廂，由於鈴持續的昏迷，也陷入了束手無策的僵局。

瀧兒跑得不見蹤影，沒人知道他去了哪裡。這幾日，江離除了照顧尚不能下床走動的霍清杭外，便一直守在鈴的塌邊。但相較於梅梅時而嘔氣，時而啼哭，她的反應算得上是十分冷靜。

她已經從杜若那裡得知所有事情的來龍去脈了。

在這座墓穴一樣的石室裡，時間的流動令人束手無策，連晝夜也分不清。她替鈴掖了掖被角，低頭凝望對方蒼白的睡顏，心想：「無論是司天台的張迅騎，還是花月爻的姬雪天，都是惹不起也信不得的。妳明知自己身上的潛毒即將發作，還和這麼危險的人訂下約定……妳到底在謀劃些什麼？」

參

鈴是被梅梅的哭聲喚醒的。

須臾，掙扎著坐起，只覺得周圍的一切都在旋轉，彷彿有頭瘋牛正用角頂著她的腦殼，抬手去碰，一片火辣辣的疼痛。身後的雪地裡露出一塊突起的大石頭，上頭還沾了一點血跡，想必是她剛才跌倒時，後腦勺不小心磕到了岩石上，這才昏了過去。

四下雪峰清崎，曠野茫茫，她艱難地從地上爬起，朝梅梅的方向走去。

少女單薄的背影在風中抖瑟著，瀑布般的銀髮無精打采地披在背後，宛如被霜打蔫了的小花，格外惹人憐惜。

鈴走到她身邊坐下，說道：「別哭了，不是妳的錯。這門功夫本就難練。」

但話沒說完，梅梅卻拼命搖頭，哭得更兇了。眼淚落在膝上，結成了一粒粒晶瑩剔透的冰晶。

「我做不到……妳還是另尋對象吧。妳是堂堂赤燕崖少主，多厲害的上古妖獸找不到，何必委屈自己，和我這個小妖為伍？」

說完，起身欲走，卻被鈴攔住了。

「等等！」她跳起來，一把捉住對方的手，「胡說什麼呢？此事和厲不厲害毫無關係，我選擇妳，只是因為我喜歡啊。咱們不是說好了嗎？等將來功夫練成了，就一起下山，吃所有想吃的東西，再把那些壞人打個屁滾尿流。」

梅梅停下腳步，緩緩回頭，目光落在身旁的女孩身上。

有時她會忘記，這個自稱鈴的人類少女，再怎麼早熟，也不過剛滿十二歲。懵懵懂懂的年紀，許多事，聽了也不會明白。

鈴見她眼神流露出悲傷，小嘴一扁：「好啦。我也不勉強妳。不如咱們休息一會吧。」

但此處實在太冷了，兩人一旦停止練功，丹田的熱氣散去，霜寒立刻開始侵肌蝕骨，就連眉毛都凝成了薄薄的冰簷。

梅梅黯淡的唇拉成一道空洞下墜的弧，呼出的氣息比雪更白。

「我每次閉上眼，總能看見……那天的事。」她喃喃道，「即使過去了那麼久，即使殺了那麼多的除妖師，這裡總還是空蕩蕩的。」說著揪住自己的前襟，「每愛上一個人，對方都會離我而去。妳說……我是不是命很賤？」

鈴聽了這番傾訴，心裡尚未回過味來，嘴上卻立刻接道：「當然不是！如今的世道，惡徒多得是，我從前也碰過不少。那種人殺了就殺了，不必掛在心上。」

梅梅將頭靠在對方肩上，沒有作聲。

過了一會兒，鈴又道：「只要練成了這個術，我們以後便誰也不怕了。到時候，天大地大，沒有去不了的地方！」

「可我忘不了他……」梅梅輕輕閉上眼，腦中浮現那個熟悉的笑顏，嗓音又乾又澀，「我不像你們，有骨肉至親。從我誕生在天地間的那一刻開始，便是孤零零的。自他死後，我流浪了好久，從山峰到山谷，從春天到夏天，直到樹梢的葉子都掉光了，還是沒有任何生靈發現我，我連個說話的伴兒都沒有……妳永遠不會知道，那一百年有多長！我再也不想獨自一人從春等到冬了！」

眼下的這場雪已經落了三天三夜，遲遲沒有停下來的跡象。

鈴望著漫天飛絮，心也跟著一扯一扯地揪疼。

此時的她對於男女之情似懂非懂，卻也感受得出對方話中那濃濃的絕望。她的眉頭蹙了又鬆，朗聲道：「那又如何？再糟心，也都是過去的事了。從今以後，我再也不會讓別人欺負了妳去！」

「可我只是隻小花妖，沒什麼修為，搞不好哪天還會害了妳，就像害了他一樣……」

「師父說過，凡是降臨在這世間的六道眾生，都是有意義的。無論天下人怎麼想，我們都要活得好，活得抬頭挺胸！」鈴握住梅梅的手，目光沉沉，「且別忘了，我的元神如今在妳的體內。只要我還在的一天，妳就不是獨自活著。」

這席話猶如高嶺的風，在梅梅的心湖掀起了前所未有的奇妙漣漪。

她又哭了。只是這次，落下的不是冰晶，而是真正的熱淚，足以使霜消雪融。

「妳說的這些，可是真的？」

「當然。」

「可憑妳一個病殃殃的小丫頭，毛都沒長齊，能做什麼？」

「師父說，再過幾年我就出師了。等我長大，就去改變這江湖，讓妳不必再過這種躲躲藏藏、擔心受怕的日子。」

「既然如此……那我等妳。」

或許在外人聽來，這承諾不過是兩個無知少女的一番傻話。然而，它卻在往後的歲月裡變得愈發牢固起來。

明明是越冷越開花的寒梅，卻嚮往繁鬧崢嶸的春景。明明是天寒地凍的時節，卻能因為一個人的一句話，春回大地。

儘管大雪仍下個不停，兩人的心裡卻比先前溫暖許多。鈴撿起木刀，和梅梅手拉手站起來，溫然一笑：「別哭了，我們一起回家吧，回赤燕崖。」

肆

深夜，一名男子獨坐窗前，兩道濃洌的眉毛緊緊擰起，下頷緊繃，專注地批閱著案上的卷宗。

少頃，外頭侍衛來報：「啟稟將軍，已經三更天了。明兒一大早還得趕路，您不去休息？」

「不必，你們都下去吧。」男子略一皺眉，心不在焉道。

他的聲音磁性低沉，像是茫茫黑夜裡駛來的一艘船舶，令人心頭踏實。

此人姓胡名丰，乃是司天台的御風使。

今年春天，他奉師命出使安南都護府，回程途中又順道拜訪了振州和柳州，一路風塵僕僕，才剛回到永州，又接到上頭傳來的旨意，讓他於三日內趕至廣陵郡，和師兄張迅騎會面，並護送御貢前往京城。這樣一來，這趟差事才算得上是功德圓滿。

胡丰年紀輕輕便位列司天台三大高手，但一頭青絲中竟也出現了幾縷霜銀。底下的門徒都說，這是勞累過度所致。

「將軍這幾日處理西南事務，白日趕路，夜裡還要批公文，實在是辛苦了。」

一名少年不聲不響地踱到胡丰身後，望著案頭那疊堆得跟小山一樣高的書稿，忍不住嘆了口氣。

他名叫袁弘寺，是自幼跟隨胡丰左右的心腹。夜漏更深，胡丰把所有人都屏退了，唯獨將他留了下來。

「近來，我手裡的這幾樁案子，雖然明面上是妖怪禍害百姓，實際上卻是地方州府救災不利、推諉塞責的結果。若不加緊釐清，回去後一一詳稟，如何能將那些貪官正法，穩定邊境民心？」胡丰沒有抬頭，不鹹不淡道。

「將軍秉公執法，小人佩服得緊。但老是這般遠離京師，只怕對於您的仕途不利啊。」袁弘寺忍不住叨念，「李老雖看重您，但也有將近一年的時間沒有接見了吧。每次回總壇，張迅騎那廝總是進饞言，還把手上的燙手山芋全丟給您，汙衊您辦事延宕。」話鋒一轉，突然壓低聲音，補了句：「將軍，再這樣下去……恐怕動輒得咎啊。」

然而，胡丰聽了這番話，卻連頭也沒抬。

「朝局之事，乃大勢所趨，豈是你我的力量能夠改變的？」他沉吟片刻，又問道：「揚州那裡，還沒來消息嗎？」

「稟將軍，還沒有。算起來，三天前就該到了。該不會是被發現了吧？」

「不，應該沒有。我們再等等。」

胡丰望著面前攤開的案卷。只見那墨跡在火光下彷彿魚群般騷動，一行行大字紛紛蹦踏著跳起舞來。他伸手揉了揉額角，神情透出一絲疲憊。

他表面上不露端倪，其實心裡早已有數。自從被提拔為御風使的那日起，張迅騎便一直在想方設法打壓他。他惦記著同門之誼，一再退讓，沒想到對方卻步步進逼，已到了殺機畢露的地步了。

李延年年事已高，按照慣例，將在致仕之前上奏陛下，舉薦一名弟子接任司天台監之位。而現如今，三御使中，張迅騎雖然名列第一、功績赫赫，但司天台上下都知道，李延年最偏愛的卻是胡手。

胡手年輕有為、辦事公允，雖說鋒芒盛了些，沒有張迅騎那種老謀深算的手腕，但絕對算得上難得一見的幹才。過去一年，接連幾樁棘手的案子，陸續都被他擺平了，就連張迅騎也挑不出毛病來。他見對方越爬越高，心中恨得牙癢癢。甚至，近來連一些朝臣都因為怕惹來張迅騎忌恨而與胡手斷絕了往來。

正值這般多事之秋，突然接到命令，讓他即刻啟程，由廣陵護送貢品入京，胡手自然起了戒心。但懷疑歸懷疑，沒有確鑿的證據，也只能暫且從命。

深秋，在永州比墨更濃的夜色裡，兩天沒闔眼的胡手終於累得在桌前打起了盹，手中的毛筆捺在紙上，糊了一片。燭台邊堆積著一塊塊凝固的燭淚，火苗姍姍搖曳，在他摺紋深刻的眉頭兩側落下剪影。

一旁的袁弘寺在等的就是此刻。他深知，以自己家主子的性格，不到真正累倒的那刻，是絕不會休息的。他躡步來到對方身後，正打算替他加件外裳，對面的門外卻突然閃過一束寒芒。

「颼」的一聲，燭火被刺滅了。

黑暗中，袁弘寺拔出佩劍，吆喝道：「什麼人！」

只聽「嘿嘿」幾聲冷笑，一道鬼影從屋脊翻下，朝胡手直撲而來。

袁弘寺大吃一驚，連忙縱身來救。可才剛彈起，便被胡手一把拉住，按到身後。

「當心！」

胡手長劍顫動，眨眼間，已將射來的暗器全數擊落，旋即展開輕功，朝刺客遁走的方向追了出去。

他劍走輕靈，招式張弛有度，雖只能算是半個江湖中人，卻絕對擔得起高手二字。盈亮的劍光在皎潔的月色下劃出一道瀟灑的弧，轉眼已奔至敵人後心。

那刺客一記兜轉，打出三枚暗器。接著，身子在半空忽地飄開幾寸，堪堪避過劍刃。

饒是胡手久經江湖，博聞廣識，撞見這難以置信的一幕，也不禁瞳孔驟縮。而就在他猶豫的剎那，那刺客一扭身，已翻過了院牆，消失在無垠的暗夜中。

「別追了！」胡手朝著身後奔來的大批門徒喝道。

「將軍，刺殺司天台御使，這可是重罪啊！為何不追——」袁弘寺話還沒說完，就被截住了。

「你們追不上的。」胡手說完，彎腰從地上撿起一枚物事。

這種通體純黑，狀如鳥羽的暗器，他從沒見過。

今夜，他其實早就發現窗外有人窺探，因此才故意假裝睡著，好引誘敵人出手。可他萬萬沒想到，對方居然是……

「將軍在永州的消息應該沒多少人知道才是啊。」門徒中有人提出疑惑。

「居然敢夜闖府第，行刺朝臣！究竟是誰這麼大膽？」

「哼！誰想害咱們，甭想也知道！」袁弘寺冷笑，「此事定是張迅騎在背後搗鬼。明的不行，就來暗的，盡耍些下三濫的手段，實在無恥！」

「閉嘴！」胡手眸色沉沉，飛快地閃了少年一瞥，「都給我聽好了，此事就當沒有發生過。誰敢洩漏半句，本座絕不輕饒！」

他整軍甚嚴，在部下間素有威望，因此，雖然這個決定令眾人吃驚，也無人敢有異議。

胡手瞇起眼，將視線投向暗雲流動的夜空。

這場風暴來得比他預期中還要早。看來，某些人是坐不住了！

下一刻，微微挑起的唇角又沉了下去。他轉身俐落地還劍入鞘，長袍颯然，所到之處，門徒們自動為他讓出一條路來。

他卻令袁弘寺備馬，道：「通知所有人，即刻啟程趕往廣陵！」

而就在胡丰出發趕往揚州的隔天，在花月爻的秘屋中，鈴終於醒了。剛剛甦醒，她腦中全是支離破碎的影像。她彷彿夢見了很久以前的事……自己和梅梅攜手走在一片白色世界裡，漫天雪花不斷落下，將赤燕崖四周的山嶺披上一層銀妝。然而，一睜眼卻發現自己仍舊躺在原來那間冰冷陰暗的石室中。江離趴在榻邊睡得正甜，胳膊下方還枕著一本書，床頭擺著幾個空藥碗。瀧兒閉著眼，疲憊地蜷縮在牆角，整個房間非常安靜。

下一刻，她悄悄推衾起身。但這微小的動作依然把江離給驚醒了。

她眨了眨眼，眉梢掠過喜色：「妳終於醒啦？」

鈴左肩的黃泉脈印依然灼痛不止，但被她撓出血痕的地方已經被重新纏上了紗布。她舔了舔乾裂的雙唇，問道：「我睡了多久？今日第幾日了？」

「已經第八天了。但別著急，外頭天還沒亮呢。」

「妳什麼時候過來的？」鈴看著她，有些怏怏地皺起眉，「是不是……出了什麼事？」

江離想起過去幾日發生的種種，有種恍如隔世之慼，一時不知該如何啟齒。

鈴瞧她表情怔忡，知道背後必有隱情，當下便撂開話頭，問：「瀧兒的傷還好嗎？」

「妳說小狐狸？」江離疑惑，「他沒受什麼傷啊。」

「是嗎？」鈴眉稜一跳，心想：「事情進展得比預想得來得順利嘛。」還想繼續追問，驀地間，胸口又是一陣劇痛，不由得咬了咬牙，思緒也跟著中斷。

江離見狀，氣急敗壞地將她按回床上：「妳再亂動，信不信我拿繩子把妳綑了！」

鈴曉得對方說到做到，只得乖乖躺下。過了一會，她模模糊糊地睡了過去，等到再次醒來，身邊又多了幾個人。

她看清了對方是誰，忍不住嘴角一挑：「看來妳們教主很著急啊。」

「這可不是兒戲！」碧藥悻悻道，「妳只剩下兩天的時間，要是讓張迅騎跑了，別以為咱們會放過妳！」

「咱們少主答應的事情，就一定會做到。」一旁的梅梅插口道，「她的心思，又豈是妳這種三腳貓能妄加揣測的？」

「妳……！」碧藥眼珠子一瞪，氣得拂袖而去。

鈴沒理會她，目光朝杜若望去：「可有紙墨？我想請姊姊幫個忙。」

「既然姑娘開口了，自然什麼都有。」杜若眼波閃動，微微一笑。

過去幾日，城中局勢天翻地覆，她是唯一一個從頭到尾都鎮定自若的人。而若她的猜想沒錯，事情終於要變得有趣起來了。

原來，那日在花月樓與姬雪天密談過後，鈴還向杜若細細打探了許多關於張迅騎的事情。

過去兩年，花月爻陸陸續續從門徒手中竊取了不少卷宗，再加上張迅騎身邊的探子截獲的情報，已十分可觀了。

正所謂知己知彼，方能百戰百勝。花月樓中還有一座藏書閣，專門擺放關於司天台的各種資料。鈴將自己關在裡頭埋首苦讀，直到隔天清晨，才感覺心中略略踏實了些。

她先是打坐運功了大半個時辰，接著，從懷裡取出一個瓷瓶。

這是她託梅梅幫她從赤燕崖帶來的。她拔開塞子，倒出一粒香氣中帶著微苦的白色藥丸，頭一仰咽了下去。

「那不是上次妳送給青穹派那些臭道士的藥嗎？」一旁的瀧兒好奇問道。

鈴「嗯」了一聲，卻沒有更多解釋——她的思緒早飄到別處去了。

她自己的身體她自己最了解。雖說平時怎麼折騰都無妨，但體內的潛毒總是每隔數月便發作一次。過去幾日，她明顯感受到身上的黃泉脈印又開始蠢蠢欲動。雖說燕山露雪丸能夠暫時壓制毒性，但頂多也只能堅持一兩日。若真想把張迅騎拉下馬，她就必須趕在沙漏流盡前布好這一局。

只見她面前攤開著一張大唐疆域圖，上頭以紅色墨水畫出蜿蜒曲線。她認真地鑽研起其中一道路線，最後手指在地圖上的一點停下，目光微微瞇起。

時間不夠了……

這條眼下最關鍵的任務，同時也相當危險，本該由她親自出馬。然而，考慮到她現在所剩不多的體力，也只能另想法子了。

「瀧兒。」她的嗓子一天沒用，顯得有些沙啞。

瀧兒坐在門旁，手裡握著一張粗製的木彈弓，正忙著用爪子雕磨，聽見她的叫喚，抬起頭來：「怎麼了？」

「你的傷不妨事吧？」

四目相接，瀧兒不由得眉頭一皺。

「我早說過沒事！少給我擺這種表情……到底怎麼了？」

鈴面色凝重，猶豫半晌方道：「我要你替我去殺一個人。」

伍

張迅騎收到胡手的來信時，整個人神色都不對了。周圍的門徒眼觀鼻、鼻觀心，一個個低著頭，連大氣也不敢出，深怕捋到虎鬚。

司天台風雷二使水火不容，此事朝野上下誰不知道？張迅騎將胡手視作自己晉升途上最大，同時也是唯一的絆腳石，處處針鋒相對。而胡手也不是軟柿子，從前還會小心退避，近來卻仗著李延年的信任和偏寵，逐漸不將這個師兄放在眼裡了。兩虎相爭，最苦的莫過於在他們手下辦差的人。

而就在半個時辰前，鴿樓突然收到胡手傳來的消息。他在信中要求將後日碰面的時間提早兩個時辰，更以驛站人多口雜為由，將會面的地點由瓜洲驛改到十幾里外的祭江亭。

張迅騎讀完，氣得差點把面前的松木案几給掰掉一角。

但等他情緒稍稍冷靜下來，便發現事有蹊蹺。

方才遞信進來的門徒此刻還跪在面前的地上呢。他把對方揪起來，問道：「送信的那隻鴿子呢？」

那門徒摸不清長官這又是在演哪一齣，忙不迭地把鴿子給捧上去。

只見那白鴿的其中一隻腿上綁了一根空心的竹管，信正是從此處取出的。這也是司天台暗樁之間最常用的聯絡方式。

張迅騎左看右看，看了半天，忽然目光微微一凜，隨即放聲大笑。

「好、好啊！」

「將軍，需不需要卑職回信，和胡將軍說清楚？」

「不必了。」張迅騎一甩袍袖，不屑地冷哼，「就按照他說的吧。另外，再去準備這些。」說著，提筆寫下一張字條，交給對方。

硫磺五十斤，硝石三十斤……那人一眼掃過上頭列出的品項，越看越驚詫，但就算心裡裝著再多的疑問，也不敢吭聲。

張迅騎此刻背對他，聲音微微顫抖，卻流露出無法掩飾的快意：「去，再把步兵旗和弓兵旗的掌旗叫來，本座有事吩咐。」

那人道了句「喏」，連忙退下。

等門再次闔上，張迅騎才緩緩轉過身來。深長的眸中盛滿了扭曲的精光，使他看上去異常興奮。

原來，他剛才仔細檢查那隻信鴿，發現牠的腳底並沒有司天台特殊的記號，且雖說筆跡模仿得極像，信的語氣卻和胡手平時略有不同——因此，他敢斷定，這封信絕對是偽造的！

他太了解胡丰了。二人不僅是同僚，更是多年的師兄弟，擁有比外界所知更深刻的淵源。他曉得，以對方謹慎的性格，是絕不會在這個節骨眼上主動要求更改計畫的——所以這一切只可能是花月爻設下的騙局！

事到如今，他也不得不佩服那群逆賊，居然想得出這種偷天換日的法子來！若非對象正巧是胡丰，說不定他還真的會上當呢！不過，既然看破了，他就絕不會放過這個天賜良機！

一想到這，張迅騎的嘴角不覺浮起一抹陰冷的笑。

兩天一轉眼就過去了。九月初一是個晴空遼闊，適合收割的好日子。近午，揚州城東的大街上人群喧囂，一支司天台的隊伍在門徒的簇擁下浩浩蕩蕩的經過，鮮車怒馬，吸引了許多過路民眾好奇的目光。

出了城門，深秋的路上遍地都是衰黃的枯葉，被鐵蹄碾成一片愁慘的顏色。祭江亭位於雙峰之下的峽谷，背靠揚子津，與水中央的沙渚遙遙相望。張迅騎肩披金甲，手持九節金龍鞭，佇立在迎風的隘口等待敵人的到來，頗有一夫當關的氣勢。甚至，當他看見另一支豎著黑色夔龍旗的隊伍從狹路的盡頭出現時，目光也沒有稍動。

風貼著他的臉頰刮過，激起冰涼的痛感。

此處東西向皆是陡坡，南北向的路徑只有一條，兩隊人馬就算不想碰見都不行。而隨著雙方距離越靠越近，一名身披軟甲，眉目清秀的少年忽然從對面勒馬越眾而出，在張迅騎面前停了下來，叉手行禮：「卑職見過張將軍。」

張迅騎慵懶的目光掃過對面的隊伍：「怎麼，就這幾個人？」

「回張將軍的話，我家主子說了，只是見面交貨，沒有必要帶上所有弟兄。」

「師弟，」張迅騎不理對方，朝著前方揚聲喊道，「咱們好歹也一年沒見了，此處景色清幽，你們趕了這麼遠的路，也該歇歇腳了，何不陪愚兄上到亭中喝兩杯再走？」

但連喊數聲，對面卻始終沒有反應。張迅騎不禁在心底冷笑。

「啟稟將軍，我們主子一路奔波勞頓，此刻還在後頭，尚未趕到呢。」少年抱拳一揖，「他特遣卑職前來傳話，說今日怕是不能陪您了，怠慢之處，還望海涵。」

「是不能見，還是不想見呢？」

張迅騎的這兩句話帶著裸裎的敵意，少年將領的臉上不禁浮出憤怒之色，但又迅速壓了下去。

「您這是何意？」

「何意？」張迅騎唇角挑起一個冷笑，「讓胡手那小子立刻滾出來，否則別怪本座不客氣了！」話音初落，想舉鞭硬闖，卻被那少年攔住了去路。

對方漲紅了臉，急道：「您我同為司天台效力，縱使有冒犯之處，也不該這般出言不遜——」

但他話還沒說完，張迅騎的金龍鞭便迎面砸了過來。若不是左右護衛即時搶上，少年單薄的身軀早就被劈成兩半了。抬起頭，不由得又驚又怒。

「——你瘋了嗎！」

「裝得還挺像的嘛！」張迅騎揚起下巴，睥睨一笑，「你假冒欽差，打劫御貢，按律是要凌遲處死。本座今日留你一副全屍，入了黃泉，你也該感激才是。」

而隨著他這一動，他身後的門徒也紛紛抽出長刀，狹窄的谷道上頓時充斥著肅殺之氣。兩側的坡頂傳來弓弦繃緊的聲響，一排強弩手從樹叢後方現身。他們的銀箭頭上沾著亮晃晃的朝露，一支支對準了敵人的心臟。

前路被截，四下伏兵圍繞。少年將領目光輕掃一圈，瞬間明白了自己已走投無路，一顆心不由得沉沉下墜，連舌頭都有些打結了。

「你、你敢？……我手上可是有御使將軍的手書！」

張迅騎心中早已認定對方是冒充，自是巍然不懼。任憑少年如何辯解、申斥，都好像沒聽見似的。終於，他聽膩了，鞭稍一揚，身後的門徒立即一擁而上，將對面的人馬團團圍住。

然而，就在這時，一支鐵羽箭從前方「颼」地飛來，穿過門徒間的空隙，朝他胸口襲到。那箭矢的速度實在太快，還挾著驚人的破空之音。張迅騎根本無暇細想，一個側翻，從馬鞍滾下。靴子才剛著地，就聽人喊道：「是鐵鳴鏑！」

鐵鳴鏑和九節金龍鞭一樣，都是司天台御使的獨門兵器，江湖中無人不曉。

張迅騎狼狽落地後目光一抬，眸中已含雷霆之怒：「是誰射的箭？出來！」他衝著前方的隊伍大喝。

但見一名操著彎弓的男子從遠處策馬馳來。另一邊的門徒見到他，紛紛讓路。那人一直奔到張迅騎面前三尺之處，陡然勒住韁繩。頭頂的兜帽滑落，露出一張英俊堅毅的面孔。

「師兄，一年不見，難道你連我都不認得了？」

張迅騎聽見那聲音，心頭一個激靈。他底下的人更是出了一身冷汗——來人不是御風使胡手是誰？

「將、將軍……這！」

這些門徒只知道今日出城是為了掃蕩花月爻的反賊，誰知最後竟會演變成這般局面。他們望著胡手冷峻的表情，一個個全慌了手腳。

「一群窩囊廢！」張迅騎怒道，「這點技倆就給騙倒了？還不將這反賊拿下！上啊！」

「——看清楚了！天觀御令在此，誰敢動我！」胡手高舉右手喊道。

門徒見到他手中那塊熟悉的官印，面面相覷，無人敢再向前。倒是胡丰那方，雖說人數較少，卻隨著主將的到來而重新燃起了鬥志，隊伍頓時聲勢大振。

胡丰將弓箭交給袁弘寺，單手「噌」地拔出長劍。光滑的劍刃猶如一汪秋水，散發出淡淡清光，尖端直指張迅騎。

這種目中無人的語氣、這種假清高的態度，張迅騎都再熟悉不過——絕對是胡丰本人無誤！

驚愕之餘，新仇舊恨一齊浮上心頭，他死死瞪著對方，眼中似要迸出火星來。

「你倒試試看啊！你再前進半步，你和你的人就會立刻被射成箭垛！」

胡丰聞言，劍眉一挑：「是嗎？你也不想想，若上面那些真是你的人，剛剛就該發箭把我射死了，何需等到現在？」說著，分出一線目光，冷冷向山頂掃去，「該醒醒了，師兄。你的人，一個時辰前就被我撤換掉了。谷口兩側也被我派兵封住了。我手下有一千兵馬，你才不過兩百門徒，已經無路可退！降了吧！」

截至目前為止，張迅騎的神色都沒有半絲動搖。聽到這，腮邊的肌肉卻猛地抽搐了一下。

但胡丰還沒說完呢。他接著又朝著張迅騎手下的門徒發話：「諸位弟兄！你們都看到了吧！張迅騎意圖謀反，截殺司天台御使，罪證確鑿。是跟著這個叛徒一起陪葬，還是跟著本座活著回司天台領賞，你們可要想清楚了！現在放下武器，每人可領錦緞百匹，一切過錯亦可既往不咎。否則，一律格殺勿論！是忠是奸，是生是死，你們自己決定！」

方才那一幕，張迅騎手下的門徒全都看得真真切切。他們本來就不願和自己的同袍為敵，經胡手這麼一說，更是軍心全洩。

張迅騎也不傻。至此，他已明白自己是被人給擺了一道。但他胸中的那腔火卻沒有絲毫的消滅，反而越燒越烈了。他心裡比誰都更清楚——這一局，萬萬輸不起！既然事情走到了這一步，為了活下去，無論此刻站在他面前的是誰，他都會毫不猶豫地斬殺！

此念方生，眨眼間，他便縱身而起，渾厚的殺氣凝成一線，貼著鞭梢暴虐地卷了出去，目標正是胡手的心臟。

胡手早料到他會這麼做，亦不驚慌。只見他下盤凝佇，長劍挺出，有意要和對方較量真力。鞭劍相觸，聲如龍吟。下一刻，寶劍的劍柄在胡手掌中斜轉，強大的劍氣結成了一道密網，竟將對方的內力給壓了回去！

十招之內，張迅騎驚悚地發現，對方這些年來的長進居然比他想像中更大。他的金龍鞭左曲右突，竟都無法突破敵人那行雲流水的劍勢。

「本座早在十五年前就該這麼做了！」

嘴上雖這麼說，但鞭尾連削七次，依然被對方給擋了回來。而相對於他的殺意騰騰，胡丰卻是異常冷靜。他的劍並不快，甚至還帶著三分飄逸，但左右翻飛間，劍意輾轉不斷，將前庭守得半點破綻也無。

這兩個男人明裡暗裡爭鬥了十多年，如今真的動起手來，都不自覺使出了生平絕技，一招一式皆是你死我活的殺招，就連旁觀者亦感到驚心動魄。

鬥至緊處，胡丰趁著對手舊力已竭，新力未生之時，驀地轉守為攻，劍光疾斬而落。

這下聲勢浩大，張迅騎提氣迎擊，自然也是用上了十成力。卻不想，趁著兩人內力僵持不下之際，對方身後的門徒卻突然一轟而上，十八人結成方陣，手中飛出鐵索朝他襲來。

金龍鞭的鞭梢被胡丰的長劍所牽制，張迅騎大吃一驚想抽回，卻哪裡還有機會？手腕才剛提起，胡丰左掌倏地拍出，正擊在他胸口，激得他大噴鮮血，踉蹌倒退。而正當此隙，十八道鐵索織就的大網已從天而降，將他的四肢牢牢困住。

「師兄，你就這麼恨我？非要親手將我了結？」

抬起頭，只見胡丰那張惹人厭的臉孔近在咫尺。張迅騎不禁仰天狂笑。笑完了，還不忘朝對方吐一口帶血的唾沫。

「胡丰，你就是條狗！給人利用了還不知道！總有一天，你會後悔的！」

胡丰鎮定的臉色微微一僵，但隨即又釋然了。他早料到會變成這個樣子。無論輸贏，總是要鬧得轟轟烈烈，不到黃河不死心——這就是他這個師兄的性子。

袁弘寺走上前，使勁將劍鞘往張迅騎臉上甩去：「叛徒！你不配和咱們將軍說話！」從馬上將到階下囚，不過轉眼間的事。張迅騎嘴角噙血，利刃般的眼神在師弟的臉上來回切割。

眼看主將被擒，張迅騎手下的門徒紛紛棄械投降，少數負隅頑抗者則被山頂的弓箭手一一射倒。沒有壯烈的廝殺，也沒有血流成河。一切才剛開始，就已經結束了。

胡丰眼看大勢抵定，令人把馬車上的東西帶上來。門徒答應了，隨即走到車駕旁，掀開上頭的布幔。只見車上滿滿載的不是絳果，卻是一袋袋的白色粉末。

「硫磺、硝石……你這是打算事情出了岔子，就直接點燃黃符炸死我。」胡丰說到這，怒極反笑，「為了一個司天台監的位子，何至於此？」眸色一沉，「是為了曉翠吧。」

聽見這個名字，張迅騎的臉終於徹底扭曲起來。

胡丰見狀，嘴角一撇：「多少年了？為了區區一名女子，你竟連兄弟之義、師門之誼都不顧了……只恨我沒能更早看清你的嘴臉。」

「你給我閉嘴！」張迅騎激憤大吼。積壓了十五年的怨氣，終於在此刻傾洩而出。他恨不得撲上去將對方撕得粉碎。

過去這十五年來，每當他看見這張臉，就會想起當初的屈辱。當所有人都以為他是為了自身權力才一心想致胡丰於死地時，卻沒有人知道，他心中究竟藏著多深的怨憎。而這一切，全都是因著胡手口中的那個女子而起。

此女名為安曉翠，是李延年家中的一名婢子，和張迅騎、胡丰，以及御電使崔潭光皆是從小在司天台長大。

張迅騎和安曉翠自少年時期便兩情相悅。因此，張迅騎本打算等自己一當上御使，便向師父請求賜婚。可誰知，後來安曉翠卻與別的男人私通成姦，還懷上了孩子。被發現後，李延年一怒之下，竟下令將她亂棍打死。

雖說這樁醜聞很快便被司天台壓了下去，卻是張迅騎一輩子無法抹滅的創痛。而其中最令他無法忍受的一點，是他後來得知，那個毀了安曉翠清譽的男人，居然正是自己的師弟胡手。

「就憑你，也想跟我談道義？」他瞪著對方，陰惻惻道，「你做出了那樣的事，心中難道就沒有一絲愧疚？」

胡手身形微微一震，卻沒有躲開視線。

「我承認，當年是我辜負了曉翠。但事情發生時，我遠在河北練兵，根本不知情。就算想阻攔，師父親口下的命令，又豈是你我可以違抗的？」

聽見「師父」二字，張迅騎忍不住虎軀一顫，狠狠打了個寒噤。然而，一轉眼，他又笑了。那聲音令聞者遍體生寒。

「你就是這樣告訴自己的嗎？好啊，好一個光明忠直的御風使！她就是瞎了，也不會喜歡你這個沒擔當的東西！」

「你說得不錯，她中意的人確實是你。」胡千目光一沉，整張臉繃成了一塊鐵板，「可你變了！變得連血性都沒有！不顧是非對錯，凡事皆以己身的利益出發，若不是你成了這副模樣，曉翠當年又怎會捨你而去？你在外頭幹出的勾當，樁樁件件皆是罪大惡極！事到如今，難道還不曉得回頭？」

「回頭？」張迅騎將滿腔怨毒收回眸底，眉宇間浮現一絲輕蔑，「這麼多年，師父真的是白教養你了。」

「身為御使，最重要的就是掃蕩妖邪，維繫江湖秩序，你卻為了權勢富貴，無所不用其極。害人無數，終有一天會反遭人算計。這樣的結局，難道不是更加愚蠢嗎？」胡千語調如冰，張迅騎聽了，卻哈哈大笑。

「是！我是貪圖權勢富貴！但你知道嗎？我也可以什麼都不要……只要能親手將你送入地獄！」

此話出，一旁的袁弘寺忍不住衝了上來，卻被胡千伸手攔住了。

「將軍，此人罪該千誅，何必留他一條狗命！」

胡千沒有答應，但眼底同樣有藏不住的厭惡。

他好歹也叫了此人二十多年的師兄。雖深知對方是咎由自取，但回想起兩人過去的交情，心中也難免感到不堪。默然良久方道：「本座不會再給你機會了。咱們的兄弟情義到此為止，從今往後，你我再無瓜葛……」說著深吸口氣，利劍還鞘，「我不會殺你。你若還有良知，今後在獄中得空，就好好寫份供狀。將一切吐個乾淨，你我也就不必再見了。」

陸

自開元二十五年疏通漕運始，距揚州十多里的瓜洲渡便成為長江下游最重要的埠口，每日帆檣如織，來往的商賈遊客也從未間斷過。

這日午後，天氣疏朗，熱鬧的驛館茶樓裡卻來了一組奇怪的客人，一進門便引起了各方的暗中注意。

那是四名姿容秀麗的年輕女子，沒有騎馬，也沒有搭船，亦不住店，氣質不似尋常小家碧玉，身邊卻連個丫鬟看不到，也不知是打何處來，欲往何處去。

其中一名少女似有頑疾在身，被另一名白衣少女攙扶著走。另外兩名女子，一個身段如柳，眼角眉梢流露出風韻，另一個擁有削尖下巴和迷人的翠綠眼眸，一看就知不是中原人士。

四女揀了個角落的位子坐下。一名臂上搭著汗巾的小二經過，忍不住轉頭多打量了幾眼。其中那名白衣少女相貌出挑，皮膚白得和羊脂玉似的，可一發現他在偷瞄，便立刻板起臉來。隔壁那個臂上纏著繃帶，看似連抬手的力氣都沒有的少女朝她輕輕蹙眉。

兩人將頭湊在一塊說話，少頃，空中飄來一句白衣少女的抱怨：「少主，這段日子悶得慌，不如，讓我去把那個人類的眼珠子挖出來當彈珠玩……」

那名站在角落裡擦桌的小二本來正瞧得出神，聽到這渾身一凜，連忙竄得遠遠地。鈴曉得梅梅是故意想嚇嚇對方，有些無奈地白了她一眼。梅梅則俏皮地吐了吐舌。

江邊風景如畫，還有秋季裡難得明媚的陽光從驛站的窗戶灑進來，若不是身上傷疤依然隱隱作痛，鈴還真會有種出門遊玩的錯覺。

可惜，今天對她來說，注定不會是個輕鬆的日子。

她啜了口茶，抬頭看向坐在對面的杜若和碧蘗，說道：「妳們剛剛也看見了。那批絳果，如今就存放在驛站後面的糧倉裡。那裡根本沒有幾個守衛把門，妳們愛怎麼著便怎麼著。若嫌麻煩，一把火燒了也行。」

杜若微微一笑沒有答話，隔壁的碧蘗卻滿臉狐疑。

「妳到底怎麼辦到的……」話到一半，突然頓住了，臉色微微漲紅。

鈴不理她，逕自說下去：「不必擔心胡丰。眼下他正忙著處理他師兄的事，估計一時半會兒還不會派人過來。從今以後，張迅騎不會再對花月爻構成任何威脅。我對貴教許下的承諾，已經兌現了。」

碧蘗張了張口，似乎還有話想說，卻被梅梅狠狠瞪了一眼。而鈴則是將目光轉向杜若。

如今，這場兄弟鬩牆的大戲落幕，她還剩最後一件事得處理……

「我們之前的交易，妳應該沒忘吧？」

「自然沒有。」杜若笑意盈盈，彷彿就等著她這句話，「我是答應過，只要妳替我們在十天之內剷除張迅騎，就把『這個』交給妳。」說著，從懷裡掏出曾在棲靈塔中向鈴展示過的那只金線盒，放在食案上。

然而，鈴卻沒有伸手去拿：「我等會兒打算親自去找胡丰坦白一切。妳可以和我一道前去，也好見證一下張迅騎的下場……」

但她話還未說完，便被對方打斷了。

「不必了。」杜若說，直接將金盒塞到鈴手裡，「我見識得夠多了，妳拿去吧。」此時，她的臉上依舊掛著令人捉摸不透的淺笑，眸色卻彷彿多了一絲溫柔，「可我還是得再說一次——這江湖上，知道得越多，死得越快。命才是最重要的，千萬別自討苦吃。」

鈴從對方的眼神中讀到了誠意。可她早已下定決心，又豈是一句話能夠動搖的？她把手抽回，順勢將裝著珠光蟲的盒子攏入袖中，巍巍站了起來：「我們該走了。」

是時候去揭曉一切的答案了。

上回，鈴來到司天台的府邸，還是偷偷摸摸從牆頭翻進去的。這回，卻直接來了個登堂入室。

她在梅梅的攙扶下，走到正門，對守衛的門徒說道：「民女有事求見御使將軍，請郎君代為通傳。」

那人看她的表情，彷彿將她當成了瘋子，回答更是充滿嫌棄：「去去去！大人哪有閒功夫理妳這種野丫頭！」

然而，鈴卻不為所動：「跟將軍說，我是兩天前寫信給他的人。」說著，從懷裡拿出一支黑羽鏢，交給那門徒。那人望了她一眼，這才半信半疑地轉身進屋。

須臾，裡頭走出一名挎劍的少年侍衛。他用驚疑的目光細細打量眼前的兩名少女，半晌才道：「隨我來。」鈴和梅梅交換了一個會心的神色，跟了上去。

胡手在南廂房接見她們。直到今天早晨，那裡都還是張迅騎的書齋。

但胡手此人給人的感覺和他的師兄相去甚遠。只見他端坐在紫檀鑲製的寬榻上，案頭攤開一道卷軸，手中攥著鈴給的那枚黑羽鏢，正仔細端凝著。聽見袁弘寺領著兩人進來的腳步聲，緩緩揚起眸。

「二位請自便。」言辭客氣，語調卻極為冷肅。

梅梅在一旁向鈴偷偷擠眼，低聲道：「這位御使將軍，長得倒比前一個俊多了。」

鈴沒睬她，向胡手施了個禮，隨即切入正題：「想必將軍已經知道我們的來意了吧？」

胡手清癯的臉上閃過一絲詫異。他萬沒想到，這幾天來，設局挑撥他和張迅騎的「幕後高人」，居然會是眼前這個連路都走不穩的瘦弱少女。
「在永州的時候，也是妳派人來暗殺本座的吧？」
「將軍言重了，」鈴苦笑，「我哪有那麼大的膽子。不過是想請您幫個忙。」
「究竟是幫忙還是利用……哼！這可難說。」
「將軍英明神武，算無遺策，又怎會無端遭人利用呢？」
「事到如今，再拍馬屁也沒用了。」胡手冷笑，「不如就讓本座來說說看，妳是如何一步步的算計本座，讓我來代替妳完成妳的計劃的。」
他清亮的眸子精光四射，視線牢牢地攫住對方：「本座雖不知妳和張迅騎之間究竟有何過節，但張迅騎和本座之間的恩怨，想必妳早就調查得一清二楚了。妳得知我們即將會面，於是事先在路上埋伏了刺客，表面上是行刺，實際上卻是欲擒故縱，就是要讓本座相信——張迅騎想要取我性命。」
他從桌上拾起一張信箋，扔到鈴面前。那不是別的，正是幾日前瀧兒向張迅騎發出的那張「戰帖」。
「什麼『十日之內，必來取物』……根本就是一派胡言！」他冷哼一聲，「張迅騎性格本就多疑，見到信後定會認為有人要來竊取御貢，進而加強戒備。想必也是因為這個緣故，本座安排在他身邊的眼線，前幾日才會忽然被斬斷。至此，我倆間的信任蕩然無存，妳只需再稍加挑撥，就能夠引起鷸蚌相爭，從中漁利。」

「兩天前，妳模仿張迅騎的筆跡，寫信和我說想更改會面的時辰，還把地點從方便通達的驛站改成了適合藏兵的山谷。此舉實在太過啟人疑竇，本座自然不會自投羅網，定會有備而來。」說話的過程中，胡手一直仔細地觀察鈴，但對方卻完全沒有要申辯的意思，只是默默地聽著，「想必妳在張迅騎身上也用了同樣的花招吧？本座奉命出使交州，身邊還帶著兵符，能夠調動的兵馬自然比他多得多。正因如此，妳才敢在本座身上賭一把！」

「是。可我從沒想過要瞞過您。」

「事到如今，妳還指望本座相信妳的話？」胡手的目光凝成一道厲芒，刺在鈴的臉上。

「您不信我也不要緊，但有些事只要一想就能明白，」鈴回答，「這計畫之所以會成功，不是因為它有多高明，而是因為從頭到尾，所有的謊言都是建立在真實之上！張迅騎有罪是真，想要謀害將軍也是真。所以儘管您心存懷疑，認為這一切都是有人在幕後唆使，仍然按著這盤布好的棋局一步步走完了，難道我說得有錯嗎？」

胡手嘴角一抽。他絕對沒想到，這小丫頭居然還敢站在他面前理直氣壯，侃侃而談！

然而，鈴也不是隨便挑人押注的。御風使胡手為人剛正不阿、兩袖清風，乃是朝野上下人盡皆知的事。

「從那次所謂的暗殺開始，您早就知道，下手的根本不是張迅騎。」她說，而胡千也大方承認：「不錯。本座好歹也當了十年的御風使，若連這點眼力見都沒有，豈非可笑？」

「但您還是選擇了配合我。」鈴毫不遲疑地繼續說道，「因為您心裡也很清楚，唯有這麼做，才能將張迅騎這顆毒瘤徹底拔除。此賊作孽多端，但在司天台的勢力依舊龐大，只有栽在您的手上，才能保證他從今以後永無翻身之可能。」

胡千聽到這，眉頭深深擰起：「妳到底是何人？」

「這答案其實無關緊要。我只是不願將來的司天台監是個沒心沒肺的野心之輩罷了。」

鈴話音一頓，坦然迎向對方的視線，「想必您也是一樣。」

「可既然妳的目的已經達成了，又何必特地跑這一趟？難不成是來邀功的？」

「我來求您一件事。」

「妳還真敢說啊……」胡千咬牙，臉色陰晴不定。

「可否讓我見張迅騎？有些事，我必須當面問他。」

鈴表面不卑不亢，灼灼的眼神卻始終沒離開過胡千的臉。那倔強的模樣，看得胡千怒火中燒。然而，對於眼前這個謎樣的少女，他總有一股壓抑不住的好奇。

「若將軍要把我抓進大牢關起來，我自然無法反抗。」鈴執著地繼續說道，「但即使是那樣，我也不能龜縮不前。因為我所追求的答案，不僅關係著我自己，還有我的朋友和家人，以及許許多多無辜者的性命。還望將軍成全。」

原本簡單的請求，經她這麼一說，頓時多出了股風蕭蕭兮的味道。胡丰感覺自己背上的寒毛都豎起了，瞳孔也跟著微微一縮：「妳到底想知道什麼？」

司天台的地牢雖又暗又濕，可和一般縣衙裡人滿為患、臭不可聞的牢房相比，待遇已堪稱優渥。張迅騎被關在甬道最深處，守衛最嚴密的房間裡。他身穿白色囚服，雙手被鎖鏈吊起，神情委頓不堪，身上卻沒有受刑的跡象。

鈴看見他，心頭一震，下意識地攥緊了手中的金線盒。

「張將軍，別來無恙啊。」

男子撐開混濁的雙眼。他早已沒了先前在馬背上的那股張揚傲氣。如今的他被褫奪了御使身分，只是一名關押候審的囚犯，和天底下的其他囚犯毫無二致。

袁弘寺領著看門的獄卒下去歇息，偌大的空間裡只留下鈴、梅梅和張迅騎三人。

張迅騎輕笑：「胡丰那個小子，難不成是怕本座無聊，特地送兩個娘們兒來這裡伺候爺？」

「別急，本姑娘這就來伺候你……」梅梅笑道，長袖微微晃動，卻被鈴攔住了：「等等。」她上前兩步，走進燭火微弱的燈光裡：「張迅騎，我不是老早就警告過你了？在菩薩眼皮下作惡，是不會有好果子嚐的。瞧，你的現世報這不來了？」

經她這一提醒，張迅騎才想起對方正是上回在大明寺出現，救走杜若的女子。他臉色大變，深陷的瞳眸灼灼燃燒起來：「——是妳！」

「將軍見到我難道不開心嗎？」鈴冷笑，「到了這種地步，就連你手下的那幫狗腿子也棄你而去，就只剩我肯來看你了。所謂敵人有時比朋友更加可靠，就是這個意思。」

「放屁！」張迅騎怒道，「這一切……都是妳在背後搞鬼！是妳們聯手誣陷本座！」

「還是省省力氣吧。」鈴告訴他，「就算你喊破喉嚨，也不會有人聽的。」

「在這……或許如此。但妳別以為事情就這樣結束了！胡丰那個傻子，根本不是本座的對手！等到回京那日，自然有人會把我放出來！那時，我讓你們通通不得好死！」

「這我相信。」鈴眉頭輕挑，「只可惜，你已經活不到那個時候了。」說著，將掌中那個裝著珠光蠱的線匣舉到眼前。

只要她趁現在把裡面的毒物放出來，連根指頭都不必抬，面前的男人便會成為她手中的牽線木偶，任憑她肆意擺弄，最後在極大的痛苦中死去。且她比誰都清楚，這正是對方應得的懲罰。

然而，即將掀開盒蓋的霎那，她的手指忽然抖了一下。

鈴將目光重新抬起，望向牢籠中那張槁木死灰的臉龐：「那個叫安曉翠的女子，你是真心愛她的吧？」

張迅騎的表情霎時凝住了：「妳是從哪聽來的……」

「別管我是怎麼知道的了。」鈴打斷，「既然愛她，就該好好反省一下自己的所作所為。現在的你，有何面目去見她於九泉之下？」

「本座沒有錯！」張迅騎掙扎著吼道，「所謂仁義，不過是演給旁人看的，這個世界本來就是成王敗寇！若不能掌握絕對的權力，就只能被人狠狠踩在腳下。她既是我的女人，就應該打從心底理解我、支持我！」

鈴緊緊咬牙：「好……既然你對自己的決定如此深信不疑，我就再給你一次選擇的機會。要嘛，跟我坦白一切真相，要嘛，我把這個交給胡手。」說著，從懷中取出一只翡翠玉佩。

當初，瀧兒在棲靈塔中將這翠鳥玉佩拿給她看時，她還沒有多大的感覺。直到那日，聽見張迅騎和胡手在祭江亭的對話，無意間得知了張迅騎、胡手和安曉翠三人之間的情愛糾葛，這才恍然大悟。

「安曉翠死後，你之所以隱忍不發這麼多年，遲遲都沒有對胡手出手，並不是因為你怕他，而是因為你害怕讓你師父知道，你對安曉翠的死始終念念不忘！」她說道，劍似的目光直逼張迅騎，「你徇私枉法、濫殺無辜、甚至為了鞏固權力，不惜將矛頭指向自己的兄弟，這些李延年或許都可以容忍——看在你對他始終忠心耿耿的份上。但若一旦被他發現，你這些年來其實一直對他懷恨在心，你說他還會放過你嗎？」

此話出，張迅騎唇上的血色褪得一滴不剩：「這不可能……我對師父……從來沒有！」

「或許吧。」鈴冷冷俯視他，「但當李延年見到這只玉佩時，你猜他心裡會怎麼想？你可以為了安曉翠背叛胡手，難保哪一天不會對他做出相同的事！畢竟，他才是殺死你心愛女子的真兇啊！」

聽到這，張迅騎心中最後的防線終於徹底崩潰了。他渾身被巨大的恐懼籠罩，無法抑制地顫抖起來：「我剛才所說的，字字屬實！妳到底還想要我說什麼？」

鈴凝視他，深深的眸中沒有一絲悲憫。她很清楚，憑對方在朝野深厚的根基，就算坐實了再大的罪名，恐怕都很難將他置於死地。唯有多年來，梗在師徒二人之間的那根刺，才是張迅騎真正的致命傷。

「我要你說實話！十七年前，司天台之變那一晚，你到底都幹了些什麼！」她一字一頓地說道。

張迅騎怔住了，抬起的眼神滿是錯愕：「妳問這個做什麼？」

「哪來這麼多廢話？」梅梅打斷，「少主問什麼，你照答就是了！」

張迅騎的臉色又更難看了幾分。他眼底閃過厲芒，腮邊肌肉顫了幾顫，直到意識到再多的掙扎亦是無用，這才緩緩開口：「那天晚上，我殺了一個人，又放了一個人。」

「你殺了誰？」

「一個名叫薛邵的侍衛……」張迅騎啞聲道。他倚坐在牢柱旁，面色陰慘，宛如一具行屍，「當時，我還是個掌旗使，得到消息，有人要趁著塗山掌門韓君夜到司天台覆命時，趁機除掉他。對方說，他們已經做好了萬全的準備，只要我在那天晚上，偷偷放一個人進入司天台，事後不僅能得到一筆豐厚的賞金，還能從此出人頭地……」

鈴聽到這裡，幾乎忘卻了呼吸。她雙拳攥緊，眉頭蹙了又鬆，半晌方道：「你放進來的那個人是誰？」

「我也不清楚。」張迅騎回答，「他穿著門徒的服飾，武功卻非常人能比，還會使妖法……當天夜裡，他剛上五蘊峰不久，朱松邈便死了。事後，我立刻帶人圍住了韓君夜的屋子，沒想到，竟還是讓他給逃了。」

「那個救走韓君夜的人，就是薛邵。我們一直追趕他倆，直到來到天落崖邊。我一箭射死了薛邵，本想生擒韓君夜，可誰知，那傢伙竟寧死不屈，從崖頂跳了下去……」

「看來，使用邪魔之術害死朱松邈的兇手，便是張迅騎口中的這個神祕人了……」鈴想到這，眼皮狠狠一跳，問：「那後來呢？」

「本以為此事就這麼揭過了，但薛邵臨死前卻說，我們的這場陰謀遲早會被拆穿。這番話令我不安，於是隔天便派人搜索他的房間，果然發現了他曾送信出司天台的證據。」

「信？寫給誰的？」

「他的妻女。」

「胡說！」鈴憤怒打斷對方，「他的妻子根本沒有收到此信！她連丈夫是怎麼死的都不知道！」

「那是自然。」張迅騎冷笑，「妳覺得我有可能讓這事曝光嗎？」

「你到底動了什麼手腳？」

「我們前一晚就將鴿樓給封鎖了，切斷了和外界的一切音信交流。」張迅騎道，「若想送信出去，唯有借助外人之力。」

「添勝鏢局！」鈴回想起姬雪桐和她說過的故事，忍不住脫口而出。

張迅騎嘴角微微彎起：「我不知姓薛的和那鏢局的少鏢頭之間究竟是什麼關係，但他們既然淌了這灘渾水，就別想一走了之。」

「所以，你為了斬草除根，派人假冒土匪，半路截殺了那支鏢隊。」鈴替他說下去，聲音越來越冷。

「我們在那名李少鏢頭的身上找到了薛邵的家書，裡面明明白白註明了朱松邈的死因，以及韓君夜是被冤枉的事。」張迅騎續道，「我把它燒了……」

儘管是預期中的答案，可親耳聽見，還是讓鈴感到胃裡湧起一陣不適。一旁的梅梅見她表情癡怔，擔憂地捏了捏她的手臂：「少主……」

過了許久，胸口的噁心才緩緩退去。鈴再次對上張迅騎的目光，問出了那道最關鍵的問題：「你說，你是因為被人收買，才參與到整件事中。我想知道，當初把消息透露給你的人是誰？」

張迅騎靠著鐵欄，無所謂地笑了笑：「事到如今，就算告訴妳也無妨。他便是大名鼎鼎，江湖上人人敬重的天道掌門，趙拓！」

——果真是他！這個剎那，鈴腦中又再次浮現當初在天道門的接風宴上，趙拓聽見關於韓君夜未死的傳聞時，那震驚又詭異的反應。

恍惚間，又問道：「那麼……那個殺死朱松邈，取走《白陵辭》的兇手，你們在那天之後還有往來嗎？」

張迅騎搖頭：「我再也沒有見過他。那個男人外表四十多歲，雙耳穿環，口音並非中原人士。我能和妳說的，就只有這些了。」

鈴抓著冰冷的牢門，喉頭緊縮，久久沒有作聲。

人海茫茫，光憑著這幾條稀落的線索，如何能找出真兇？況且，目前他們唯一一個已知懂得操控邪魔的人，陳松九，不僅是漢人，且還早早就死了。

「這個，我會替你好好保管的。」她對張迅騎說道，並且當著他的面，將安曉翠的玉珮收回懷裡，「你就好生待在這裡，懺悔自己的罪業吧。」

然而，即將轉身之際，鈴卻被叫住了。

「慢著！」張迅騎斜覷她，神色突然變得古怪起來，「我認得妳的臉……妳不是花月爻的人，妳師父是赤梟！」

鈴心臟狠狠一跳，正欲開口，卻被對方打斷：「是妳殺了青穹四劍！」

她不禁眉頭一皺：「你胡說什麼？青穹四劍怎麼了？」

「少在我面前演戲了……」張迅騎的表情猙獰中還帶著幾分譏誚，「薛幽棲那老道將妳的畫像分別送往了六大門派，如今此事早已在江湖上傳開了！妳為了不讓《白陵辭》的下落被外人知曉，殺了他的三名徒弟，還將最後一個打成了殘廢，他恨不得啖妳的肉、喝妳的血！」話說完，他突然撲在鐵欄上大笑起來。那笑聲刺人耳鼓，在石壁間迴盪不止。

「妳就算贏了這局，知道了一切，又能如何？連命都保不住，還不是滿盤皆輸！就像韓君夜一樣……活著的時候遮盡風光，死的時候卻曝屍荒野，連狗都不如！」

「《白陵辭》？簡直胡說八道……」鈴心想。她不想再聽這個瘋子多說半個字，轉身抬腳就走。

這一刻，胸口彷彿有火在燒，四肢卻是冰涼的。而那個裝著珠光蠱的盒子仍然緊緊握在她的手中，攥得指節都發青了。

剛邁出兩步，梅梅便追了上來：「少主，咱們難道就這麼放過他？此人可是……！」

但鈴沒在聽。她什麼話也不想再聽了，只想離開此處，遂加快步伐，憑著胸中一口真氣一路低頭疾行。

然而，還沒出地牢的大門，便在石階前停了下來。腳步剛停，身子也跟著一晃。

「少主！」趕來的梅梅叫了聲，連忙伸手扶住。

說時遲那時快，鈴感覺左肩的黃泉脈印傳來脹裂般的疼痛。除此之外，眼眶也燃燒起來，面前的世界頓時一片模糊。她用力推開梅梅，彎下腰去嘔吐。而正當五內翻江倒海之際，外頭卻傳來兵刃相交之聲，還交雜著陣陣吶喊。

鈴聽見那聲音，一顆心直直下墜——看來，張迅騎方才說的是實話。

絞盡腦汁布下計畫，好不容易熬到了這一步，本以為萬無一失，卻不想，自己的身分竟會在這個節骨眼上曝了光！想到此節，她感覺自己全身的血液彷彿都在倒流，腦際呈現一種缺氧的暈眩。

她對青穹四劍遇害一事毫不知情，更不曉得薛幽棲為何會咬定《白陵辭》在她手上，但既然被六大門的人認了出來，她和梅梅今日怕是難活著走出此地了！

柒

但出乎鈴的意料之外，地牢的大門一打開，出現的卻不是胡手所率領的門徒，而是杜若、碧藥、瀧兒和雲霜、雲虎兩兄妹。他們的闖入太過突然，地牢的守衛根本措手不及，紛紛被擊倒在地，就好像砍瓜切菜一樣。

鈴不由愣住：「你們怎麼來了？」

「怎麼，妳以為我們真會袖手不管，眼睜睜看妳幹出蠢事來？」杜若笑問。她一邊放出令敵人昏睡的迷煙，一邊道：「快走吧。咱們教主還在等著見妳呢。」

恍惚間，鈴感覺有人拽住了她的手臂，將她揹起。

一行人出了地牢，來到外面，卻發現整座宅邸的防衛都十分鬆懈，就連胡手本人也不見蹤影。眾人一路幾乎沒有遇到什麼抵抗，仗著輕功和雲琅的掩護，很輕易的便來到了東邊的耳廂，越牆而出。

此刻已是傍晚，華燈初上，將周遭的街景暈成一片朦朧。隨著陣陣冷風吹來，鈴又忍不住回頭望向那片逐漸縮小的重角飛簷。

她想起師父從前和她說過的一則故事。故事中的老翁，不顧妻子的勸阻，堅持橫渡一條湍急的河川，最後終於被大水沖走，不知所蹤。

「趨利避害，看似再簡單不過的道理。可這天底下，就是有些人，明知有燒手之患，卻偏要逆風而行，做別人不敢做的事，渡別人不敢渡的河。這樣的人，往往不得善終。可若只因某件事注定沒有好的結果便不去做，那人還活著做什麼？」

鈴心裡明白，師父說這些，是希望她不要因為害怕困難而放棄自己的信念，變得隨波逐流。然而，此刻的她卻感到前所未有的無力，彷彿無論她的刀再怎麼練，也劈不開這漫漫長夜。

奔到半路，瀧兒忽然感覺袖口有溫熱的水滴落下，不覺轉頭一怔：「惡婆娘，妳……」但鈴將頭深埋下去，沒有回答。經過剛才那番鬥智鬥勇，如今的她已是心力交瘁，只想找個地方好好地睡上一覺……

而與此同時，胡手正站在方才兩人見面的書房裡，盯著案上的畫軸默默出神。這張畫從鈴走進來的那一刻便已經擺在那了，攤開一看，正是青穹派託人送到六大門和司天台的那幅少女肖像。

正當他聚精會神之際，外頭忽然響起匆匆的腳步聲。袁弘寺滿頭大汗地奔了進來，叫道：「將軍！方才那兩人……她們破壞地牢的大門逃了！卑職無能，這便帶人去追！」

「不必了。」

「可是……」

少年見胡丰頭也不抬，眼中滿是困惑，卻沒有多問，躬身答應後便退了下去。

隨著腳步聲遠去，胡丰的目光再次落在畫中的少女身上。女孩的雙眸如烈燄般灼人，揚起的衣帶與身後朱色的流霞融為一體，使她整個人望上去宛如沐浴在火光中的鳳凰。

說實話，他頗欣賞對方的膽識，到了這種地步，居然還敢主動送上門來。他放她走，不是出於同情，而是因為他很清楚，《白陵辭》不可能在對方身上。然而，她體內沉伏的力量卻不容小覷，或許有朝一日，還能幫他一個大忙也說不定……

想到這裡，胡丰扶案的右手便不自覺地緊握。寬袖下的手掌細緻修長，肌骨勻稱，透出淡淡的青色，宛如一塊上好的玉。唯有一處顯得格格不入，便是手腕中央那條蜿蜒而清晰的黑線，像極了烏蛇吐信。

第拾貳章、練妖術

壹

自廣陵出發，向南行出幾天，便會抵達潤州的地界。

此處有座偏僻的小鎮，鎮上有座破舊的客棧，看上去已經頗有年頭了。迎風招展的酒旗上寫著四個大字：「長亭客棧」，看著滄桑，名字倒還有幾分風雅。

店裡的胖掌櫃送往迎來了大半輩子，對於黑白兩道上的牛鬼蛇神也早已見怪不怪。

這日，三更的梆子聲剛敲過，夥計們全歇下了，烏雲籠罩的天際滾過一記悶雷，看來隨時都要下雨。胖掌櫃正準備關門落鎖，忽然瞥見一輛馬車破霧而出，遠遠朝著這個方向駛來。

駕車的是名頭戴竹笠的少年。從他生澀的動作來看，顯然經驗不大足，但拉車的良駒卻沉穩馴順，烏黑油亮的皮毛和落拓的少年形成鮮明的對比。

納悶之際，車子已在店門口停了下來。少年俐落地躍下駕座，用狐疑的眼光打量這間破陋小店，嘴上低聲念叨：「真的是這嗎？」

近看，他不過十三、四歲年紀，五官俊秀，濃眉如刀，雖然左足微跛，但走起路來卻和風一樣，轉間就颳到了對方面前。

胖掌櫃暗想：「哪有人這個時辰還上門投店的？不是存心找碴嗎？」

「喲，客官，不巧啊。咱們店今兒休息，您還是去試試驛站吧……」

但誰知，他話說一半就被狠狠打斷了。少年逼近半步，覷了他一眼，深刻的眉宇間透出煞氣，在黑夜的襯托下有說不出的妖異：「哼，生意你不要，這顆腦袋總還要吧？」

胖掌櫃心頭一怵，笑容瞬間凝固在了臉上。還來不及反應，又有一人從車上走了下來

來者是名黑衣飄袂的少女。少年本來還要說話，卻被她伸手按住了肩頭。

「深夜叨擾，還望勿怪。」

少女雖沒在笑，但禮數周到。胖掌櫃前一刻還嚇得哆嗦，下一刻就像盼到了救星一樣迎了上去：「姑娘，不是小的要為難您啊，今日真的是不方便。何況，咱們這兒也沒有上房了，您是貴客，總不能委屈您睡柴房啊。」

這少女正是鈴。她聽了胖掌櫃的敷衍之詞，也不生氣，從懷裡翻出一道銅鑄的令牌，在對方眼前晃悠了兩下。

「這、這是……！」

胖掌櫃一看見那塊刻著紅花的令牌，眼珠子差點沒掉出眶來。

此時，江離、霍清杭和梅梅也從車內走了出來。胖掌櫃立刻態度大變，全身跟沒了骨頭似的，向五人不斷哈腰。

「原來是花月夂的朋友，恕小的有眼不識泰山！您快請進，小的立刻著人去收拾上

房……」

隨著他幾聲吆喝，黑闃闃的客棧彷彿又活了過來。兩名機靈的小廝跑上前，將馬匹牽去馬槽餵草，另有夥計殷勤的奉上熱茶。

這前後的巨大反差令鈴哭笑不得。她瞄了眼手中的令牌，心想：「沒想到這玩意還真挺管用。」

事情得從三天前講起。她和瀧兒、梅梅從司天台的樁點脫身後，便在杜若等人的陪同下直奔花月樓。

而當姬雪天得知李瓊風和薛邵遇害的來龍去脈時，眼神中透出一股子寒氣，連說了三次：「甚好。」

「妳怎麼沒殺了他？」

聽到這個問題，鈴微微苦笑：「如今的他已經不是司天台御使了，花月爻要取他性命易如反掌，又何必假手旁人？」

「是啊。」姬雪天低頭撥弄著纖長的指甲，語調冰冷森嚴，「此人既然罪該千誅，想平平安安地回到長安……怕是難了。」

這時，胡姬素蘭領著一名和鈴年紀相仿的少女走了進來。兩人均身披縞素，面有愴色。

「恩姑在上，請受咱們母女一拜。」素蘭說著，拉著少女朝鈴跪了下去。

鈴急忙將二人扶起。一問之下才知，原來這女孩名叫薛琉兒，正是薛邵當年留下的遺腹子。

「我們調查父親的行蹤整整十七年了……」她說，哭得梨花帶雨，「若不是恩姑出手，恐怕直到現在還被蒙在鼓裡。如今奸人俯首認罪，咱們也終於可以為父親報仇雪恨！」

鈴見她即使是在極大的悲慼中，眸光仍然透露出堅決，心想：「薛邵俠肝義膽，果然生出的女兒也是有骨氣的。」

「善惡有報，何須言謝？薛大俠義薄雲天，想必冥冥之中自有神靈相助。我只是略盡綿力，算不上什麼功勞。」

薛琉兒聽她誇讚自己父親，心中亦是酸甜交揉。

當天夜裡，眾人在花月樓外為李瓊風、薛邵以及這次行動中犧牲的另兩名花月爻弟子舉行放魂儀式。

暗不見日的地下甬道中，一盞盞河燈漂浮在森淼的水面上，猶如一百朵盛放的金蓮，投射出的花影隨著燭光不斷伸縮變化，既莊嚴，又妖異。一身素袍的花月爻教徒列於河道兩側，雙掌朝天，身子左搖右擺，齊聲吟誦渡魂曲，悠緩而低迴。

據杜若的解釋，這種引渡亡者的儀式，不僅是為了道別，更是為了讓他們的靈魂順流而下，抵達下一世的歸宿。

鈴從沒見過如此絕美悽豔的畫面，只看了一眼，目光便再也拔不開。

可惜，逝者如夜露，再也見不到隔日的陽光，活著的人卻仍得在烈日秋霜之下苦熬。

思緒一拐，她腦中再次浮現獄中的張迅騎那陰鷙而癲狂的眼神——恐怕此刻，對方正安穩地吃著牢飯，怎麼也想不到，死亡的陰影正朝著自己步步近逼吧！

花月爻和司天台之間的恩怨糾葛至此終於暫告一段落。

挹芳院倒後，江離打算和霍清杭一起回無錫老家尋親，而鈴則決定先順路送二人南下，再借道越州，前往夏家莊。

離開揚州的前夕，杜若替幾人雇了輛馬車，並建議他們，旅途中若要找地方落腳，丹陽縣外的長亭客棧是個好去處。他們也是由此方知，原來，這間不起眼的客舍竟是和花月爻關係匪淺的黑店！

更好笑的是，隔天晨起，一行人才發現，他們居然是店裡唯一的客人。

剛下樓，胖掌櫃便親自端上五碗熱騰騰的湯餅：「各位大俠，這些可都是本店的招牌，趕緊趁熱吃。有什麼需要，儘管開口，千萬別客氣！」

「那我要吃點心！」梅梅立刻沒皮沒臉地接道。

「好嘞，正好嚐嚐咱們這兒的七返糕。那可是一等一的好滋味。」胖掌櫃笑咪咪地搓手，「我這就著人去備。」

但應付完梅梅，這頓早飯卻沒有從此平靜下來。鈴才挑了幾口麵吃，眼角餘光便瞄見瀧兒從桌上拈起一把「暗器」朝自己擲射過來。飛到近處才發現，原來那是一截吃剩的骨頭。

她唇角一彎，不禁佩服起對方越挫越勇的精神——這都已經是第幾百次偷襲啦？她幾乎本能地偏頭避過，同時右手食指運勁在茶杯上輕彈，發出一道近乎悅耳的清音。

下一刻，瀧兒被潑了滿臉的涼茶，屁股從椅子上彈起，低咒一聲：「妳大爺的！」接下來上演便是一如往常的混戰。

瀧兒從廚房拎出兩副亮晃晃的大菜刀，鈴則穩穩地坐在凳子上，一雙筷子在指間揮轉自如，宛如兩截短棍，一副「放馬過來」的表情。瀧兒雙掌相錯，刀鋒斜挺掠出，充滿了沛然中正的氣勢，正是鈴教他的一招「鯤遊」。

鈴眉毛也沒動半根，手裡木箸懶懶伸出，輕輕鬆鬆便將對方厚重的鋼刀給扛下了。隨後，左手掌心在桌上一拍。另一根木箸飛起，精準地撞在對方虎口處。瀧兒右腕痠麻，菜刀脫手飛出，釘入背後的牆上。

但如今的瀧兒也不是那麼好對付的。一擊不中，隨即改變攻勢，左手刀光倏收，直接往鈴座下的木椅砍去。

鈴眉頭輕挑，右足抽起，已踏住了刀背。任憑瀧兒如何使力，都掙扎不脫。兩人僵持了片刻，鈴的左腳從桌底下閃電回掃，一招「雲鶴亮足」，再度將對方摔了個四腳朝天。

坐在對面的江離早已習慣了這種亂七八糟的場面，僅僅是眼皮一翻，對一旁目瞪口呆的霍清杭淡淡道：「別管那兩個傻子了，吃你的飯。」

但霍清杭眼看師徒倆打得越來越驚心動魄，總覺得自己總該做點什麼才是。

「瀧兒小兄弟，所謂君子動口不動手。有話可以好好說，犯不著對姑娘家拳打腳踢啊……」

但一番好言相勸，卻只換來了小流氓一道冷如刀割的眼神：「再囉唆，老子下個宰的就是你！」

梅梅在一旁笑得花枝亂顫。她故意湊到江離耳邊，不小聲地說道：「我說妳，真的要嫁給那隻呆頭鵝嗎？」

聽見她語氣充滿了幸災樂禍，對面的霍清杭直接嗆咳起來。就連旁邊灑掃的夥計都停下動作，豎長耳朵朝幾人看來。

到底是從什麼時候開始，坐下來安安穩穩地吃一頓飯，竟變得這麼困難了？江離用力放下筷子，朝鈴狠狠瞪去一眼，彷彿這一切都是她的不對。

然而，還來不及開口抗議，甜點就上桌了。

濃郁的香氣撲面而來，啃了整整三天乾糧的五人立刻團結一致地重新坐回了各自坐位上，剛剛刀劍齊飛的一幕彷彿從未發生過。

胖掌櫃果真沒在吹牛。這糕餅外酥裡潤，表皮烤得微微焦黃，滋味堪稱一絕。梅梅露出陶醉的表情，指尖處開出一朵朵粉白色的小花，一路蔓延，覆蓋了整張食案。

霍清杭卻並不急著嚐鮮。他將自己盤中的糕餅掰成兩半，並將其中一半遞到江離面前。

他這一路上話並不多，大概是因為所見所聞都太超乎想像了吧。武功、妖怪、圍繞著司天台展開的權欲鬥爭——對於一個落拓書生來說，這簡直就像三流志怪小說裡頭的情節。但即使是被捲進這樣的雲詭波譎之中，他仍沒有一絲後悔。

趁著其他人低頭大塊朵頤之際，他又悄悄瞄了江離一眼。那眼神裡柔情滿溢，江離怎會不懂？

剎那間，她感覺所有的不耐煩都宛如昨夜露水，蒸發得無影無蹤。

說穿了，所謂的飄泊與歸宿，差別不過在於靈魂的寄託。此心安處是吾鄉。她知道，自己這次是真的回家了。

午後，鈴帶著瀧兒上街買菜去。

照這樣的行進速度，或許還要走上半月才能抵達無錫，路上也不一定能遇到像這樣的市鎮。因此，儲糧是必須的。

此地雖稱不上繁榮，但也有不少商店。眼下正好是柿子成熟的季節，長街上到處都是挑著柿子四處兜售的小販。鈴一口氣買了十多顆，另外又買了一些乾糧。可她忙得不可開交，一旁的瀧兒卻始終冷著臉。

「惡婆娘，別磨唧了……妳不是說要教我功夫嗎？」

自從幾人離開揚州，踏上旅途，鈴每天都花上兩、三個時辰指點瀧兒的功課。雖說她嘴上不講，但對方進步神速，卻是看得一清二楚的。

「除了練功，你好歹也關心一下別的事好嗎？」她無奈嘆息。

瀧兒眸中掠過一道幾不可見的寒光，嘴角一播，咬牙低聲道：「走了一個張迅騎，還會來下一個……我若不快點變強，如何應付？」

說著，心不在焉地從手中的提籃中拿起一顆渾圓飽滿的柿子，張口就咬。但下一刻，卻澀得整張臉都皺了起來。鈴撞見，笑著把柿子奪回來。

「急什麼？這些果子還有別的用處。」

瀧兒捂著臉頰，恨恨瞪了她一眼。

這座小鎮還真是名副其實的小，不過一頓飯時分就已由東到西逛完了一圈。兩人此時已經走到了長街的盡頭。再往前走，就是芳草萋萋的郊外了。

南方氣候暖和，深秋景致依舊枝繁葉茂。鈴在樹蔭間坐下，開始和瀧兒複習前幾天教的內容。從掌法到刀法，再到內功。至於幻術方面，雖然她能夠指點對方的地方不多，但瀧兒靠著自己的悟性，已經參悟到第五層「業火」的關竅了。

所謂「業火」，指的是將自身的意念化為幻象，繼而迷惑、控制他人。

只見瀧兒十指指尖輕碰，少頃，身旁的空氣忽然發出「吡」響，迸出兩團冰藍色的火球，有時合二為一，有時又一分為二，繞著兩人頭頂相互追逐，宛如一對青色鴛鴦。

鈴看著這一幕，心想：「時機或許已經成熟了。」

「還記得那日，在花月樓和雲氏兄妹的交手嗎？」她問。

瀧兒當然還記得。當時打到一半，他血液中驀地爆發出一股極強大的力量。那感覺實在太熾烈了，光是回想起來，他就感到全身燥熱，血脈賁張。

但就算搜腸刮肚，他也找不到適當的詞彙來形容那股憤怒和飢渴交纏而成的欲望。他望著自己的爪子，眉心糾結了半天，最後只是點頭「嗯」了一聲。

「那是元神真氣在妖靈中碰撞所產生的力量。」鈴解釋，「你得牢牢記住那種感覺。只要掌握了方法，從今以後，無論我在不在你身邊，你隨時可以自由地汲取這股力量，化為己用。」

其實，她原本沒打算這麼快教對方這一步的。畢竟兩人才剛簽訂魂契不久，而練妖術本就是一門需要大量時間積累的武功。但瀧兒的成長實在太驚人了，居然在無人引導的情況下自行突破了第一道門檻。接下來，若再不教他如何駕馭這股真氣，只怕反而會增加鬥中走火入魔的風險。

「你仔細看著。」

經過了幾天的休息，鈴體內的黃泉之毒已趨於緩和。只見她從籃中取出剛剛瀧兒咬了一口的那顆青柿，置於掌心，同時凝神斂氣。

不到半刻鐘時間，一股氣漸漸襲將上來，將她的右手心烤得暖烘烘的，柿子的外皮也由淡淡的青紅相間轉成了鮮豔欲滴的酡紅色。

她這才停止了真氣的輸送，將柿子拋還給瀧兒，說：「你再嚐嚐。」

瀧兒剛接到果子，就感覺甜香鑽鼻。一口咬下，更是齒頰留香，三兩下便吃得乾乾淨淨。

「光是召出真氣還不夠，需得練到收放自如。」鈴嘴角微微一收，帶點壞笑地說道，「等你能做到和我一樣，就算合格了。」

瀧兒從沒見過如此古怪的練功方法，不覺微愣。但經過了這幾個月的相處，他對對方的信任早已今非昔比，因此也沒有多問，立即雙眼一閉，竭盡所能地去回想先前練妖術發動時的感覺。

此處清幽僻靜，除了偶爾簌簌的樹葉聲外，半點響動也無，實在是個練功的好地方，他也很快就遁入了一種類似冥想的狀態。

接下來的幾日，瀧兒一心一意地練起了功，幾乎到了晝夜不息的地步。白日趕路，他就在車頂打坐，晚間歇宿，他就在火堆旁值夜。但起初的兩天，無論他如何專注凝神，總是感到心神飄忽，氣息也難以歸攝，有種不進反退的感覺。來到第三天，他有些坐不住了，想向鈴討教速成的法子，卻被一口回絕了。

「若說這世上哪件事最不可能一蹴而就，那就是練武。」

對方這句話說得入情入理，瀧兒雖然心中有一百個不樂意，卻也無可奈何。

「冷靜、冷靜！」他不斷告誡自己，吐納三次後，重新調勻呼吸。就這樣，一遍又一遍重複著枯燥的過程，不知不覺中，又是好幾個時辰過去了。待到夕陽西下，瀧兒已是汗流浹背，肚子餓得咕嚕直叫。他瞪著手中那顆無動於衷的柿子，只覺得雙眼乾澀，幾欲發狂。他不敢相信，自己居然會被這種蠢事給難倒！明明鈴示範時，看上去就是那般輕而易舉。

當晚，一行人宿在路旁一間荒僻的小廟。霍清杭向擔任住持的老和尚討了些米飯，煮白粥給眾人吃。吃到一半，鈴瞅見瀧兒坐在廊下對著月亮發呆，走到他隔壁坐下，拿筷子的尾端戳他。

「這麼快就放棄啦？」

聽到這句話，瀧兒臉上透出細微的紅暈，但很快又消失了。他揚起下頷，直勾勾地望入對方眼底：「等著瞧。就算得苦練至天下第一，我總有一天也要打敗妳！」話罷，飛快地扒完了碗裡的飯，接著轉身縱起，三兩下便竄上屋頂，挑了個不會被人打擾的角落練習去了。

這幕被後方的江離撞見，憋笑憋得肚子都疼了。這一刻，她又想起自己和鈴在寒光觀初識時的情景。

「妳這人……還真是學不乖。」說著，走到鈴身畔，裝模作樣地舉手幫對方將鼻子上的灰蹭掉。

鈴沒好氣地瞪她一眼。

雖說鈴平時就極難入睡，可今夕，在這荒村野廟之中，躺著清醒的卻不只她一人。

經過這幾日的苦練，瀧兒的精神都快熬乾了，但直等到夜幕完全落下，卻始終耿耿難寐。

更深露涼，他乾脆披衣起身。月光下，獨自坐在窗邊，繼續和面前的柿子大眼瞪小眼，心頭說不出的苦澀懊惱。一旁的霍清杭早已呼呼熟睡，跌宕起伏的鼾聲更突顯出了房內的清寂。

而就在這個如夢境般靜謐的時刻，瀧兒腦中忽然再次浮現那日和雲氏兄妹比武時，鈴飛身擋在自己面前的情景。

那道背影……明明那麼近，卻又彷彿遠在天邊，到底什麼時候才能趕上？

想到這裡，他不禁攥緊了雙拳，臉上浮現出一種少年特有的，既堅強又脆弱的表情——彷彿明日即末日，恨不得即刻仗劍蕩平天下、手刃仇敵。

他雖然年紀小，根性卻比誰都倔強，心眼也比誰都雪亮，即使遭受再多的挫折，也絕不叫一聲苦。尤其是在遇見了鈴之後，兩人一路上遭遇的事件和關卡，似乎都在磋磨他的意志。

在這樣層層歷練下，他發現自己不禁學會了忍耐，目標更是在不知不覺間，從單純的復仇，昇華成了一種更加複雜的欲求。他開始明白，自己身上肩負著青丘狐族的興亡重任。往後的日子，不管付出多大的代價，就算走到山窮水盡，他也不能停下，無論如何都得靠自己的雙手掘出一條路來！

愣怔出神之際，外頭傳來陣陣嗚咽的風聲。

瀧兒偏過頭，正好瞥見雲琅的身影從窗洞間飄過，那潛伏的姿態像極了一道安靜的影子。據他所察，這隻風魅幾乎很少離開鈴身側，但由於話不多的關係，存在感微乎其微，他自己平時更不曾將對方放在眼裡。

然而，此刻，這陣風卻吹得他心中漣漪翻起，難以平靜。

明明是天地間最弱小、最無足輕重的存在，可一旦銳利起來，卻又能搖身一變，成為橫斷天河的利刃——到底是什麼原因？

月色如潮，抖落的銀光隨著樹影婆娑起舞，更襯出地上人們的寂寞。瀧兒望著這一幕，眉峰蹙攏，陷入了漫長的思索。

貳

九月古來又稱霜序，是送秋迎冬的時節，隨著白晝漸短，天氣也變得越發苦冷，可即使寒露再重，也終究無法澆熄心火。

這日，陽光柔和，馬車轆轆地行駛在蕭瑟的田隴間，瀧兒獨自在車頂正襟危坐，上衣半敞，兩側額角結滿了細密的汗珠。他專注地將丹田內的氣息導出，感受那股暖流由裡到外不斷地旋轉、延燒……從肩背到四肢，再到指尖……

將真氣透過經脈釋放的過程猶如抽絲剝繭，但他驚喜地發現，越是向外頻送，核心就越是波濤洶湧，猶如湖底掀起的漩渦一樣，自成一個豐沛的宇宙。而正當他感覺自己體內從中脘到膻中一帶虛涼得發慌時，下方的丹田卻有一道火苗驟地竄起。閥門一開，澎湃的熱血頃刻被送至全身，映得他臉色發紅。

原來，先前他一直將心思放在如何將內力聚積在丹田，卻從未想過逆向而行，直到他看見雲琅，想起了鈴最初在傳授他練妖術時對他說過的那番話。

她將妖靈比喻為缽盆一樣的存在——而既然妖靈是器皿，那麼元神就是那既可載舟，亦可覆舟的流水！

想通了這節，一切就變得如白紙蘸墨一樣明朗。

正所謂形器不存，方寸海納。當元神和妖靈並存在同一個空間之內時，若放任其恣意橫流，兩股力量相互摩擦，便會像絲絮一樣牽絞在一起。唯有先放下自己的妖氣，進入體虛空明的狀態，隱伏的元神真氣才有機會顯山露水。

可就算抓住了關竅，畢竟還需要時間練習。在接下來的一連串嘗試中，果實都直接在瀧兒的手裡化成了焦炭。一直要等到他學會精準駕馭經脈中兩股真氣，掌心生出的化勁才能恰恰好將柿子給「催熟」。

當終於聞到馥郁的果香時，他興奮地直接一蹦三尺高。

梅梅正在底下的車廂裡舒服的小睡，被他心花怒放地這麼一震，差點從座位上滾下，氣得大嚷：「野狐狸！你沒長眼啊！」

可瀧兒這會兒可沒心思和她鬥嘴。下一刻，他三兩下竄到鈴身旁，不由分說地將手裡那顆紅透的柿子塞到對方手裡，只說了兩個字：「妳嚐！」

鈴瞧他大汗淋漓，悸動的眼眸下方還印著兩團烏黑黑的影子，心裡悄悄地揪疼了一把，咬了一口，說道：「嗯，很甜。」

聽見這句話，瀧兒擰起的眉宇一下子解開了。他傻乎乎地笑了。而這一笑，就宛如暴風雨中乍現的陽光，將他整個人從內而外都照亮了。只可惜，養眼的景象只維持了很短暫的時間。瀧兒一察覺自己失態，立刻掉過頭去，兩隻耳朵燒得比柿子還紅，嘀咕道：「那還用說！」

「你啊真是……」鈴嘴角一擂，有股想把對方踹下車的衝動。

但衝動歸衝動，她望著瀧兒的背影，心中還是被成就感塞得滿滿的。從她認識瀧兒的第一天開始，她就知道對方是個武痴，和長孫岳毅屬於同個類型。雖說天生殘疾，但資質罕見，悟性又高，要是從現在開始栽培，只要別走到歪路上，長大後無論是揚名江湖或者開宗立派都不奇怪。若將來真有那麼一天，她豈非功不可沒？

想到這，她決定打鐵趁熱。

「當你學會自由地控制元神真氣後，下一步就是將這股力量給賦形。」

「賦形？」

「就是將原本看不見的事物賦予形體。」鈴解釋道，「這才是練妖術和其他武功最大的區別。別的功夫都是有套路的，但這次，沒有人可以教你，你得想辦法琢磨出屬於自己的樣貌和格局。畢竟，每個妖怪與生俱來的妖靈特性都是不一樣的。」

「讓看不見的被看見……」瀧兒心念一轉，又回想起鈴和殷常笑戰鬥時，她和雲琅之間那巧妙無間的配合。他對那一幕印象至深，所以招式的名稱至今都還記得——雀流火。

「你既已將前半段學會了，明兒開始，我們就練後半段吧。」鈴繼續說，「切記，這是練妖術最難，也是最要緊之處。因為真氣有陰陽之分，妖靈屬陰，元神歸陽，兩者的修煉必須同時進行，所以才得要你我二人合力完成。途中若遇到瓶頸，也必須商量好對策後再繼續前進，絕不可一意孤行，否則過程中陰陽失調，引發氣血逆行，隨時都可能走火入魔。」

她的語氣半是叮囑，半是恫嚇，可瀧兒聽了，非但沒有不安，心裡反而更加躍躍欲試了，連日以來的疲憊也跟著一掃而空。

又過小半個時辰，馬車半顛半簸地遛到了一座山腳下。前方的路旁出現一座涼棚，棚下擺了幾張矮凳，一名老漢正在爐上烹茶。也不知他身旁的籠屜中蒸的是什麼，香味隨著裊裊炊煙直往外飄。此時已近晌午，一行人都餓了，便決定停車，填了肚子再上路。

那背著汗巾的老漢正是茶舖的老闆。像這種偏僻的荒村野店，大部分上門的客人都是灰溜溜的行腳夫。老闆一年到頭難得看見幾個長相齊整的姑娘，一下子精神都來了，包給他們一人一塊紅糖菱角糕，還硬是不肯收錢。鈴和江離、霍清杭都露出了不好意思的表情，只有梅梅眉開眼笑。

果然，天底下的男子，大多都對梅梅的媚術毫無抗拒之力。

江離看不慣這種行徑，忍不住湊到鈴耳邊道：「我瞧這丫頭心術不正，虧妳受得了……」

鈴茶喝到一半，露出一點不懷好意的笑容，回答：「是嗎？我倒覺得，妳們倆有時還挺像的啊。」

「誰像她啊！」江離嗔怒地推了對方一把。

眼看著又要鬧起來，瀧兒這回卻是難得安分地待在自己的位子上。他盯著面前的菱角糕，滿腦子都是練妖術的事情。畢竟武學這條路，一旦入了門，那就是一步一重天，有太多事情需要釐清了。

正想靜下心來思考，卻被一陣粗魯的笑罵聲中斷了思緒。

不知何時，茶攤的另一頭來了一桌新客人。帶頭的是個看上去二十歲左右的小白臉。衣著華麗，裁樣時新，五官生得也還算周正，但態度跋扈，活脫脫就是個紈褲子弟的範本。和他在一起的還有另外兩名錦衣闊少，以及幾名隨從，一群人看似剛剛從山上打獵回來，身後牽著胡馬，手上還提著打來的獵物，個個興致高昂。才一坐下，帶頭的小白臉便大聲拍桌，要老闆上酒，再將野味燙熟下菜。

「客人，咱們這兒沒酒。」老闆有些訕訕道。可話音未落，便被對方打斷了：「沒酒？你在逗小爺嗎？沒酒你還敢在這兒開店？」

「您別急。不如先給各位郎君來一壺上好的紫笋茶，甘爽又清脾胃……」

「誰要喝你的臭茶啊！」說時遲，那時快，那惡少已經一腳將眼前的食案給踹翻了，再一把將那老闆給揪起：「我瞧你這老兒是活膩了！」

老漢擺攤做生意二十多年，從沒遇過這種惡霸，不由大驚失色。

「哼！你可知我是誰？」那惡少說著，唇邊浮現輕挑的笑意，「今兒若不給你提個醒，你怕還不知道，此路是我開，此樹是我栽呢！」

「不！等等……」

在老漢驚愕的呼叫聲中，惡少身旁的幾名嘍囉通通圍了上來，二話不說，拿起鍋碗就砸，還將冒著煙的籠屜全翻倒了，菱角糕頓時灑了一地。

瀧兒見到這一幕，眼色一下子就猩紅了。但與其說他是義憤填膺，不如說是看不慣有人在他面前逞威耍狠。他踢開椅子，霍地站了起來。

「大爺……恕小的眼拙。您要的東西，我這就給您買去，求您手下留情，別再砸啦！」

小白臉見那老漢匍匐在自己面前，衝對方猙獰一笑：「行！你只要從小爺的褲襠下鑽過去，小爺就當你是個屁，把你給放了！」

「這……」老闆撲地求饒的同時，瀧兒的動作也引起了那群潑皮的注意。其中一人扯了扯那小白臉的袖子，朝著江離和梅梅的方向努嘴，笑道：「嘖，少爺，您瞅瞅……」

那惡少轉頭望去，登時眼珠亮起。

「滾邊去！」他朝腳邊的老漢啐了口唾沫，接著，改朝鈴等人的方向大步流星而來。

霍清杭見苗頭不對，忙跳出來打圓場：「幾位兄台，這位老丈也不是有意冒犯。所謂君子之道，忠恕而已，還請高抬貴手，莫因誤會而傷了和氣。」

這番話極為誠懇，但從一個窮弱書生口裡說出，那就成了討打。果不其然，那群流氓聽了，笑得腰都彎了。

「臭小子，就你這副破身骨，也敢替人出頭，膽子夠大的啊！可惜，這兒是江湖！信不信，就算我把你剁成了肉末，也不敢有人替你收屍？」

鈴見敵人圍成一圈，亮出刀棍向霍清杭挑唆著，心想：「果然還是該出手了。」一行人這一路上都相當低調，專挑冷僻少人的地方走，怕的就是再撞見司天台和六大門的爪牙。但躲不開的總是劫數。既然敵人都欺到了頭頂上，那就不得不掃一掃門前雪了。

下一刻，她和梅梅很有默契地雙雙閃到了霍清杭身前。梅梅抿嘴一笑，聲音清脆宛如隔葉黃鸝：「少主，這些雜碎根本用不著妳出手，就讓我玩個痛快吧。」

「不行。」鈴想也不想便否決了，「咱們可沒時間埋屍。」

然而，下一刻她突然靈機一動，轉頭對瀧兒道：「你不是想知道『賦形』是什麼？那我就讓你瞧個清楚。」

瀧兒聽得一頭霧水，正欲問個清楚，便瞧見鈴的身影從旁一掠而出。

只見她毫無預警地撲向其中一名男子，披頭就是一掌。那人向後摔出，罵了聲：

「操！」

「就你們這點教養，出門在外，任誰見了都會手癢。」鈴冷冷道。

「妳說什麼？」

叫囂聲中，其餘幾名惡少一擁而上。那名小白臉更是帶頭，一個斜步繞到鈴背後，挺劍刺出。

但此時，奇怪的事發生了。就在劍鋒即將碰到鈴背心的剎那，鈴的身周忽然揚起了大片大片的粉色梅花。男子看見自己的劍竟被那鋪天蓋地的白絮給絞開，彈了回來，不由得大吃一驚！

而當花瓣終於散去時，梅梅卻消失了。只見鈴手中多了一雙雪白的短劍，連劍風都透著寒氣。光是看一眼，幾名惡少便冷得全身發抖，彷彿被趕入了冰天雪地中。

這正是鈴和梅梅的練妖術——「千山雪」。

只見鈴如飛燕般穿梭在花影間，劍光和捲起的飛花形同一體，勾勒出一幅華麗刺目的地獄景象，短短數招便將敵人打得滿地爪牙，只剩下那名小白臉猶在兀自揮劍抵抗。

他的寶劍似乎也非凡品，揮動的同時，還散發出淡淡朱光。然而，看似凌厲的攻擊卻怎麼也跟不上對手的動作。而就在他狼狽後退之際，梅梅的聲音突然飄出，貼著他的耳根滑了過來：「如何？還想玩嗎？」

那小白臉嚇得跳起來，劍尖顫抖如簧，急掃出去。但身後的少女只是咯咯一笑，消失在一堆飛舞的香瓣中。

明明身手不弱，卻帶頭欺凌平頭百姓。鈴看著眼前大吼大叫的男子，怒火噌噌地往上冒，暗自決定，今日定要教會對方如何做人。

她走上前，劍柄自半空俐落地旋出，毫不留情地將對手的長劍給擊飛出去！隨後，左手反甩，一記響亮的巴掌將他搧倒在地，冷冷道：「要是你現在求饒，我就當你是個屁，把你給放了，如何？」

「──賤人！」那惡少的牙齒都快磨短一截了，「妳可知我是誰？我可是武……」

但他還沒來得及報上大名，便痛得大叫起來。

因為就在剛剛，鈴提起腳跟，一聲不吭地往他臉上踩了下去。

端正白淨的一張臉，鼻樑歪了不說，就連牙齒都被敲落了兩顆。梅梅見狀，不禁「噗哧」一聲笑了出來。

她蹲下去，在對方高腫的臉上輕戳兩下，戲謔道：「被人打哭了就想搬救兵嗎？這麼大的人了，也不怕羞……」

可鈴卻沒有動。她的目光被對方掉落的寶劍給吸引了。劍柄上的標誌看著十分眼熟，她覺得自己彷彿在哪裡見過……另外，劍身還被血色染殷，不像是舊有的痕跡。

「難道說，方才的戰鬥中，這傢伙是故意將自己的血塗在劍上？」鈴的心海不由得掠過颶風。

她見梅梅伸手去撿地上的劍，忙叫道：「等等，別碰！」

「姓武的……降妖血術……」鈴放開那男子，扶了扶額，心想：「老天爺莫不是在跟她開玩笑吧……」

天底下的大路那麼多，地痞惡霸滿街都是，沒想到她一出手，居然偏偏就把塗山掌門的親兒子給揍了！

參

鈴的猜測半點不錯。方才被她狠狠「教育」一通的那名小白臉，正是塗山現任掌門武正驊的獨生愛子，人稱「武大少」的武冬驥。

塗山派在六大門中歷史最久，名氣最響，直到司天台之變發生之前，都一直被視為六大門派之首。身為一名含著金湯匙出生的公子哥，武冬驥這輩子從沒吃過這麼大的虧，且居然還是栽在兩個小丫頭手上，正可謂是可忍，孰不可忍！

他在同伴的攙扶下巍巍爬起來，手指著鈴，口齒不清地罵道：「妖孽！妳、妳給我記住！小爺不會放過妳們的！咱們走著瞧！」

梅梅轉頭衝他扮了張鬼臉。幾個大男人本還對她存有覬覦之心，如今卻嚇得惶恐倒退。他們一刻也不敢多逗留，火速撿起武器，上馬絕塵而去。

「不知好歹的臭蟲。」梅梅看著掉了一地的菱角糕，心疼地噘起嘴。

霍清杭從懷裡兜出幾文銅錢，走過去，遞給縮在地上抖抖索索的老闆：「對不住了，老丈。就當是咱們的一點心意，請您吃個酒壓壓驚。」

「雖說是咎由自取，但我怎麼覺得……他們的武功，好像和妳是一路的啊？」江離看向鈴。鈴想起師父曾和自己提過塗山內功獨步武林，以及其門下弟子不用任何法器，專靠血液降妖伏魔的事，也是無奈：「是啊……他們是最麻煩的一群傢伙。咱們還是快點離開這吧。」

於是，一行人匆匆辭別老闆，繼續上車趕路。

一路上，眾人都沒什麼說話，瀧兒心裡尤其堵得慌：「惡婆娘，塗山派算什麼鳥東西？不就是個金匾生苔的破落門派嗎？妳把他們打得屁滾尿流的，怎麼自己倒急著跑路？」

「傻瓜。就是因為贏了才要跑。」鈴一邊催著馬兒快跑，一邊回道。

但比起武冬驥等人，瀧兒更在意的是剛才目睹的練妖術。他心想：「雲琅是風魅，使出的招數正是以御風為基礎，而梅梅是花妖，剛才的『千山雪』就是以飛梅為媒介，那麼他自己呢？」

這之後的每天晚上，當其他人睡覺時，鈴和瀧兒便開始進行練妖術的修行。正如鈴先前所警告過的，這門內功極為複雜難練，即使兩人同心協力，依然險關重重。有時氣行順利，彷彿一日千里，沛然莫之能禦，有時卻又迭遇阻礙，步步艱難。當遭逢這種困境時，師徒倆就只得暫時停下，按照韓君夜當初傳授鈴的心法，重新思考其中所含玄機，直到找出貫通的法門，再從頭開始。

那些艱澀的口訣在瀧兒的腦中不斷盤旋，什麼「鬼門守其幽，生門行其紀」，「四角聚沉，行流散徙」，搞得他心煩意亂。

這日午後，他一邊唸著鈴昨夜教他的「凡物無成與毀，復通為一」，一邊望著天邊的雲朵發呆。想著想著，忍不住又想起了他那個早死的阿爺。

他阿爺雖然早死，活著的時候話卻特別多，每次喝了點小酒，就開始對著兒子誇誇其談，細數自己年輕時的豐功偉業。

那時候的瀧兒脾氣沒有現在那麼激烈，有時就任由他老子在他耳邊唸叨整夜，聽到最後，爺倆直接把頭一靠，一起睡著了。

瀧兒還記得，他阿爺和他說過一個關於他們雙尾狐族的故事。所謂的雙尾狐，就是天生具有兩隻尾巴的狐狸。他們族人的數目雖然不多，卻在青丘占了很重要的地位。

自古以來，狐妖的法力，都會直接反映在尾數上，擁有越多的尾巴，就代表道行越高。比起一般的狐妖，雙尾狐天生具有較強大的妖靈，但也因此成為除妖師的目標。在司天台的圍剿下，他們的數量不斷減少，等到瀧兒出生時，已是鳳毛麟角了。

瀧兒聽他阿爺說，狐狸本來就是鬼靈多變的妖怪，而雙尾狐更是如此——狡如沙，潛如影，高傲得就連玉帝神仙都不放在眼裡。傳說中，他們更是九尾天狐的後代，因此，唯有具備實力和胸襟的人，才能得到雙尾狐的認同，成為他的朋友。

「狡如沙，潛如影……」瀧兒望著自己的爪子，喃喃道。

不知不覺間，他竟在車輪的滾動聲中睡著了。再度醒轉時，映入眼簾的是一片蒼茫碧波。他想起家鄉附近的海濱，揉揉眼問道：「咱們到家了？」

「小兄弟，你這回可睡傻了。這是太湖啊。」霍清杭笑答，聲音裡難得帶著幾分雀躍。

「太湖？」

「霜落泉寒歸隱處，一葉翩翩在五湖。正是昔日范蠡攜手西施泛舟同遊之處。」

可惜，瀧兒根本不曉得西施是誰。他只知道，剛一抬頭，便有碧波萬頃湧入眼底。那水啊，廣得都看不見邊了！

而此情此景，最有感觸的人便是江離了。闊別九年，她終於再次見到熟悉的湖光山色，不禁百感交集。

自從上路以來，她每每看見日升月沉，蓑草如煙，就覺得自己彷彿置身在一場不真實的幻夢當中。這種症頭，也許就是所謂的近鄉情怯吧。

不久，馬車駛進了縣城，只見鼓樓街上商鋪林立，就連她小時候戲耍的夫子廟，以及門前的那株大桃花樹都還在，一景一物彷彿仍是昔年景象。

秦家的府邸位於城南之郊。這裡綠蔭連綿，清幽恬靜，果然是個好所在。

但車子才剛在那棟三院四進的宅邸前停下，江離便感覺不對勁了。先別說外頭灑掃的雜役她一個都不認識，就連門口常年高掛的匾額和燈籠都不見了。霍清杭上前盤問看門的小廝。那人聽到他們想求見秦老爺，表情變得十分古怪：「秦家在三年前就搬走了。郎君不知道嗎？」

「搬走了？」

「秦家夫妻三年前相繼病逝，秦老爺沒有子嗣，家裡的藥鋪便由他的幾個兄弟接手。可才沒過兩年，幾人便因為財產問題鬧得不歡而散，店也收了起來。」

「居然有這種事……」霍清杭嘴巴微張，簡直不敢置信。

話音剛落，立刻意識到不好，連忙轉頭去找江離。只見她人就站在幾步之外，楞楞地盯著自家的門楣，眼神裡滿是驚痛和錯愕。

見她這副失魂落魄的模樣，霍清杭都要急壞了。然而，那小廝話匣子一開便停不下來了，又續道：「說起這秦家啊，實在是晦氣。本來也算是這一帶數一數二的大戶人家，可這些年，卻不知是遭了什麼瘟，先是長子早夭，九年前，唯一的閨女又遭歹人所綁，下落不明。接著，還發生了這種事……所以說呀，這世道，真是風雲難測，是福不是禍，是禍躲不過……」

霍清杭真真是聽不下去了。他牽起江離的手，轉身欲走，但短短幾步間，又被一名路過的挑夫給攔住了。

「喲，我說，這不是霍家的六兒嗎？沒想到幾年不見，你都長大了！還拖家帶口了哩！」

霍清杭勉強扯了扯嘴角，嗄了聲：「孫叔。我叔父叔母……可都還安好？」

「好著吶！也難得你有這份孝心。快帶媳婦兒去給他們瞅瞅唄，他們準高興了！」

「這……」霍清杭正躊躇不決，鈴將他拉到了一旁，悄聲道：「你先帶阿離先去見你的家人吧。我們晚點再去和你們碰頭。」

她心想：「此事牽涉到江離和霍清杭二人的家事，外人不好置喙，最好還是留給他倆一點空間，把一切都講清。」

事已至此，霍清杭心裡也實在飄忽得很。但他明白一切只能從長計議，於是點頭答應了。

鈴將馬車交給了他，目送著他和江離離去。

從秦家到霍家的途中，江離半句話也沒說，只是呆呆地望著窗外，就連霍清杭喊她也沒有反應，就跟沒聽到似的。

馬車一震，一個暗花緞面的小錦囊從她懷裡掉了出來。她伸手去撿，指尖一碰到那冷滑的絲面，耳邊不禁再次響起離開揚州前，杜若對她說的話。

「聽聞挹芳院遭焚當天，門徒想強行闖入我的房間，幸好有娘子出手，才沒讓他們得逞。此番仗義之恩，杜若絕不敢忘。娘子非池中之物，日後定會出人頭地。可禍兮福所倚，福兮禍所伏，此乃天道之循。倘若有一天，娘子遭遇到無法解決的困厄，將此囊打開，必能化險為夷……」

這段話神神叨叨的，江離當時聽著就有種不好的預感，可看在杜若的面子上，還是將錦囊收下了。此刻心神恍惚，乍然再見此物，不覺打一個激靈。

她怎麼也沒想到，自己剛剛重獲自由，厄運便再度降臨了……

霍清杭的叔父家距秦府不遠，兩人趕到時，正巧看見一婦人從雞舍裡走出來。

「叔母。」

楊氏聽見霍清杭喊她，站住腳步，驚問：「可是小六？」

「是我……」霍清杭有些彆扭地說道，「這些年，勞您記掛了。」

他還在想著要如何向對方解釋自己和江離之間的事，但楊氏眼尖，遠遠地就覷見了姪兒身後的女子：「這位小娘子是？」

霍清杭才想開口解釋，江離就自己走上前，向楊氏緩緩行了個大禮，口道：「楊大娘，多年不見，也難怪您不識得我……我是襄兒。」

「秦二娘子？」楊氏的眼睛倏地瞪大，就連手中提的雞屎盆子都翻了。

「叔母，真的是她。」霍清杭在一旁幫腔，「二娘子回來了。」

「哎呀！這可真是意外之喜啊！」楊氏回過神，拍了拍裙上的塵土，又摸了摸散亂的頭髮，微胖的臉上掛起笑容。

「都過去多久了……沒想到娘子安然無恙，真是太好了！」說著，朝屋子的方向瞥了一眼，「當家的進城買米去了，我這就去喊。你們趕緊進去坐，別站這兒吹風了！」

江離和霍清杭被領進屋裡。楊氏熱情地奉上茶水點心，又叮囑了兩人幾句，這才匆匆地換了套乾淨衣裳，出門尋她丈夫去了。

江離坐在廳上，望著對方離去的背影，心中五味雜陳。

隔壁的霍清杭更是忐忑不安。他做夢也沒想到，事情竟會進展得如此順利。他內心受到鼓舞，激動地握緊了江離的手，說道：「二娘，我想問妳一件事。」

江離尚未從悲痛中緩過來，聽對方這麼說，一顆心再次高高懸起。可她又不是傻瓜，對方想問什麼，她心裡難道不清楚？小心翼翼地抬起眼，只見霍清杭望著自己的目光深不見底，格外的明晃熾熱。

或許這就是情愛的力量吧？饒是平時膽小斯文的青年，此刻身上也多出了一股義無反顧的氣勢。江離瞧得有些眩暈，不由自主地屏住了息，聲音也比平時弱上許多。

「好，你別著急……我聽著呢。」

「妳願不願意留在我身邊，做我的妻？」

江離浸淫歡場多年，每天面對的都是一大群油嘴滑舌的爺們兒。一年到頭，從她耳朵裡流進的都是些噁心的情話，聽得都長繭子了。發誓要娶她的男人，更能從挹芳院一路排到長安的朱雀大街。然而，直到此刻她才發現，語言居然有這麼大的力量，能夠扯得靈魂深處陣陣生疼，既令人開心，又讓人沉淪……

她感覺自己的內心被某種罕見的情緒給灌滿了，好不容易才忍住衝動，說道：「你讓我好好想想。」

殊不知，這欲說還休的模樣卻讓霍清杭愈加無法自拔。他心想：「既然都到了這步，乾脆豁出去，把整顆心都掏出來放在她面前。如此一來，就算是死，也能死得明白！」

「旁人說得都對，我是蠢……我什麼都不懂，但我清楚自己的感受啊！無論過去曾發生過多少錯事，不管妳換了多少個名字，我的選擇都是一樣的。或許妳永遠也不會瞭解這樣的心情，但請允許我一直一直等下去……」

就連霍清杭本人也不曉得，自己的口才是什麼時候變得這麼流暢的。但說到最後，他發現自己的前胸被一片激熱給侵占了。江離撲了上去，使勁地捶打，眼淚如江河潰堤，一發不可收拾。

「騙子！你這個大騙子！之前的蠢樣莫不都是裝出來的！」

霍清杭根本無法辯駁。每被打一下，他的心臟就漏一拍，整個人都亂了。

這時，楊氏推門進來，正巧瞅見他倆膩歪的這一幕。她清了清嗓：「六兒，你叔父正在殺雞呢。你到後院撿多點柴枝來，等會兒燜熟了就可以開飯啦。」

霍清杭聞言，像被電到似的，直接從坐榻上彈了起來。一轉眼的功夫便跑得沒影了，留下江離哭笑不得。

少頃，她才抹乾眼淚，斂衣起身。

她覺得自己也該去廚房幫忙才是。否則，上門蹭飯還白白給人家添了許多麻煩，豈不丟了父母的顏面？但她對屋裡的配置不熟悉，迷了一下路，結果好不容易看見廚房的門口，又聽見裡面傳來一男一女的對話聲。

女的是楊氏，男的自然是她的丈夫，霍清杭的叔父了。他們的話音拐過一道轉角，清楚地飄進江離耳中。

「聽人說她被賣到了青樓，怎麼這會兒又逃了出來？還把六兒的魂兒給勾沒了？」

「你問我，我問誰啊？」

「總之，絕不能讓人知道她在我們這兒。」

江離鎮住了腳步。半晌，又聽見楊氏的聲音幽幽地傳來，話中還拈了一絲酸：「都說秦家這女兒命帶兇煞，我看真沒錯。想前幾年，她爺娘為了找她，散盡家財，跑遍了大江南北，最後連老命都給賠掉了，如今居然又回來禍害別人！」

「所以說，娼婦就是娼婦……無論誰沾上了，都不會有好下場的。等會兒吃飽飯就把他們給打發了吧，以免看著心煩。」

江離背靠在牆壁上，覺得胸膛好像被刺了一刀。

她不是沒受過這樣的羞辱，只是沒想到，這一回，否定她的竟是她從小認識的長輩！且他們所指摘、傷害的，是秦襄離，而非江離的自尊——這才是她感到如此難受的原因。下一刻，她幾乎是無意識地伸手入懷，翻出銀晃晃的匕首來。

這柄匕首正是當年初到寒光觀時，鈴偷來送給她的禮物。雖不是什麼名貴之物，可薄薄的劍身卻相當鋒利，又善於隱藏。她凝望著血槽中的倒影，蒼白的指尖微微發顫。

「若不想忍氣吞聲，那就拿出勇氣來，別給那些欺侮妳的人找藉口。」她記得當時鈴曾這麼說。正因如此，這把匕首還有一個只有江離自己才知曉的名字——「斬秋」。

肆

瀧兒站在一道絕壁前方，望著崖頂白花花的水氣撲騰。有冰涼的水珠濺到他汗涔涔的臉上。

此處乃是太湖南濱的一座小瀑布，人煙甚稀。他集氣於丹田，輕蹬巧縱間，整個人化作一條白影，沿著突出的岩塊竄至瀑布的頂端。然而，剛至崖頂，又倏地消失了。

狐妖妖術的關鍵，正在於真假難辨，虛實莫測。下一刻，崖上的大石頭被飛出的利爪給撕成了兩半。再下一刻，瀧兒的頭從水中央冒了出來。此時，有少女的笑聲從背後傳來，清脆地喊了聲：「喂！」

聽到這笑聲，瀧兒的耳朵立刻豎了起來。

回頭望去，只見鈴從後方走來，雙手各提著兩條魚，還活跳跳的呢。她在水邊坐下，撿了枯柴，生了火堆，用雪魄俐落地將魚鱗刮除，準備烤來吃，同時宣布：「今天就練到這吧。」

累了一整天的瀧兒飢腸轆轆，拿起半熟的魚就咬，比平時還更加餓虎撲羊。鈴卻只是看著手裡的食物發呆，心想：「也不知江離和霍清杭的『婚事』談的如何了。」梅梅從剛剛起就不見蹤影，想必是忍不住好奇，跑去偷聽牆根了。

涼風吹動篝火，暈開一片融融的暖意。

鈴和瀧兒都不是多話的人。因此師徒倆獨處時，大半的時間都是沉默的。那是一種很乾脆，然而又帶著一點慵懶的沉默，就算豎起耳朵，也只聽得見劈啪的火苗。

可這回，瀧兒撑完了魚，卻忽然開口問：「喂，惡婆娘。妳說……待我練成了這門功夫，能殺得了青穹派那四條狗熊嗎？」

鈴的眼皮跳了一下，猛然想起，自己還沒有將青穹四劍遇害的事告訴對方。

她很清楚，瀧兒這幾年做出的種種犧牲和努力，都是為了手刃仇敵。乍然得知這個消息，只怕會大受打擊……可不說，卻又感覺不太厚道。她天人交戰了片刻，最後心一狠，還是忍住了。

她了解瀧兒的性子，總覺得眼下不是個好時機。還不如先將此事瞞著，或許等再過些時日，對方再長大一點，就會漸漸明白，這世上並非只有復仇一條路。

「你不是要成為天下第一嗎？」她故意調侃道，「天下第一瀧兒大俠難道會把四條狗熊放在眼裡？」

「誰和妳開玩笑啊。我可是正經的。」瀧兒板起臉。

鈴知道對方很正經。說真的，她還從沒遇過像他這麼正經的人，正經得令她胃疼……

「妳別哄我啊。」瀧兒盯著眼前的柴枝，就好像那堆柴欠了他一屁股債似的，「我知道自己現在還不行，可總有一天……」

「像你這種傢伙，哪裡還需要我哄啊。」鈴低聲嘟囔，「你那麼急著報仇，那等你報完仇，準備做什麼？」

這下瀧兒可被問住了。說實話，他從沒認真考慮過這個問題。

須臾，一陣風拂過瀏海，他感覺腦袋有些迷糊了，索性閉上眼，抱著胳膊往樹幹上一靠，說道：「看妳準備做什麼吧……」

鈴沒想到對方會這麼回答。此刻篝火已熄，空氣中飄散著一股心虛的味道。幸好瀧兒年紀小，心思也不縝密，很容易便能糊弄過去。她搪塞了幾句，隨即岔開話頭，問道：「你手裡那是什麼？」

早在挹芳院時，她就注意到對方喜歡做木雕了。只是，當時把玩的是一張小彈弓，這回刻的卻是隻兩隻尾巴的狐狸。她猜想，這大概是對方除了練武之外為數不多的興趣吧。

「我姥姥。」

鈴伸手去碰那木雕狐狸尖尖的耳朵，忍不住笑了出來：「行啊！和你長得一模一樣！」

瀧兒俊臉一沉，閃電似的將木偶給奪回來：「妳討打是不是？」

「這種話，還是等你打得到我的那天再來說吧。」

也不知是不是受到對方影響，鈴發現自己和瀧兒在一起時，總是特別容易脫口而出一些幼稚的話。

果不其然，瀧兒聞言，立刻繃不住了。可就在他滿腔怒火即將發作之際，卻又忽然改變了主意。下一刻，他鬆開拳頭，重新將手臂在胸前交叉，撇了撇嘴：「罷了，好男不跟女鬥。」說完，將刻好的木偶往鈴懷裡一塞，「不過一個玩意，妳喜歡就拿去吧。」

鈴眨了眨眼，旋即笑了：「那為師就不客氣了啊。」說完，笑盈盈將木雕收進懷裡。

當晚，鈴一直守在客棧門口等江離回來，等到天都黑了。可當對方真的出現時，她卻驚了一跳：「阿離，妳……」

「如何？」江離走到對方面前，露出一道自信中又帶著幾分嬌羞的笑容，「好看嗎？」

下一刻，鈴回過神，立即毫不猶豫答道：「好看。」

江離將頭髮給剪了。原本及膝的秀髮，如今只剩下一半的長度，繫成的辮子清清爽爽地掛在胸前。

斷髮對女子來說，需要極大的決心。看見江離和霍清杭緊緊交握的雙手，鈴感覺一顆心都快滿出來了，簡直比自己拾獲幸福還要感動。

此時，梅梅不知從哪裡突然冒了出來，笑道：「若不是本姑娘出馬，這對傻夫妻還不知道什麼時候才會清醒呢。」

江離白了對方一眼，卻沒有分辯。

兩個時辰前，她在灶房外聽見霍清杭的叔父叔母的那番話，一顆心當場便燒成了死灰。

但令她痛苦的不是世人的冷眼冷語。畢竟，這麼多年，她早已經習慣了。不，真正令她寒徹心肺，甚至想要放棄的原因是，她很清楚，對方說的句句皆是實話。

楊氏講得一點也沒錯。紙是包不住火的。若霍清杭真娶了她這樣的女子，他這輩子的前途就算是完了，還要承受天下人的恥笑和唾罵。

她這個人是自私，可還沒自私到這種程度——尤其是當面對自己深愛的男子。

現實的皮鞭將她從前段時間的好夢中狠狠抽醒。這種感覺，就好像赤身裸體被趕入荒野，她從未覺得自己如此的不堪一擊。她手裡死死地攥著「斬秋」，既迷亂且憤怒，恨不得將匕首直接捅入某人的心臟，只是她尚未決定那人是誰。

所以她跑了。在被人發現之前，從後院的方向奪門而出，直往樹林中奔去。

故事中，落難的美人通常都會遇到貴人出手搭救。可江離此番的厄運還沒結束呢。她才跑沒多遠，突然足踝一拐，直接跌入路旁的泥濘裡。

這一刻，她覺得自己真的是蠢透了，跑一跑居然還會被該死的樹根給絆倒。且剛爬起來，便聽見上方傳來一陣熟悉的嬌笑。

「虧我還以為妳是個有意思的人呢……如今看來，也不過是個草包。」

梅梅從樹梢躍下來，手裡把玩著一個精緻的香囊，看向江離的表情媚眼如絲，頗有種落井下石的意味。

這回江離是真的火了。她直接從地上抓起一塊石頭，朝對方丟去。

梅梅躲開飛來的石子，咯咯笑道：「妳們人類真奇怪，又不愛聽假話，又不愛聽真話。我就笑妳了，妳待怎地？」

江離揉了揉被蹭破皮的膝蓋，怒道：「我自己做出的決定，與妳何干？」

聽到這，梅梅的表情終於有一點收斂了。

「妳別太不識貨！」她冷笑道，「那隻呆頭鵝雖然呆，但好歹對妳是真心的，這點連瞎子都看得出來。這輩子能夠遇上自己在意，同時也在意自己的人，已經是極大的福氣了。既然如此，兩個人為什麼不能爽爽脆脆地在一起？為什麼總是要躲躲藏藏？妳說我不能管，本姑娘偏要一管到底！」

說到這，臉色突然暗了下來：「若不緊緊抓住，幸福可是會長腳跑掉的。若妳連這一點都不懂，那就活該一輩子傷心難過！」

即使是在青樓之中，江離也鮮少聽見這樣的話。簡直是白刀子進，紅刀子出。那些素日裡，她敢想不敢做的事，一下子全被對方攤在了陽光之下。

或許因為妖怪的身分少了禮教的束縛，一切在梅梅的眼中都是那麼的理所當然，根本無須猶豫。

江離聽得心酸至極，彷彿冰水夾雜著無數尖銳的冰淩兜頭淋下。可儘管如此，她也騙不了自己，更無法迴避自己內心深處的情感。

「別說了……」她懇求對方，語氣細弱而嘶啞。

而另一廂，當霍清杭一發現江離失蹤時，就立刻從屋子裡追了出來。楊氏緊跟在後，叫道：「你上哪兒去？若是要去找那個狐媚子，就別再回來！」

霍清杭不常感到憤怒，也不常感到激動。可這一刻，他發現自己既憤怒又激動。

他猛地停下腳步，甩開叔母的手：「我本就沒打算要回來！若不是為了二娘，我根本不會再回到這個地方！這麼多年過去了，我還以為妳是真的改變了。沒想到，還是和以前一樣，只在乎自己的臉面，半點情分都不顧念……」

「算了，讓他去吧！」霍清杭的叔父也走到了門口，手裡還提著一柄剛磨好的菜刀，「爛泥是扶不上牆的，俺早在十年前就看清了！」

這個剎那，霍清杭感覺全身的熱血都衝上了腦袋。當年自己為何甘冒餓死的風險也要離家出走，其背後的原因，他總算全都想起來了。他自問對身後二人再無半句話好說，直接抬腳就走。

但在附近找了半天，仍不見江離的蹤影。眼見天色逐漸暗下，霍清杭心頭開始發慌。本打算回頭找鈴等人幫忙，途中卻忽然想起一件極重要的事來。

他雖然整日被梅梅騎在頭上「呆頭鵝、呆頭鵝」地叫，但總歸也不是個笨蛋。他再次繞回昔日的「秦府」門口，向看門的僕從問道：「這位小郎君消息靈通，可知從前的秦老爺身故後葬在何處？」

「喏，就在竹林後面的雙風坪那裡。」

「那請問，稍早是否還有人來問過同樣的問題？」

那小廝吃了一驚，道：「你怎麼知道？」

霍清杭無心解釋，抱拳一揖，隨即轉身往雙風坪的方向趕去。

果然，才剛出了竹林，便看見嫋嫋白煙從不遠處升起。

霍清杭的瞳孔驀地一縮，一路狂奔過去。而當他終於瞅見墓前那道熟悉的背影時，只覺得宛在夢中，連呼吸都差點忘了。

「——阿離！」

這回，他不是喊她「江姑娘」，也不是喊她「二娘子」。這個稱呼很自然就從他嘴裡衝了出來。

江離放下紙錢，回過身，正好被對方拉進懷裡。她不由微微一驚。

「六郎？」

她感覺對方的身軀微微哆嗦著，呼出的熱氣一陣陣地撲在頰上。驚詫很快被溫柔所取代，她的眸光逐漸漾開，融成一片無邊的柔情蜜意，比起碧波萬頃的太湖，有過之而無不及。

「傻瓜……」她低聲埋怨，「奔那麼急幹嘛？事到如今還怕我跑了不成？」

「我……」霍清杭被這麼一問，頓時面紅耳赤，緩緩鬆開了手，「妳是不是生氣了？」

「不。」江離搖頭，伸手將對方垂落的散髮別到耳後，「我就喜歡你這樣叫我。從今以後，就當秦襄離這人死了吧。反正我也不喜歡這名字……多拗口啊。」

她轉身面對父母的墳頭，心想：「阿爺，阿娘，請你們原諒女兒。女兒今日去了，就不會再回頭！」

她跪下，霍清杭也陪著她一起跪。兩人一同深拜稽首。

正所謂野火燒不盡，春風吹又生。她前半生的愛恨，已在挹芳院的那場大火中燒了個精光。如今，月亮再度升起，她又是一個全新的人了。

燒完了紙錢，江離擦乾眼淚，拔出匕首。在霍清杭還未弄清她要幹什麼之前，她就已經拔下簪子，甩開長髮。手腕翻動間，斬秋的寒光一閃而過，將那叢瀑布般的秀髮削了下來。

三寸青絲與灰燼一同紛紛落地。江離將剩下的頭髮綰起，心想：「自己這一生或許千錯萬錯，且直到今日仍在錯誤的路上執迷不悟——但至少她自由了。別人指指點點，那是他們家的事。反正她從來就不是什麼好女人。」

她拉起霍清杭的手，說道：「咱們走吧。」

但直到快走到城門口時，霍清杭才鼓起勇氣問她：「關於先前的問題，妳有答案了嗎？」

江離笑了笑：「傻瓜，我早就答應了。」

「什麼……什麼時候？」霍清杭一高興起來，連舌頭都打結了。

江離不慌不忙地轉身。四目相接的同時，雙手已悄無聲息地環上了霍清杭的肩膀。她掂起腳，在對方的鼻尖輕輕一吻。

「當一個姑娘這麼做，便是答應了。」

伍

這一夜，江離的心情格外好，連帶客店裡氣氛也跟著高揚了起來。幾人叫了滿桌子的好菜，還點了兩罈劍南春，弄得和大過年似的。除了被江離嚴禁喝酒的鈴之外，其他人喝到夜半，都有些醉眼朦朧了。

瀧兒生平頭一次喝烈酒，覺得特別新鮮，特別爺們兒。江離看著那小傢伙抱著酒壺猛灌，邪邪一笑，附到鈴耳邊道：「不好。我看妳徒兒要被咱們帶壞了。」

看著瀧兒勾著霍清杭的肩膀，拍桌大嚷的憨態，鈴也頗為無奈：「別管他們了……」她端起茶盞，對江離說：「這一杯，祝妳花好月圓。」

江離見她巧笑倩兮，突然間，眼淚就忍不住了。她直接撲到鈴的懷裡，放聲大哭起來。

「又哭又笑，莫名其妙……果然是新娘子。」鈴調侃她。

兩人抱成一團，江離吸著鼻子道：「妳是這世上最好的朋友。不過，幸好妳不是個男人，否則，我絕對不會放過妳的！」

「不錯，我就是世上最好的朋友！」鈴大剌剌地笑著同意。

她見對方醉得不輕，就趁著她不注意，偷偷將碗裡的酒湯給倒了：「放心吧，就算沒有我，妳也會兒孫滿堂的。」

江離聽著這話，迷濛地笑了。

金樽在握，知己傍側，秋夜如霜，歲月靜好。這般良辰美景，當下總覺得可以恣意揮霍，直到清醒後才發現，就連回憶都是難能可貴的。

痛快的一夜過後，幾人一直睡到隔天正午還起不了床。

鈴不想去打擾江離和霍清杭，偏偏自己又貪懶犯睏，於是把瀧兒給搖醒，打發他上街去買吃食。瀧兒嘴上抱怨了半天，最後還是乖乖出了門。

他一個人走在街上，左看看，右瞧瞧，最後停在一家賣羊肉羹的舖子前。

「小郎君，來碗肉羹吧！」

混雜著羊肉和蔥白的濃郁香氣撲面而來。瀧兒望著鍋中呼嚕作響的湯汁，依稀想起在揚州的日子，鈴似乎很喜歡吃這個。

他買了五份肉羹，付了錢，正要返回客棧，走著走著，一個不留神，撞上了前面一位擋路的胖子。

他怔了一下，心想：「這傢伙是何時跑到自己面前的？」

但他今日難得心情不差，也懶得計較這些了，便打算繞道而行。然而，才一轉頭，雙腳忽地騰空，竟被人從空中提了起來！

那人身手極快，瀧兒連反應的時間都沒有，買好的食物直接灑了一地。

「操你大爺！」

「呵！瓜娃子好大的口氣！當街橫行，是把這裡當自個兒家嗎？」

說話的正是擒住瀧兒的男子。此人布衣草履，扁臉厚唇，挺著個大肚子，看著像個市井屠夫，力氣卻大得出奇，一雙油黃黃的小眼珠不時閃爍幾下，不知在想些什麼。

瀧兒臉皮紫漲，怒道：「分明是你這矮胖子擋了老子的路！再不鬆開，我可要不客氣了！」

「是嗎？」男子哈哈大笑，「我倒想見識見識。」

瀧兒還要回嘴，矮漢身旁忽然又出現了三個陌生面孔，分別是相貌堂堂的儒雅書生，一頭金色長髮的蒙面男子，和頭戴幃帽的中年婦人。

「好端端的，張三，你鬧什麼？」

那書生說著停下腳步，眉頭微皺，而那婦人卻笑了：「三哥，你怎麼這般童心未泯？欺負孩子，也不怕惹人笑話……」

然而，不等她話說完，瀧兒忽然臂彎向後推出，狠狠撞在張三的「曲澤」穴上。這招的時機妙至毫巔，張三身子略偏，腕處一鬆，抓著瀧兒的手頓時撒開了。

瀧兒翻滾兩遭落地，趕忙又爬了起來。抬頭時，卻見對面四人盯著自己，均是滿臉詫異。

同時，周遭的空氣也跟著一變。市井的喧囂紛紛隱去，風中滿是肅殺氣息。雙方就這樣對峙了片刻。緊接著，四名怪客中的青衣書生緩步出列，叉手冷笑：「失敬失敬，原來是同行啊。」

行走人間江湖的妖怪，相遇時習慣稱呼彼此為「同行」。但瀧兒是個初出茅廬的大老粗，哪裡懂得這種切口，還以為對方是想和他套近乎，於是啐道：「誰和你這酸氣沖天的書呆是同行啊？」

外號張三的男子聞言，笑得直打跌：「你們瞧！這小子張口就來，連老孔也敢罵，膽子果真不小！」

「區區一隻小妖，能有多大本事？」那婦人嗓音細柔，眼底卻殊無笑意，後方那名蒙面男子則冷冷道：「幾分真假，一試便知！」

瀧兒見這幫傢伙來者不善，也沒在怕。他凝了凝神，下身站穩樁步，心想：「正好來試試這段時日特訓的成果！」

他素來任性莽撞，做事從來不假思索。心念未已，人已躍至半空，身形飄忽，朝張三出掌進攻。

張三身子不動，右腿橫掃，猛往瀧兒踢去。此招來得又狠又急，瀧兒只覺得眼前一花，當即栽了出去。他不死心，立刻又竄了起來，左手橫出，一招「雷山小過」朝敵人下路進襲。

但這點攻擊對張三而言似乎不痛不癢。他大手一揮，便將瀧兒彈出半丈之外，簡直跟拍開一隻惱人的蒼蠅沒兩樣。

幸虧瀧兒墜落時急中生智，即時翻身踩穩了地面，這才沒摔成重傷。然而跳起時，卻發現那名書生不知何時已閃至身前。他臉上猶如罩了一層嚴霜，二話不說便將瀧兒的雙臂向後擰，喝道：「說！剛才那招是誰教你的？」

瀧兒骨頭被捏得「喀喀」作響，奇痛無比，卻不肯鬆口，梗著脖子叫道：「就不說！有本事你殺了我啊！」

「好，我這便廢了你！」青衣男子氣得嘴都歪了，正欲痛下殺手，卻聽見後面傳來熟悉的叫喚。

「讓你出門買點吃食，半天都不見人影，到底是跑哪去——」

鈴早已察覺事情不對了，原想出聲唬對方個措手不及，卻不料，話到一半，自己倒先愣住了。

她望著那名抓著瀧兒的男子，臉上神色忽變：「二叔，您怎麼在這？」話音未落，目光又跟著掃過其餘三者：「三叔，四叔，薔姨，你們……」

「自然是來找妳的。」那婦人說著脫下幃帽，露出一張清秀如蓮的面龐，一襲白色羅裙洗盡鉛華，彷彿從古畫裡走出來的女仙，「怎麼？難道我們不該來？」

名為張三的男子指著瀧兒：「這小兔崽子又是哪兒蹦出來的？」

鈴怎麼也沒想到會在這裡遇見赤燕崖的同伴，好一會兒才從震驚中回神，開口解釋：「瀧兒是我在外結識的一個朋友，性格有點桀驁，三叔別和他計較啊。」

「原來如此。你們交情還真是好啊，居然到了私授武功的地步。」被稱為薔姨的女子目光在二人之間不斷徘徊。那似笑非笑的表情瞧得鈴背脊發寒。她正想回答，隔壁的瀧兒卻率先嚷嚷起來：「該死的……惡婆娘！這些怪物到底是什麼來頭？」

他口中的四個「怪物」不是別人，正是赤燕崖赫赫有名的四大護法——蠍妖薛薔，孔雀精孔達，狌狌張詰，以及夔牛孫昊。

他們不僅是韓君夜的心腹，也是從小看著鈴長大的長輩，曾傳授過她不少本領。因此，雖說妖怪沒有拜師收徒的習慣，可對鈴來說，他們就和她名義上的師父沒什麼兩樣。

四者當中，孔雀精孔達相貌儒雅，脾氣卻尤為火爆。

鈴見他神色不豫，右手不斷加大勁道，將瀧兒壓得幾乎喘不過氣來，頓時急了：「二叔！您先放手，咱們換個地方說話可好？」

但孔達可沒那麼容易上當。他曉得自己這個徒弟看著乖巧，鬼主意卻多。

「妳有話直說便是，何必顧左右而言他？」他冷笑，「這半年來，妳逍遙在外，到底都幹了些什麼好事，連我們都不能說？」

「我……」鈴一時語塞。

「我們放妳下山是為了歷練，不是惹事！」孔達又道，「妳可別會錯了意！」

「可既然師父已將十幾年前的一切告訴了我，我又怎能坐視不理？師父被害的經過、《白陵辭》的下落，這些事我非得查清不可。就拿這次的天月劍會來說好了……」

鈴嘗試著解釋自己這段期間的發現，可才沒說幾句便被孔達打斷了。

「荒謬！這些事豈是妳一個黃毛丫頭能夠探究的？只怕妳還沒查出個底來，就已經聰明反被聰明誤！妳的所作所為，根本就是小孩子的格局！」

「好了，好了……」薛薔看鈴還要反駁，連忙跳出來緩頰，「凡事都等到回去後再說吧。相信鈴兒這麼做，也定有她的道理。」

「什麼狗屁道理！」孔達怒道，「凡事照做就是了！她的臭毛病就是被你們慣出來的——廢話太多！」

「哎不是，老孔，你這話啥意思啊？」張詰沒好氣道，「你從來看誰都不順眼，這些年若不是我們攔著，小丫頭早就被你生吞活剝了……」

「她不服管教，難道不該罰？」

「那也該等弄清前因後果再做定論，你急什麼？」

張詰和孔達你一言，我一語，吵得正起勁，一旁的鈴卻突然開口了：「我是不會跟你們回去的。」

此言一出，周圍的空氣一下變得安靜無比，就連瀧兒也不禁為對方捏了把冷汗。畢竟他再遲鈍，也看得出眼前這四個怪客絕非易與之輩。他們所散發出的氣場和一般的妖怪根本不能相提並論。就拿方才來說，那個叫孔達的男子是真的打算殺了他，絕非嘴上說說而已。

「鈴，妳可想清楚了？」夔牛孫昊正色問。

雖說他總蒙著面孔，給人一種難以親近的感覺，可實際上卻是四大護法中最溫和的一位。鈴沒忘記，從前她被師父責罰時，都是四叔出面替她求情的。

她望著對方面巾上方露出的紫色瞳眸，語氣愈發懇切：「求求您，再給我一點時間，待我查明一切，自然會回赤燕崖。屆時要打要罰，我絕無二話。」

孫昊聽得微微蹙眉：「若妳師父還在，也絕不會同意妳這般胡來。」

「四叔，您一向懂我，我也從沒有求過您什麼，就這麼一次，放我們走吧！」

「這……」孫昊猶豫了，可一旁的孔達卻是臉色青寒，忍無可忍。他把鈴剛剛的解釋拋諸腦後，一股腦兒把氣出在瀧兒頭上。

「為了這小子，妳便要背叛師門？他就是個廢物！」他單手將瀧兒拎起，厲聲道：「如今，整個武林都在謠傳妳殺了青穹四劍！妳可知這樣的行為會引發什麼樣的後果？」

「你說什麼……青穹派那幾個傢伙……死了？」

前一刻還在奮勇掙扎的瀧兒聽到這句話，整個人如遭雷擊，愣在當場。

「這不可能……」他雙眼瞪大，緩緩轉過頭，不可置信的目光落在鈴身上。

鈴在先前和張迅騎最後的對話中，知曉了青穹四劍遇害一事，怕瀧兒知道報仇無望後做出過激的行為，便沒有把消息告訴他。她沒想到孔達會突然提起此事，心裡也是一驚。

而瀧兒見她神色有異，頓時恍然大悟，原來自己這段期間一直被蒙在鼓裡。

這一剎那，他感覺自己的血液和骨頭都要燃燒起來了。一股前所未有的憤怒霸占了他的身心，將先前的恐懼全拋到了九霄雲外。

人在發瘋時，往往會爆發出意想不到的力量。下一刻，他不顧手上疼痛，大吼著往孔達身上扎去。

這招「尾生抱柱」看似笨拙，實際上卻是一道同歸於盡的殺手，專門拿來對付武功高於自己的敵人，若挨得實了，非筋斷骨折不可。

孔達吞身閃避，嘴角噙起一抹冷笑：「有點意思。」

此時，張詰已舉起了降龍棍，孫昊也祭出了偃月刀。在四對一的包圍下，瀧兒卻絲毫不懼。他心中早豁出去了，全身血脈賁張，想著：「一不做、二不休，今日索性和這幫怪物拼了！」

鈴見少年神色扭曲，胸口一痛，忍不住叫了聲：「瀧兒！」

她心裡也明白，自己隱瞞了青穹四劍遇害之事，在瀧兒最在意的事情上背叛了他，以對方的脾氣，或許從今以後再也不會相信自己……可即使這樣，她也斷斷不能袖手旁觀啊！

正要衝上前阻止，卻被薛薔攔住了。

「不過是隻小狐妖，犯不著啊。」她低聲警告。

而就在她說話的空檔，瀧兒已化作一道陰風，挾霜欺雪，直撲孔達而去。在幻術的迷障下，那條飛影似霧非霧，飄忽如鬼魅，將光天化日的長街上，生生將人逼出一身冷汗。

「瀧兒！」鈴停下腳步，又喊了一聲。

可事到如今，瀧兒哪還聽得進去？只見他眸底掠過一道紅光，暴長的指爪化為青黑，竟有了走火入魔的跡象。

丹田湧出的真氣排山倒海，彷彿要將他吞沒。然而，就在即將碰到敵人之際，他突然感覺胸膛炸裂開來，恰如崩到極處的琴弦，「啪」的一聲斷裂，連腸子都疼得打結。

他一個趔趄撲倒在地，臉頰擦出一條長長血痕，腦袋嗡嗡地響：「為什麼使不出來？自己明明苦練了那麼久……為何到頭來，結果還是一樣？」

但事到臨頭再來發問，未免太遲了。

兔起鶻落間，孔達的折扇已逼至眉睫。就在瀧兒以為自己死定時，忽然聽見後方有人大喊自己的名字，接著就是一串滴滴答答的聲響。

「——你給我清醒一點！」

這話像一記脆亮的耳光扇在瀧兒臉上。他一抬眼便看見折扇中飛出一支扇骨，利如短箭，距離自己的眉心不過半寸之遙。若非鈴及時出手接住了暗器，此刻的他早已腦袋開花了。

空氣中浮漾著濃郁的血腥味。瀧兒感覺自己的五臟六腑全都一扯一扯地揪疼著。

但事情發展到了這步田地，他早已心如死灰，就好像多年前青丘的那場血劫一樣——有些事，一旦發生，便再也回不了頭了。

他不理會對方的咆哮，顫抖著爬了起來，眼神比大雨過後的煙花還冷。就算是鈴，也從未見過他這般表情。

「咱倆完了……敢跟來，就殺了妳。」他目色雪寒，盯了鈴老半天，好不容易才從牙縫中擠出這句話來。說完，便轉身一瘸一拐地走了。

鈴呆望著少年的背影，想叫住對方，聲音卻卡在喉中出不來。

這一刻，她彷彿連痛覺也失去了，直到薛薔撲上去拔開她的手，才發現掌心早已鮮血淋漓。

薛薔握住徒兒的手，又憤怒又心疼：「妳瘋了！若剛剛再低一寸，妳的腕脈可就要廢了！就為了一隻小狐狸精……妳這孩子，到底在想些什麼？」

但說到這，她臉色忽然變了，眼中閃過一抹詫異：「難不成妳和他……」

孫昊也皺起眉頭：「締結魂契是何等大事？妳可考慮清楚了？」

「這是我自己的決定，用不著替我操心。」

「別以為我不知道妳在想什麼。」孔達收回寶扇，冷森森道，「可不管人或者妖，一旦執念入魔，便是無藥可救。妳還是死心吧。」

「若師父當年也放棄了我，我今日也不能站在這裡了！」鈴說著，甩開薛薔的手，當場跪了下去，「弟子確實有罪。但有些事情卻是非做不可！否則我一生都將難安！」

「什麼安不安的！」張詰冷嗤，「咱們是妖怪，又不是和尚道士！」

鈴卻彷彿沒聽見他的話：「師父從小便教我，做人當以義字為先，凡事但求無愧於己！若我連這點都做不到，練再多的武功又有何意義？」

一番話說得對面的四大護法都愣住了，不知這個向來乖巧的徒弟到底犯了什麼病。

孔達臉色鐵青，額角青筋突突地跳：「如今的江湖形勢和十七年前相比，早已大不相同。青穹四劍一案鬧得沸沸揚揚，眾人皆以為《白陵辭》在妳手上。青穹掌門薛幽棲召集天下除妖師，聲稱要討伐赤燕崖。眼下，六大門派都已在趕往塗山的路上了。若妳覺得，光憑一紙真相就讓司天台俯首認錯，將十多年來的血債一筆勾銷，那就太天真了！」

鈴牙一咬，說道：「我不信！天下人都瞎了眼睛不成？」

薛薔柳眉緊蹙，眼角含了一絲凜冽：「等妳長大就知道了。這世間本就沒有太多的路可選，若想有所得，必要有所捨。妳今天也沒有選擇，必須和咱們回去！」

鈴聞言沉默了片刻。可對她而言，此事打從一開始便是不容猶疑的。

「既然如此，那麼弟子就唯有抗命了。」

話音未了，她的身邊忽然吹起一陣粉白色的花雨。四大護法見狀，紛紛退後，擺出禦敵之勢。

「不知死活的梅花妖！」孔達銜著滿天的飛花怒道，「連妳也要造反嗎？」

花叢間傳來梅梅脆生生的笑聲：「反什麼反？我只聽少主一個人的話。她要我幫誰我就幫誰，要我殺誰我就殺誰。我管他是誰呢！」

在雲琅的推波助瀾下，飛花的速度更急了，鑲白的花瓣在空中狂舞，宛如片片飛刀。面對漫天席捲的利刃，孔達等人不得不拔出兵器自禦。鈴則趁此機會施展輕功，闖出了包圍。

她知道梅梅和雲琅定會想法子替她拖住幾位師長，於是毫不猶豫，轉身就跑。

她追出了城門，又繞了城郊轉了一大圈，卻連瀧兒的氣息都沒感覺到，回想起對方最後的那句話，一顆心沉沉地向下墜。

她氣極了，卻不知是氣對方，還是氣自己。如無頭蒼蠅般奔忙了小半個時辰，最後決定還是先和江離、霍清杭兩人會合，好好冷靜一下。

然而一回到客棧，卻發現房中一片凌亂，竟連個鬼影也沒有，半開的窗上繫著一條白色的錦帕，上頭寫著「塗山頂峰，恭候大駕」八個字。

這條帕子乃是江離的愛物，平時從不離身。鈴一手抓起，一口氣奔到樓下，想找掌櫃問個明白。但對方支支吾吾了半天，卻是什麼也交代不清。

鈴怒急攻心，將對方拽到門前的大酒缸前，直接把他的頭往水底下壓：「再說一次不知道，我就讓你從此浮不起來！」

那掌櫃的撲騰了半天，直到鈴將他從水中揪起時，才一把鼻涕一把眼淚地承認，江離他們是被一群佩劍的年輕男子帶走的。

「那些無賴各個兇狠，武功又高，咱們根本攔不住啊……」他哆嗦道，「那對小夫妻，還有那位小郎君，全被他們帶走了。」

鈴心頭一跳：「小郎君，莫非指的是瀧兒？」

但那掌櫃還沒哭訴完呢。他指著門口破了一個大洞的招牌道：「他們在此處大打出手，把其他客人都嚇跑了，害得咱們都沒法子做生意啦……」

鈴瞳孔一凜，心想：「那肯定是瀧兒！」

「帶頭的是不是個白衣公子，高高瘦瘦，臉上還帶著傷？」

「是，正是！」掌櫃叫起來，「女俠行行好吧！俺家上有七旬老母，下有夜啼小兒，若有三長兩短，就要揭不開鍋了啊……」

「那還不快備馬！」鈴怒道。

幸好，武冬驥等人沒有聰明到連馬一起帶走。江離的那匹「秋子」在馬廄裡休息了一夜，精神可足了。

鈴抬手輕撫牠的鬃毛，低聲道：「快帶我去救你的主人。」那馬兒極具靈性，當即揚起四蹄，載著她如箭矢般衝了出去。

第拾參章、英雄關

壹

卻說，瀧兒當日是如何落入塗山派手中的呢？

他和鈴分道揚鑣後，陷入了極度的低潮，兩條腿盲目地向前走著，心裡卻空落落的。「不可以哭！」他命令自己。可就算這樣，眼睛後方仍然傳來一陣激熱。

且他方才嘗試使出練妖術，非但沒有成功，真氣還反噬自身，造成了沉重的內傷。隨著憤怒、委屈的情緒一股腦兒湧上，胸口的疼痛也變得越發清晰。

他在城南的巷陌中亂走了一陣，終於支持不住，背脊撞上一旁的牆壁，低頭「哇」的一聲，噴出一大口鮮血。

無法手刃仇人固然可恨，可弔詭的是，他發現自己更加介懷的卻是鈴對他隱瞞了青穹四劍遇害之事。這背後的原因，連他自己都解釋不清。

在青丘遭滅後，他曾對阿爺阿娘和姥姥的在天之靈發誓，再也不相信任何人了。可就在他以為全世界都棄他而去的時候，卻有人將刀交到了他手中，承諾要助他一臂之力。

一朝道義斷精魄，從此心有靈犀通。兩人之間經厲了重重磨難，好不容易才建立起的信任，卻在一瞬間土崩瓦解。而比起最初的孤獨，此刻的孤獨更加扎心百倍。

氣血翻湧間，瀧兒忍不住捂胸大咳起來。

這時，正好有個抱著孩子的婦人拐進小巷裡，瞥見他滿身鮮血地癱在牆角，尖叫一聲，轉身就跑。

「跑什麼跑？」瀧兒在心裡咆哮，「老子還沒死呢！」

他抹開嘴角的血跡，雙手扶牆，吃力地站了起來。

不管接下來要去哪，總之，先離開這個鬼地方再說！他抱著這樣的信念，步履蹣跚地走出了巷子。沒多久，卻發現自己竟在無意間繞回了原先的客棧附近。

只見客棧前站著幾名打扮紈褲的年輕男子，正拉拉扯扯的不知道在搞些什麼。

「哼！以為抓了我們倆，就能為所欲為嗎？原來六大門的除妖師，行為竟是這樣齷齪無恥！」是江離的聲音。瀧兒停下腳步，凝神諦聽。

這裡好歹是大街上。那名抓著江離的塗山派弟子緊張起來，想去摀對方的嘴，卻被用力推開。

「嘿，姑娘，我奉勸妳還是別自找罪受，乖乖和咱們走。」

「受罪？」江離冷笑，「本姑娘才不怕你們這些跳樑小丑！只怕到時候事跡敗露，吃罪不起的是你們！」

瀧兒一眼便認出帶頭的惡少正是之前曾在茶攤有過一面之緣的武冬驥。他見那群人正打算將江離和霍清杭強押上車，頭腦還未思考，身體便自己動了起來。

他不知從哪生出來的力氣，衝上前，撞開了那名抓著江離的塗山派弟子。

江離見他渾身是血，忽然出現，吃了一驚：「小狐狸，發生了什麼事？你師父她人呢？」

瀧兒氣喘吁吁，沒有回答。他此刻內力耗竭，連妖氣都無法再隱藏。

雖說那群塗山派弟子都是一些不學無術，整天跟在武冬驥屁股後面晃的廢物，但看見鈴和梅梅不在，又仗著人多勢眾，膽子自然就壯了。武冬驥本人更不會放過這個機會。

「好啊，搞半天，原來是隻狐妖啊。」他打量瀧兒片刻，忽地猙獰一笑，「今日沒人罩，看小爺玩死你！」

其實，以瀧兒現今的實力，未必打不過這些人。但眼下，他身受重傷，根本是靠著一口氣在硬撐。

他朝武冬驥一爪揮去，卻被輕易躲了開。同時，另一人從背後挺劍偷襲他背心。江離見狀，急叫一聲：「小心！」

瀧兒旋身避過，卻又差點摔倒。武冬驥趁隙進招，拳腳並施，絲毫沒有手下留情的意思。

瀧兒挨了幾下，嘴角飛出一點血沫，片刻後，卻又赤紅著眼爬了起來。就這樣，一次又一次。到後來，眾人見他遍體鱗傷，眼中卻依舊殺氣濯濯，心裡都有些發毛。

唯有武冬驥越打越上癮。他抬起腳跟，狠狠踹在對方的左腿上，邊踢邊道：「憑你一個殘廢，也敢和小爺作對？真真可笑！」

「住手！」霍清杭再也看不下去了。他雙手被反綁在後，身子不斷扭動，憤怒道：「一群大男人欺負一個小孩子，算什麼英雄好漢？」

但武冬驥只顧著狂笑，哪裡把他放在眼裡？

瀧兒感覺自己渾身的骨頭都要碎了。一片慘烈的痛楚中，他抱著左腳的傷口，耳邊彷彿聽見江離激動地喊著什麼。他眼前有好多好多的螢火蟲在飛舞，就和鈴初次見面那天，在江上看見的景色一樣……

「我真是天下第一的蠢蛋……」他橫倒在血泊之中，心想。

然而，滾滾而來的劇痛實非常人所能忍。漸漸地，他連思考的力氣都沒了，就這樣昏了過去。

再次醒轉時，瀧兒只覺得頭疼欲裂，渾身虛弱得沒有一絲力氣。他感覺有人正用濕布擦拭他的額頭，忍不住抽搐了一下。

「別動。」是江離的聲音。她按住了他亂動的手。

瀧兒雖閉著眼，卻依稀感覺得出，幾人正在一座移動的車廂中。車子在蜿蜒的山路上顛簸前進，前方傳來「得得」馬蹄聲，車軸碌碌滾動，輾過樹枝和碎石。

江離將水袋湊到他嘴邊，瀧兒飢渴地飲下。喝完水後，終於覺得腦袋清醒了一些，這才緩緩撐開眼皮。

他發現自己腿上的傷口已經止住血了。

「我……」

「若還想留著這條腿，就別再亂動。」

見江離表情嚴肅，瀧兒撇開臉，彆扭地道了聲謝。

「你該謝的不是我。」

瀧兒側臉一繃，沒有回答。隔了片刻，江離嘆了口氣：「我終於知道為何鈴要收你為徒了。你倆啊，簡直就是同塊石頭裡蹦出來的！」

「他們似乎是要把我們帶去塗山。」一旁的霍清杭說道。

原來，他剛剛出去上茅廁時，偷聽到了兩名看守的對話。

「看來這些人還真的是塗山弟子。」江離道，「可咱們又不是什麼重要人物，何必大老遠地把我們帶回塗山？」

「好像是六大門準備在塗山召開群雄大會。」霍清杭沉吟，「我聽見他們在討論一本秘笈的下落……好像叫什麼……《白陵辭》。」

江離從沒聽過這個名字，卻下意識地柳眉緊蹙。

而就在此時，躺在角落裡的瀧兒突然一下坐起，又開始劇烈地咳嗽。霍清杭連忙拍拍他的後背：「小兄弟，你還是別再逞強了，好好躺著休息吧。」

可瀧兒好像沒聽到他的話一樣。

「《白陵辭》！」他慘白著臉道，「那是司天台之變中失蹤的寶典。江湖上說：『白陵岐術，天下相爭，邪魔具現，江河四溢，千仞之山，轉眼成塹，廟堂之巍，安能不懼？』指的就是它！」

江離和霍清杭聽見詩中所描繪的不祥畫面，互望一眼，紛紛感到背脊攀上一股寒意。

「可這和鈴又有何干係？」江離疑道。

瀧兒的頭暈得愈來愈厲害了。他也不清楚問題的答案。他唯一知道的是，自己已完全不想再聽到那人的名字了。

「話說回來，那天到底發生了什麼？你怎麼會受內傷？」江離一邊扶著瀧兒躺下，一邊念叨，「鈴也真是的，連唯一的徒弟都照顧不好……」

「話雖如此，可我們一下都不見了，鈴姑娘現在肯定急壞了。」霍清杭愁道。

「別擔心。」江離說著，伸手撥了撥瀧兒的瀏海，「那傢伙肯定很快就會追上來。所以啊，你要趕快好起來，可別讓她看見你這副病懨懨的模樣。」

瀧兒平時最痛恨別人隨便碰他頭髮了，但無奈現在身體動彈不得，只能乾瞪眼。一旁的霍清杭被他瞪得打哆嗦，江離卻還笑著：「怎麼一提到你師父就不開心？你倆吵架了？」

瀧兒咬緊牙根沒有說話。

「還真是……」看見少年倔強的表情，江離頓時哭笑不得，「反正八成又是她擅自做了什麼決定吧。她就是這樣的性子，愛多管閒事，卻又總是不把話說清楚，你別太往心裡去。」

瀧兒咀嚼著她的這番話，嘴裡嚐到的卻盡是苦澀。江離見他始終不發一語，只道他累了，也就不再逼問。

隨著車裡安靜下來，瀧兒又昏沉沉睡了過去。

再度醒轉時，馬車已經停下了。霍清杭掀開車簾，只見天邊剛露出一點魚肚白，四周的山陵霧濛濛的，頗有些雲深不知處的味道。

持劍的塗山弟子們打開車廂門，將三人雙手反綁，趕下了車。

瀧兒目前的狀態，光是站立都很勉強，可武冬驥等人卻毫不在乎。若非江離和霍清杭全力相護，那些除妖師又準備對他拳打腳踢了。

「各位兄台好歹也是名門高弟，難道不能斯文一點嗎？」霍清杭忍不住出口責難，卻只換來輕蔑的笑聲：「哼，若非少爺另有安排，咱們早就把你這臭窮酸扔去餵狗了！勸你還是別多管閒事！」

「你們到底想怎麼樣？」江離橫眉怒斥。

武冬驥冷冷瞟她一眼。接著手一揚，立刻有人搬來一座兩尺寬的鐵箱籠：「把那隻狐妖關起來，我要把他的皮扒下來，獻給父親！」

「你……！」江離簡直要氣瘋了。但空有一身凜然正氣，她和霍清杭又能如何呢？最後還是只能眼睜睜看著瀧兒被塞進那只小小的鐵籠之中。

武冬驥自覺幹了件了不起的大事，得意得很，命人將瀧兒抬了下去，這才親自押著江離和霍清杭去見掌門。

貳

塗山，天轅台。

隨著五大門派紛至沓來，塗山頂峰這段時間可謂熱鬧一時。然而，就在群雄大會即將召開的這天清晨，卻有一名紫袍男人獨自站在台邊，俯瞰著底下攢動的人群，兩道劍眉中間皺出一座小山。

此人不是別人，正是塗山掌門武正驊。

做人，往往是站得越高，看得越清楚，身邊也就越孤獨。對武正驊而言，事隔十多年，六大門派再度齊聚一堂，確實算不上什麼令人振奮的事。尤其這回，雖然仍由塗山派擔任東道主，但號召眾人的卻是青穹派的薛幽棲，而背後的主導權，更是牢牢掌握在天道掌門趙拓的手裡。

沒有人比武正驊更懂得，何謂江湖險惡，人情冷暖。在韓君夜身敗名裂後，是他一力挑起了塗山派的大樑，讓這個曾經盛極一時的門派免於分崩離析的命運。但自接任掌門以來，他也一直面臨著來自各界的壓力。除了司天台的打壓，門內也不曾有過一刻安寧。甚至有不少人將塗山的敗落歸咎於新掌門領導無方，繼而叛出門牆。但儘管如此，為了大局著想，武正驊仍然全部忍了下來。

興許正是因為這樣，這個曾經風流倜儻的少俠才會剛過不惑之年便已雙鬢皆白。

他方才去禹德殿迎接國清寺方丈常祚法師，殊不知，才回到天轅台不久，武冬驥便率人闖了進來。

此處乃是掌門清修之地，照規矩是不可以隨意進出的，何況武冬驥還是剛從山下回來，靴底都沾滿了泥。然而，這位世子爺的脾氣，門中又有誰敢攔他的大駕？

武正驊遠遠望見兒子大步流星地走來，臉色立刻沉了下去。父子倆幾乎同時開口說話。

「阿爺，我有好消息！」

「誰讓你進來的？」

武冬驥的外表幾乎和武正驊年輕時候如出一轍，可兩人的作風卻是大不相同。武正驊這個做阿爺的，最是受不了兒子輕浮毛躁的性格。他皺起眉，將眼光投向武冬驥身後。

一行人中，除了幾名與武冬驥交好的師兄弟，還有一對臉生的年輕男女。那女子雖有絕色容顏，神情卻十分羞惱，且她和她隔壁的青年都是雙手被綁，絲毫不會武功的模樣。

「這二位是？」

「他們都是赤燕崖妖人的黨羽，兒子好不容易才擒住的。」

武冬驥大剌剌地炫耀，但話還沒說完就被打斷了。

「胡鬧！」武正驊目光掃過武冬驥身後的幾名塗山弟子，「這臭小子在外胡作非為，你們就由著他嗎？」

那些人被他一喝，嚇得紛紛低頭：「掌門恕罪。」

「不干他們的事，我說的都是實話！您若不信，大可自己審問這兩人。何況，咱們還捉到一隻妖狐……」

武冬驥將自己遇見鈴等人的全部過程都說了出來，卻把自己動手欺辱老翁的部分省略了，搞得好像是對方主動挑事一樣。江離在旁聽得臉都青了。

「我見到張貼的圖畫，才知道原來那丫頭就是咱們在找的赤燕妖女。」武冬驥得意洋洋道，「不是說《白陵辭》就藏在赤燕崖嗎？正好，咱們現在有了人質，只要逼她將秘笈交出來，往後又何懼茅山那幫奸佞小人？」

但武正驊聽著兒子的話，不但沒有半點欣喜，臉色還越來越難看。當他得知武冬驥是如何擒住江離和霍清杭時，終於忍不住揮起右手，狠狠抽了武冬驥一記耳光。

事出突然，江離和霍清杭都看傻了。只見武正驊指著兒子大罵：「平日裡你游手好閒也就罷了，沒想到如今竟學得這般下作。就你這副沒出息的模樣，也敢自稱是我塗山弟子？」

武冬驥被打得嘴角都出血了，幌了兩下才站穩。他此番本是特來向父親邀功的，沒想到換來的卻是一頓痛揍，且還是當著眾人的面，不禁惱羞成怒。

他抬起頭，目光滿是怨毒，還夾著一絲委屈。

「讓塗山派丟臉的人可不是我！」他咆哮，「行！你就繼續躲在這裝孫子吧！反正眾所周知，這座塗山也不是你說得算！」說完，直接扭頭就走。武正驊也沒有攔他，任憑他帶著幾名跟班怒氣沖沖地離去，只留下江離和霍清杭在殿內。

「讓二位見笑了。」武正驊疲憊地揉了揉眉心，臉上仍是翳雲籠罩，「這孩子被他母親慣壞了，沒有半點規矩。武某在這裡向二位賠禮了。還請看在武某的薄面上，不要與犬子計較。」說完，親自上前替二人鬆開綁縛。

「二位小友既然來了，就是塗山派的座上賓。若不嫌棄，大可在山上小住幾日。等到群雄大會結束，武某自會派人護送二位下山。」

霍江二人互望一眼，還是江離率先反應過來。

「這麼看來，武掌門也不打算就這樣放我們走吧。」她妙目一冷，說道，「令郎的話，仔細想想，還是很有道理的，不是嗎？」

「武某絕沒有為難二位的意思。若姑娘不願意留下，現在就可以離開。」

「我們要走也不會丟下同伴自己走。」江離怒道，「你得把那隻小狐妖還給我們！」

武正驊眉頭一抽：「你們和妖怪作伴？」但江離還沒來得及回答，便有塗山派的弟子入殿通報：「掌門，夫人請您移步俠嵐居。」

「知道了，我這就去。」武正驊眉間的川字紋擰得更深了，肩膀也緊繃起來。他彷彿全然忘了幾人剛剛的對話，撂下一句：「二位小友自便，在下失陪了。」便匆匆往外走。

江離望著對方微微倉皇的背影，心想：「沒想到堂堂塗山掌門，居然也會懼內啊。」

武正驊的妻子公孫夏不是個公認美麗的女子，卻是個公認能幹的女子。她出身江湖勢力龐大的公孫家族，姊姊公孫彩乃是靈淵閣閣主余姚之妻，而這也是許多人猜測，武正驊當初娶她的原因。

當年，韓君夜一死，塗山派立刻岌岌可危。余姚所率領的靈淵閣乃是由漕運發跡，武林地位一向不高，但人脈廣披，富可敵國，這些年間對塗山的各項資助，儼然已成為了其東山再起的基石。

然而，公孫夏本人卻是不樂意的。她向來眼高於頂，一點也不欣賞武正驊這種謹慎保守的作派。好不容易熬過了兩年，直到武冬驥出生，她才覺得自己在這個暗無天日的婚姻中抱住了一根浮木。

如今，她站在俠嵐居中央，長劍掛背，髮髻飄揚，對著院中的塗山弟子發號司令，看上去卻是比丈夫來得意氣風發許多。

武正驊在階梯底下，遠遠就望見了她那趾高氣昂的背影。他深吸一口氣，活動一下僵硬的嘴角，這才走過遊廊，拾級而上：「夫人找我有事？」

「去把門口那幾叢花給我砍了，一片葉子也別留，免得教客人看了生厭。」公孫夏又囑咐了下面的弟子一聲，這才轉過身來，微微一笑：「再怎麼嬌豔的花兒，一旦過了季節，敗了顏色，就該即刻除去。這一切都為了當下的大局著想，你說是不是？」

武正驊表情微僵：「殺伐決斷，果然是妳的作風。」

「論狠毒，我可比不上你啊……」公孫夏冷笑，「連親生兒子都下得了手。」

果然是武冬驤跑來向他娘告狀了。武正驊努力壓制胸中的伏火，答道：「子不教，父之過。正是因為他是我兒子，我才不能不教訓他！從前就是太過縱容，才養得他膽大包天，做出那些不仁不義之事來！」

「不仁不義？」公孫夏咬住下唇，「他做了什麼不仁不義之事，你倒說說看！」

「自恃武功，欺凌弱小，豈能稱之為仁？以卑鄙手段逼迫他人就範，豈能稱之為義？」

「他不過是想要幫你而已！」公孫夏委屈道，「就和我一樣！誰知，每次你都表現得這樣厭煩！」

看見妻子眼角有淚花閃動，武正驊立刻像顆皮球一樣洩了氣：「我幾時說過那種話？是妳想多了。」說著就想去挽對方，但公孫夏卻哼了聲，將手抽開。

「冬兒的判斷並沒有錯！」她眨去淚水，凜然道，「如今既已知《白陵辭》在赤燕崖手上，咱們就得立刻下手，絕不能讓天道門占了先機！你若還有一絲身為掌門的自覺，就該認同這點！」

「《白陵辭》在赤燕崖手上，不過是片面之詞罷了。」武正驊皺眉，「況且，這次的群雄大會，目的是為了商議如何對付赤燕崖，應當一致對外才是。妳這樣挑撥是非，是想引起大夥兒內鬨嗎？」

「我挑撥是非？」公孫夏冷嗤，「你以為五大派巴巴地趕來咱們這兒，心裡打的都是什麼算盤？青穹四劍一案不過是個由頭罷了，想知道《白陵辭》的下落才是真！難道你沒聽過『白陵歧術，天下相爭』嗎？此書失落多年，多少人眼饞心熱呢。」

「樹大招風。」武正驊冷冷道，「當年之事，妳還沒學到教訓嗎？」

「韓君夜是韓君夜，我是我。當年是當年，眼下是眼下。」公孫夏自信地揚起頭顱，「都說識時務者為俊傑。你既做不到，那就讓開，我自會替你做好。」說完，她整了整衣襟，抹了抹眼角的胭脂，戴上笑容，一副準備迎接好戲上場的模樣。

武正驊望著妻子妝容精緻的側臉，心想：「是啊，終究是我太天真了……妳和韓君夜，如何能夠相提並論？」

就在此時，象徵大會開始的鼓聲響起，隆重的節奏震人耳膜。

武正驊聽見那聲音，心臟驀地一沉。

當夫妻倆攜手步上天轅台時，台下早已站滿了刀劍齊佩、氣宇軒昂的紫衣弟子，而五大門派的除妖師也都列位席間。

天道門的趙拓、孟汐、邱道甄、翁芷儀，玄月門的柳露禪師太，靈淵閣的余姚夫婦，青穹派的薜幽棲道長、聞雁來夫婦，國清寺的常祚方丈和眾位高僧，全都到齊了，可見對這次群雄大會的重視。

塗山派身為東道主，自然也不能失了禮數。招呼完眾人，公孫夏率先向前一步，朗聲道：「過去十年來，赤燕崖率領群妖為禍武林，罪行昭昭，人神共棄。塗山派忝列六大門派之首，不能坐視不管，故今日邀請諸君前來共商大計，期盼能六派同心，共誅妖魔！」

她的嗓音低沉磁性，頗具威儀。可說到這六大門之首嘛……青穹派的薜幽棲、靈淵閣的余姚和國清寺的常祚方丈都不約而同地看向趙拓。

趙拓本人卻仍是平時那副斯文平淡，波瀾不驚的模樣。任由全場沉默了片刻，這才不疾不徐地開口：「公孫夫人客氣了。貧道無才無德，不敢與諸位英雄比肩，但既蒙貴派盛情相邀，天道門自當略盡綿力，不負所望。」

其餘眾人聽到這話，紛紛對趙掌門的謙遜表示讚揚。

公孫夏表情微微一僵，可馬上又恢復笑容，順著剛才的話接了下去。她從人妖之間的紛爭開始講起，一路扯到了青穹三劍之死，感嘆武林痛失英才，激憤的語氣將青穹派弟子的情緒全撩撥了起來。就連她自己也深受感染，越說越覺得頭頭是道，以致完全沒有留意到，在場唯一一個始終沒有正眼瞧她的人，正是站在隔壁的丈夫。

但正當四下氣氛一片祥和時，武正驊的師弟陳子霄卻突然越眾而出。

他無視周圍投來的目光，逕直走到武正驊身前，說道：「師兄，一天門外有位姑娘求見。」

武正驊皺眉：「都什麼時候了，還有力氣管那些閒雜人等？打發她下山便是了。」

陳子霄平時是個非常識趣精明的人，做事也是乾淨俐落。但此刻，他卻躊躇起來：「師兄，並非是我莽撞，而是此人實在非比尋常……她拍擊了啟母碑！」

「你說什麼？」

此話出，夫妻二人都吃了一驚。就連底下的五派眾人也不由得面面相覷。

須知，啟母碑乃是塗山派的鎮山之巖，傳說中由大禹的妻子塗山氏，也就是夏朝第一任皇帝啟的母親化身而成，靈乙真人親刻文字，每年都吸引著無數求仙訪道之人前來爭睹。同時，這塊奇石也是塗山派地位的象徵。在武正驊和韓君夜的師父崔玄微擔任掌門期間，曾有許多不知天高地厚的江湖俠客前來塗山撒野，結果全部被他擊退於碑前。

崔玄微還放話——從今往後，江湖上凡是有對塗山派不服者，想上門挑戰，大可拍擊此碑作為信號。無論何時，塗山弟子絕不避戰。

自從那日開始，就再也沒人敢上門挑釁。直到今天。

「此人根本是存心搗亂來著！」公孫夏一雙柳眉本已倒豎起來，但旋即又像想起什麼似的，瞳孔一震：「難不成，會是她？」

她捉住丈夫的袖子，悄聲道：「不行！以防萬一，咱們還得小心應付才是。」

但武正驊還沒回應，柳露禪便站了起來：「既然還有貴客，何不請上座來，大家切磋切磋？究竟是何路高手，竟敢當著天下英雄的面叫陣，老身倒是想會一會！」

國清寺方丈常祚法師合十道：「阿彌陀佛，既知來者不善，與其諱而避之，不如請君入室。若胸懷坦蕩，自然百邪不侵，又有何懼？」

武正驊深以為然。無論對方是何方神聖，迎擊才是最好的防守。何況，若在此時退縮，叫塗山派的顏面以後往哪兒擱？

他振了振衣袖，揚聲道：「好，那便請進來吧。」

大唐赤夜歌：卷二・斬天河

作　　者　鹿　青

發 行 人　林敬彬
主　　編　楊安瑜
編　　輯　李睿薇、林佳伶
行銷經理　林子揚
行銷企劃　戴詠蕙、趙佑瑀
內頁編排　高雅婷
封面設計　蔡致傑
編輯協力　陳于雯、高家宏
出　　版　大旗出版社
發　　行　大都會文化事業有限公司
11051臺北市信義區基隆路一段432號4樓之9
讀者服務專線：(02)27235216
讀者服務傳真：(02)27235220
電子郵件信箱：metro@ms21.hinet.net
網　　　址：www.metrobook.com.tw

郵政劃撥　14050529 大都會文化事業有限公司
出版日期　2023年02月初版一刷
定　　價　380元
I S B N　978-626-95985-8-8
書　　號　Story-38

First published in Taiwan in 2023 by Banner Publishing,
a division of Metropolitan Culture Enterprise Co., Ltd.

4F-9, Double Hero Bldg., 432, Keelung Rd., Sec. 1, Taipei 11051, Taiwan
Tel:+886-2-2723-5216 Fax:+886-2-2723-5220
Web-site: www.metrobook.com.tw
E-mail: metro@ms21.hinet.net

國家圖書館出版品預行編目（CIP）資料

大唐赤夜歌：卷二・斬天河/鹿青 著. -- 初版. --
臺北市 : 大旗出版 : 大都會文化發行, 2023.02
432面 ;14.8×21公分. -- (Story-38)
ISBN 978-626-95985-8-8(平裝)

863.57　　111009845